Photos de couvertures : droits réservés

Du même auteur : **Les sacrifiés de l'an 40.**

Édition BoD, septembre 2021.

: **Nom de code Grenelle.**

Édition BoD, février 2022.

: **La grande invasion.**

Édition BoD, septembre 2022.

© 2023, Bruno Guadagnini
Édition : BoD – Books on Demand, info@bod.fr
Impression : BoD – Books on Demand,
In de Tarpen 42, Norderstedt (Allemagne)
Impression à la demande
ISBN : 978-2-3220-4459-7
Dépôt légal : Février 2023

INTRODUCTION

Paris libéré, la fin de guerre, ne laisse plus de place au doute, pour une victoire des alliés. Pierre Malet, voit enfin le bout du chemin d'un tunnel, entamé en mai 1940 à Sedan, puis poursuivi dans l'ombre, à Paris, Lyon, Londres et en Afrique du Nord. Comme beaucoup de ses compatriotes, il a connu, la peur, la souffrance physique et morale, perdant en route des compagnons de combat. Jacqueline sa sœur, Monique puis Mathilde ont adouci son existence. Aujourd'hui, il s'agit de finir un conflit, qui lui réserve encore bien des surprises...

*Certaines situations décrites par l'auteur (Les affaires, Joanovoci, de Kergorlay, celles des couvents, ou de la prison de Fresnes) sont bien réelles. Néanmoins pour un bon déroulé de la fiction, les dates sont souvent changées et avancées chronologiquement. De sorte que, les hommes politiques en place au moment de l'action, ne sont pas toujours ceux évoqués. Comme dans les ouvrages précédents, afin d'éviter toute ambiguïté sur des propos ou des situations imaginaires, les personnes physiques décrites dans ce roman, ayant vécu ces événements, sont marquées d'un * .*

Chapitre 1 : Entre guerre et paix

Lundi 4 septembre 1944, ma véritable installation au 2 boulevard Suchet, s'établit au milieu de la pagaille. Dans les anciens locaux de la Krigsmarine, le désordre n'a pas encore laissé place à l'ordre. Au milieu des cartons, des petites mains s'affairent pour trier des papiers, laissés par les allemands dans leur retraite anticipée.

Le BCRA (*Bureau Central de Renseignement et d'Action*) est dissous. Désormais je fais partie de la DGSS *(Direction Générale des Services Secrets)* organisme crée en novembre 1943, sous la direction d'André Pelabon*, pour être le pendant du BCRA en Afrique du Nord. Je me rends compte immédiatement que la fusion des deux organismes, ne se fait pas sans poser de problème.

Officiellement André Dewavrin, alias le colonel « Passy » créateur du BCRA de Londres, reste le patron. Néanmoins son positionnement dans les hautes sphères du pouvoir, l'amène bientôt dans des missions en Amérique, en Inde, et en Indochine. Bref, c'est bien connu, quand le chat n'est pas là les souris dansent. Sur place « les mulots » de la DGSS ne cherchent qu'une chose, dévorer le fromage.

Pour l'instant, je suis toujours sous les ordres du Colonel Rémy, lui-même à la disposition du Général Koenig, avec un seul mot d'ordre éviter les vagues à l'intérieur du service. Je viens d'être affecté au service du planning, avec pour mission de contacter les anciens radio-crypter des missions « Sussex Proust » et « Jedburgh », éparpillés dans la nature depuis le débarquement, afin de les intégrer dans différents régiments.

En théorie la mission se veut simple, la mise en pratique en est tout autre. Si je connais la totalité des hommes, pour les avoir recrutés lors de leurs formations à « Praewood house » *(Voir « La grande invasion »)*, il faut pouvoir comptabiliser, les morts, les disparus, ou tout simplement, ceux qui ont perdu leur matériel.

Au plan familial, le temps reste au beau fixe. Marcel Marchal, incarcéré ce week-end *(Voir « La grande invasion »)*, ne peut plus menacer ma sœur Jacqueline. Celle-ci s'occupe de ma petite Marie avec maman Gréta, en attendant que Mathilde, ma chère et tendre, obtienne sa mutation de Reims à l'hôpital d'Argenteuil. Pour Marie, je ne suis encore qu'un étranger, nous n'avons fait connaissance que depuis 72 heures, de ce fait, j'essaye de passer un maximum de temps avec elle, pour créer le lien qui nous unira.

Seul mon père a quelques soucis avec les autorités. Il est convoqué par la Gendarmerie, qui lui reproche une « collaboration » avec les allemands, pour avoir entretenu leurs véhicules pendant les quatre années de guerre.

La chasse aux collabos, devient l'obsession du moment. Gendarmerie et police, ont eu vite fait de passer de serviteur de Vichy à inconditionnel de la France Libre. Ils sont chargés des seconds et des troisièmes couteaux, pendant que la DGSS s'occupe des premières lames. Pour ces derniers, la traque devient compliquée, la plupart ont fait leurs valises. Pétain et Laval, sont transférés dans la semaine de Belfort à Sigmaringen dans le Bade Wurtemberg, en raison de la progression des alliés. Ils sont bientôt rejoints par François de Brinon, Louis Ferdinand Céline, Joseph Darnand, Jean Luchaire, Eugène Bridoux et quelques autres. Tout est désormais en place pour créer « La commission gouvernementale », sorte de gouvernement fantoche né sur les décombres de Vichy. Le tout va bientôt se transformer en « bal des maudits ».

Sur Paris, les troupes alliées n'ont fait que passer. Les libérateurs n'ont laissé derrière eux, que quelques gommes à mâcher et des paquets de cigarettes américaines. Adieu veau vache et cochon, les tickets de rationnement, sont plus que jamais à l'ordre du jour.

Dans le même temps, les allées et venues au 2 boulevard Suchet se multiplient, entre les hommes qui arrivent et d'autres qui partent en mission. Je n'ai réussi qu'à me faire un seul ami, le capitaine Raymond Landrieux, comptable de son état et grand argentier de la DGSS, avec lequel j'avais fait la traversée sur le croiseur HMS Glasgow lors de mon retour en France.

Cet ancien du BCRA, de petite taille avec sa bouille ronde et ses lunettes, ne cache jamais sa bonne humeur derrière un sourire éclatant. Nous déjeunons régulièrement dans une brasserie proche.

À la terrasse de l'établissement, je suis plongé dans « le Parisien Libéré », héritier du « Petit Parisien », interdit comme l'ensemble de la presse pour faits de collaboration. Le journal, revient sur la composition du premier gouvernement de libération, « le vrai celui-là », baptisé « Groupement Provisoire de la République Française » (GPRF). Charles De Gaulle, le préside naturellement, avec pour adjoint un seul Ministre d'État, Jules Jeanneney du parti Radical, ancien collaborateur de Clémenceau. Le vieux sage, à 80 ans semble incarner une sorte de caution républicaine.

Le reste du gouvernement qui se veut d'ouverture, comprend 25 membres de tous bords, avec deux ministres communistes, Charles Tillon, Ministre de L'air et François Billoux à la santé publique. La résistance sous la bannière UDSR (*Union, Démocratique et Socialiste de la Résistance)*, se voit attribuée deux postes avec René Pleven Ministre des Colonies et Henri Frenay Ministre des Prisonniers, Déportés et Réfugiés. De Gaulle et le Général Catroux, (Ministre de l'Afrique du Nord) sont les seuls présents sans étiquette. Je m'adresse à Landrieux :

-   « Le Général » et Georges Bidault (*aux Affaires Étrangères)* sont les seuls que j'ai déjà eu l'occasion de rencontrer !

-   Pour « Charvet » (*nom de code de Frenay)*, malgré sa grande gueule, ils lui ont filé quand même un strapontin !

Tout d'un coup en regardant, les pages intérieures du journal, je pousse un énorme cri. Landrieux s'en inquiète :

-   Qu'est ce qui t'arrive ?

-   Ce n'est pas possible ! Fresnay, a choisi comme directeur technique de son cabinet ministériel René Hardy ! *(Historique).*

J'ai encore en mémoire, la soufflante que m'avait passée « Passy », suite à mon rapport qui mettait Hardy directement en cause, dans l'arrestation de Jean Moulin à Caluire (*voir « La grande Invasion »*) Landrieux s'esclaffe de rire :

- Charvet a pris « Didot » (*Hardy), parce qu'il* a sans doute des dossiers sur tout le monde !

Même si elle se veut drôle sa remarque n'a pas le don de me faire rire. Certainement parce qu'en y réfléchissant, il y' a peut-être un fond de vérité dans son propos. Il enchaîne :

- Tu ne prends pas de dessert ?

- Non merci, j'ai l'appétit coupé !

En rentrant au bureau, je décide pour me changer les idées de m'occuper de moi. Officiellement les papiers que je détiens sont toujours des faux, il serait temps de régulariser. Compte tenu de ma position à la DGSS la procédure doit s'accélérer. Comme beaucoup de résistants, je décide d'accoler mon patronyme à mon nom d'emprunt. Je deviens ainsi Pierre Fixin Malet.

Depuis le 26 août dernier, une vie à peu près normale revient dans la capitale.Ce vendredi 8 septembre, nous ramène à la triste réalité. Il est un peu plus de 11 heures quand les vitres de nos bureaux vibrent sous la détonation d'une explosion.

La nouvelle ne tarde pas à se répandre, une bombe de forte puissance vient d'atteindre Charentonneau, un quartier de Maisons-Alfort. Information étonnante, dans la mesure où la Luftwaffe, n'occupe plus l'espace aérien de la région depuis une dizaine de jours.

Le professeur Moureu* directeur du laboratoire municipal de la ville de Paris, reçoit une délégation pour se rendre sur les lieux. L'étendue des dégâts, avec une vingtaine de victimes, laisse à penser qu'il ne s'agir pas d'un simple V1 (*V pour Vergeltungwaffen « armes de représailles ».)* Les différents témoignages, confirment que l'engin s'est montré particulièrement silencieux, avant l'explosion.

Le professeur conclut qu'il s'agit d'un V2 (*premier missile balistique de l'histoire*), sa charge explosive de 800kg permet d'atteindre une vitesse 5 000 km/h avec une portée de 320 km. Le même type d'engin, va atteindre Londres en fin d'après-midi faisant trois morts et en blessant gravement dix-sept autres.

En début de soirée, je vais chercher Mathilde à son arrivée gare de l'Est. Marie, pleure pendant tout le trajet en voiture et se montre soulagée, en retrouvant les bras de sa maman sur le quai. Je fais part de mon nouveau changement d'identité et puis j'aborde notre éventuel mariage.

Mathilde se montre surprise, il est vrai que faute de temps, nous n'avons jamais abordé ensemble sérieusement le sujet. Elle se montre ravie, néanmoins nous convenons que la priorité reste la reconnaissance de Marie. Le casse-tête commence, comment doit s'appeler Marie Seigneur ? Après délibération, la petite Marie devient « Marie Malet Seigneur » !

Tous ces changements, ne manquent pas d'alimenter la conversation le soir à Colombes chez mes parents. Mathilde me confirme que sa mutation à l'hôpital d'Argenteuil est prévue début octobre.

Il est temps que je me préoccupe de trouver un appartement, pouvant nous accueillir tous les trois.

Lundi 11 septembre en fin de matinée, le standard du bureau me passe un coup de fil :

- Mon capitaine, Maurice à l'appareil, le comptable du garage ! Votre père vient d'être arrêté par la Gendarmerie !

- Comment ! Où l'ont-ils emmené ?

- Je pense qu'il s'agit des gendarmes de Colombes !

- Très bien Maurice, merci je m'en occupe !

Pour avoir déjà eu affaire à cette brigade, je décide de me déplacer dans l'après-midi plutôt que de la contacter par téléphone. Je me présente en uniforme. Après le salut de rigueur au planton de l'accueil, j'annonce la couleur :

- Capitaine Fixin Malet de la DGSS ! Vous avez arrêté dans la matinée le garagiste François Malet, pourrais-je lui parler ?

- Je vais voir avec mon supérieur mon capitaine !

Il m'introduit sans attendre dans le bureau du lieutenant Brévin. Ce dernier se montre à mon égard, au moins aussi déférent que son subordonné :

- Mes respects mon capitaine asseyez-vous !

- Vous détenez dans vos locaux depuis ce matin, le garagiste François Malet, pouvez-vous m'en donner la raison ?

- Nous avons agi sur la demande écrite du juge Bascou de Paris, mon capitaine !

- Pour quel motif ?

- Collaboration avec l'ennemi !

- Est-Il possible que je puisse rencontrer Monsieur Malet ? Brévin est visiblement gêné.

- Je suis désolé mon capitaine, mais Monsieur Malet est en garde à vue... vous connaissez la procédure ! Il croit bon d'ajouter : Nous avons prévenu un avocat, il ne devrait pas tarder !

- Très bien, que présagez-vous pour la suite ?

- Logiquement, nous devrions présenter Monsieur Malet au parquet de Paris, devant le juge mercredi ou jeudi prochain, en fonction de l'instruction !

Je réfléchis deux minutes et pensant qu'il est utile d'attendre l'avocat, je me contente de dire à Brévin :

- Voici mon numéro de téléphone, merci de me prévenir dès que vous effectuerez le transfert de Monsieur Malet devant le juge !

- Naturellement mon capitaine, je n'y manquerai pas !

Le soir en rentrant chez mes parents, maman et Jacqueline, me tombent dessus, ma sœur n'est pas la moins virulente :

- Pierre que comptes-tu faire ?
- Pour l'instant rien du tout, papa est en garde à vue ! maman s'inquiète.
- J'espère qu'ils le traitent bien au moins ?
- Bien sûr, il n'est pas dans les mains de la Gestapo tout de même ! ma sœur insiste.
- Mais enfin, que peut-on lui reprocher ?
- Comme à d'autres, quatre années de collaboration avec les allemands ! Jacqueline commence à s'emporter.
- Lui, un héros de la Grande Guerre ! C'est une honte !

Excédé, je finis par lâcher une phrase que je regrette instantanément, vu la violence de la comparaison

- Oui ! Comme Joseph Darnand !

Maman Greta, éclate en sanglots, je me précipite pour m'excuser, pendant que Jacqueline me jette un regard noir de ses yeux bleus :

- Ne t'en fais pas Maman, je vais le tirer de là rapidement, sous trois jours tout au plus !

Mardi 12 septembre, le personnel de la DGSS commence à bien s'organiser, une cellule est détachée, pour monter des dossiers sur différentes personnalités suspectées de collaboration. Les juges et le milieu judiciaire en général, ne sont pas épargnés.

J'arrive à me procurer un double du dossier concernant le juge Antoine Bascou. Naturellement comme la quasi-totalité de ses collègues, il était déjà en place sous Vichy et a traité avec plus ou moins de virulence des dossiers concernant des résistants. Un mois plus tôt, il était sous la coupe de Joseph Barthélémy* (*Garde des Sceaux du deuxième gouvernement Laval*). Voilà quelques arguments pour gérer le dossier de mon père.

9

Nous n'avons pas de briefing le lundi comme nous pouvions en avoir en Angleterre avec André Dewavrin. Néanmoins les informations nous parviennent rapidement. Ainsi, une jeep de l'armée américaine, a pénétré dimanche dernier, pour la première fois dans le territoire du Reich à Aix la Chapelle. Le lendemain, une avancée des troupes de Patton brise la résistance au nord de Trèves, la faible opposition à cet endroit, leur permet d'atteindre la ligne Siegfried. En France, dans la Côte d'Or à la hauteur de Montbard, un escadron de fusiliers marins de la 1ere armée du Général de Lattre, fait la jonction avec un peloton du 1er régiment de spahis marocains de la 2e DB du Général Leclerc. Il n'existe désormais, plus qu'un seul front en France déployé sur 800 km, avec 54 divisions engagées.

Depuis mon installation au 2 boulevard Suchet, il y a deux semaines, je n'ai fait que croiser mon supérieur direct, le colonel Rémy. Je ne suis donc pas étonné qu'il me demande de le rejoindre dans son bureau :

- Ah Grenelle asseyez-vous ! Où en êtes-vous avec le repérage des radios-crypter ?

- J'avance petitement mon colonel ! Quelques-uns ont pu être récupérés et vont être affectés prochainement, dans différentes unités d'active !

Au fur et à mesure que je développe le sujet et les difficultés rencontrées, j'ai l'impression qu'il m'écoute de moins en moins. Il finit par m'interrompre :

- Au fait Robert Brasillach*, vient d'être localisé !

- Ah bon, où ça ? Je pensais qu'il s'était enfui avec le reste de l'équipe de « Je suis partout » pour Sigmaringen ?

- Nous aussi ! Je veux que vous vous mettiez en relation avec la Préfecture de Police afin de superviser son arrestation ! Le sujet est suffisamment sensible pour éviter les bavures !

- Très bien mon colonel, je m'en occupe sur le champ !

Je retrouve avec une certaine nostalgie, le 1 rue de Lutèce, où j'avais mes habitudes quatre ans auparavant, dans mes fonctions au BMA *(Bureau des Menées Antinationales)*. Charles Luizet* fraîchement nommé Préfet de Police le 19 août dernier, me reçoit directement. C'est dire l'importance et la considération, accordée par les autorités aux services secrets, depuis quelques semaines.

- Monsieur Le Préfet, j'ai été chargé par la DGSS de m'assurer de l'arrestation de Robert Brasillach !

- Je sais Capitaine, le colonel Rémy m'a fait part de votre visite ! Pour Brasillach, nous allons nous charger de sa capture demain jeudi !

- Pouvez-vous m'en dire un peu plus sur les conditions ?

- Depuis début août, il se cache dans une chambre de bonne, ravitaillé par des amis ! Mais en apprenant l'arrestation de sa mère, il a décidé de se livrer sans condition ! *(Historique.)* Je ne pense pas que votre présence soit indispensable pour l'interpeller, sauf si vous le souhaitez naturellement ?

- Effectivement c'est inutile ! Je désire simplement que nous recevions un compte rendu de votre intervention ?

- Naturellement, je le ferai par écrit !

- Dernière question, à titre de curiosité, que devient votre prédécesseur ?

- Amédée Bussière* est toujours incarcéré à la prison de la Santé, en attendant son jugement ! *(Bussière avait organisé la rafle du Vel'd'hiv en juillet 42, condamné à mort en juillet 46, sa peine sera commuée en peine de travaux forcés à perpétuité.)*

Dans l'après-midi, le standard du bureau me passe un appel :

- Capitaine Fixin Malet, je suis maître Dupont l'avocat de Monsieur Malet ! Le lieutenant Brévin m'a donné vos coordonnées, nous sommes convoqués demain à 11 heures au tribunal de Paris par le juge Bascou !

- Très bien maître, merci pour l'info, je vais faire le nécessaire !

Sans attendre j'appelle le juge et tombe sur son greffier :

- Bonjour, Capitaine Fixin Malet de la DGSS, merci de bien vouloir me mettre en communication avec le juge Bascou !

- Je regrette Capitaine, mais il n'est pas disponible !

- Très bien, dans ce cas, veuillez lui passer message suivant, je viendrai le voir demain à son bureau, à 10h30 précises !

- Mais enfin Capitaine, ce n'est pas possible sans rendez-vous !

- Si vous préférez, je peux venir avec des hommes en armes ? il se passe un laps de temps avant qu'il ne réponde, puis bredouille à voix faible.

- Très bien capitaine…je lui passe le message !

Ch.2 : Quand la justice vichyssoise devient gaulliste.

Jeudi 14 septembre, après avoir passé une nuit agitée, je suis plutôt remonté, en me rendant sur l'Île de la Cité au Palais de justice. Sur place, je distingue mon père assis sur un banc, avec un homme en robe noire que je présume être son avocat. Mon père au visage d'une grande pâleur montre des signes de fatigue. Un gardien de la paix, cherche à s'opposer quand je veux l'embrasser. Je lui éructe dessus :

- Fixe ! Capitaine Fixin Malet de la DGSS ! L'homme se fige comme pétrifié. Puis j'enchaîne, Veuillez m'indiquer où se trouve le bureau du juge Bascou ?

- C'est la deuxième porte à droite mon capitaine ! le gardien toujours en position de garde à vous, semble trembler légèrement.

- Très bien veuillez rester ici à ma disposition, je pourrais avoir besoin de vous !

- Bien mon capitaine !

Maître Dupont suit la scène avec étonnement. Je frappe ensuite à la porte du juge et sans en attendre sa réponse, pénètre dans le bureau. Le magistrat, la quarantaine, le teint terreux, lève la tête de ses papiers :

- Je n'ai pas souvenir de vous avoir dit d'entrer ! je lui réponds sur le même ton.

- Puisque vous m'inviter à m'asseoir je le fais ! le ton monte

- Écoutez capitaine je n'aime pas du tout vos manières, je vais en en référer à vos supérieurs ! je lui joue la force tranquille.

- Le téléphone est près de vous ! Demandez au standard de faire le numéro de la DGSS puis de vous brancher sur le poste 456, vous serez en contact avec le Colonel Rémy ! il semble se radoucir.

- Mais enfin que voulez-vous ?

- Vous vous apprêtez à recevoir Monsieur François Malet pour quelle raison ?

- Je ne suis pas censé vous répondre pour cause du secret d'instruction, néanmoins, je vais le faire ! J'entends Monsieur Malet aujourd'hui, dans le cadre d'une instruction pour collaboration avec l'ennemi !

- Ah oui ! Son activité pendant quatre ans, a consisté à entretenir des véhicules de l'armée allemande ! Pensez-vous qu'il avait vraiment le choix ?

- Je ne sais pas ! L'instruction va pouvoir m'éclairer ! À cet instant j'ouvre mon cartable et sort le dossier le concernant.

- Je vois qu'en début d'année, vous avez fait arrêter des résistants de la France Libre ! Une question me brûle les lèvres ! Aviez-vous le choix ? il s'emporte de nouveau.

- Mais enfin il s'agissait de terrori... ! puis se rendant compte de sa bévue il se tait.

- Je n'ai pas bien compris la fin de votre phrase... ! Vous parliez de terroristes ?

- Je n'ai fait que mon devoir !

- Si je comprends bien votre devoir à l'époque, c'était de travailler pour le gouvernement de Vichy et aujourd'hui ?

- Comme la plupart de mes collègues, j'ai la confiance du général De Gaulle ! il me tend la perche que j'attendais.

- Ah oui « le Général » ! Effectivement, je pourrais lui en toucher un mot ! il s'esclaffe de rire.

- Celle-là ! personne ne me l'a jamais faite !

Je sors calmement de ma vareuse, la photo me représentant avec le général lors de ma remise de décoration à Londres *(voir « La grande invasion »)*.

- Oui et alors, que cherchez-vous à prouver ?

- Retournez la photo !

Il découvre l'inscription faite de la main du général « Au capitaine Fixin, un officier de toute confiance, signé Charles de Gaulle le 20 février 1943 ». Je devine à son visage, que le doute s'installe dans sa tête. Il demande à son greffier de sortir un instant.

- Bon, je vais instruire rapidement le dossier et je vous tiens au courant ! Avant de partir, je remets une deuxième couche.

- Je ne voudrais pas que cette histoire somme toute bénigne, entache votre carrière ! Vous devriez en parler à Monsieur le Procureur, je pense que nous disposons également d'un dossier sur lui !

En sortant, guilleret, je parle en premier lieu au gardien de la paix : « Gardien merci pour votre collaboration ! » J'adresse un clin d'œil à mon père et me tournant vers l'avocat, je lui lance : « Vous pouvez y aller maître, j'ai préparé le terrain, la place est chaude ! »

Certes avec le recul, je ne suis pas spécialement fier de ma tirade, toutefois les événements guident mes actes, « à la guerre comme à la guerre ». Lorsque je vois qu'aujourd'hui René Hardy, officie comme chef de cabinet d'Henry Fresnay, je me dis que l'on vit décidément une drôle d'époque.

Il est midi, je retrouve Raymond Landrieux, à notre brasserie habituelle :

- Ah Pierre, où étais-tu ce matin ? Je t'ai cherché !

- Oh, j'avais juste un petit problème à régler ! Tu avais besoin de quelque chose ?

Le serveur arrive et nous propose le plat du jour, un petit salé aux lentilles. Nous sortons nos tickets d'alimentation toujours en vogue, sans savoir s'il s'agit de vrais ou de faux, et nous lui demandons d'ajouter deux bières :

- Je sais que tu as rencontré « Rémy » avant-hier, comment l'as-tu trouvé ? je me pose un instant pour lui répondre.

- Bizarre, presque absent ! Comme s'il n'attendait qu'une seule chose, être muté prochainement !

- De mon côté je ne fais que le croiser, mais nous sommes loin de l'ambiance de Londres ! la DGSS n'est pas le BCRA, ici tout le monde se méfie de tout le monde !

- À propos as-tu des nouvelles de « Passy » ?

- Je viens de lui faire débloquer des fonds pour un voyage aux États-Unis ! André Manuel, lui est à Londres ! Je suppose que c'est pour liquider les bureaux de Duke Street ! je rigole un instant.

- Ah oui, il ne faudrait pas que les anglais y trouvent des choses compromettantes ! Keep your secrets secret ! (« *Gardez vos secrets secrets*, » *slogan des services secrets britanniques*).

- Bah, « Manuel » avait pris ses précautions en laissant sur place « Drouot », Jean et Jacqueline Martin ! je retrouve le sourire.

- Ah c'est fait ! Les deux tourtereaux sont mariés ! (*Voir La grande invasion*).

- Oui la semaine dernière, avec pour témoins Georges Lecot (Drouot) et Passy ! *(Historique)*.

Vendredi 15 septembre, je reçois un appel de maître Dupont :

- Bonne nouvelle capitaine, votre père vient de bénéficier d'un non-lieu ! Sa levée d'écrou est prévue pour lundi !

- Parfait maître, merci pour votre efficacité !

- Je n'ai pas eu grand-chose à faire ! Je me demande comment avez-vous réussi à convaincre le juge Bascou, d'annuler la procédure ?

- Pour certaines questions, il vaut mieux ne pas connaître les vraies raisons des réponses ! Merci encore maître !

Le soir au pavillon de Colombes, l'ambiance est un peu plus festive que ses dernières 72 heures, Maman Greta se montre particulièrement soulagée et ma sœur Jacqueline donne l'impression de retrouver « le héros » qu'elle a toujours eu dans son cœur. Seule la petite Marie, en l'absence de sa maman, ne comprend pas l'importance de la situation.

Je profite du week-end, pour me mettre sérieusement à la recherche d'un appartement. J'ai beau bénéficier d'une position privilégiée à la DGSS, les passe-droits ne sont pas toujours d'actualité. Je suis célibataire et je peux jouir d'une chambre à temps complet, à l'Hôtel la Pérouse. Les bombardements, n'ont pas arrangé le parc immobilier, les logements libres ne sont pas légion, bref, je ne suis pas prioritaire.

Je réussis néanmoins à dénicher un petit trois pièces, rue Henri Barbusse, dans un quartier commerçant d'Argenteuil, à proximité de la basilique. Je m'empresse naturellement, d'annoncer la bonne nouvelle à Mathilde, de permanence à l'hôpital de Reims.

Lundi 18 septembre, je stationne rue de la Santé, pour attendre la sortie de prison de mon père. Il apparaît les traits tirés, vieilli de presque 10 ans. Je me garde bien entendu de lui en faire la remarque. Il me dit bonjour d'une voix caverneuse, puis me fait un compte rendu de son instruction avec le juge Baron :

- Je n'ai pas compris ! Je suis resté un quart d'heure, vingt minutes tout au plus ! Le juge m'a posé deux ou trois questions, puis il a clos l'entretien en disant à maître Dupont, qu'il nous ferait savoir la suite rapidement !

- Ne t'inquiète pas le cauchemar, est désormais terminé ! Je te ramène à la maison, tu vas pouvoir te reposer dans un vrai et bon lit !

Le soir chez mes parents, pas d'exubérance particulière, nous attendons le retour de Mathilde, le week-end prochain, pour fêter la libération du patriarche. Jacqueline me fait remarquer :

-   Pierrot, tu es peut-être intervenu à temps ! J'ai lu aujourd'hui dans le journal, que le GPRF a créé par ordonnance une cour spéciale pour présider à l'épuration !

-   Oui je sais ! Mais n'accordons pas trop d'importance à la collaboration de papa, ce genre de cour est réservé aux grosses prises ! François de Menthon (*Ministre de la Justice*) vient d'ordonner l'arrestation de Pétain ! maman intervient.

-   En ce moment, il est plus facile d'arrêter ton père que le Maréchal !

Sur la plan militaire, les alliés semblent progresser plus vite que prévu. Montgomery, ne veut pas s'en laisser compter par rapport aux américains, comme s'il existait une concurrence entre les deux partenaires. « Monty » organise l'opération « Market Garden ». Une action particulièrement ambitieuse, à travers la Hollande, consistant à contourner la ligne Siegfried, un peu comme les allemands l'on fait en 40, avec la ligne Maginot.

Montgomery, déclare à qui veut bien l'entendre : « La guerre devrait être terminée à Noël ! » Pour cela, il est indispensable de prendre les ponts sur la Meuse intacts, afin de faire passer les troupes sur le territoire allemand. Planeurs et parachutistes alliés, se sont posés à proximité des lignes allemandes. La coopération américaine joue son rôle, avec la prise de deux ponts sur la Meuse et la rivière Waal. De leur côté les anglais, occupent deux autres ponts sur le cours inférieur du Rhin près d'Arnhem. Les parachutistes, du 1er escadron de reconnaissance ont atterri à 13 km à l'ouest de la ville hollandaise, sans rencontrer de résistance particulière.

L'escadron, précède de trois quart d'heure le corps principal, composé d'une brigade de parachutistes et de la 1ere division aéroportée. Les néerlandais, accueillent leurs libérateurs avec enthousiasme, mais retardent leur progression.

De ce fait, les parachutistes parviennent trop tard au pont de chemin de fer, dynamité par les allemands. Les troupes du Maréchal Model, ont eu le temps de se réorganiser, en défendant le pont routier plus au nord avec un effectif important. La 9e et 10e division Panzer interviennent. Le commandant britannique, se voit dans l'obligation de reculer avec une poignée d'hommes. Réfugié dans une maison d'Arnhem, il se retrouve coupé du reste de son état-major.

Mercredi 20 septembre, les parachutistes alliés, tiennent maintenant depuis quatre jours et trois nuits leurs positions, malgré le harcèlement des Panzers et de l'infanterie allemandes. Les unités anglaises, sont plus ou moins éparpillées dans Arnhem et ses alentours. Les liaisons radio sont perturbées. Elles rendent le largage en matériel de la RAF inefficace, au point de le faire tomber dans des zones encore contrôlées par l'ennemi. Les troupes au sol, risquent de manquer bientôt de munitions, d'autant que l'étau allemand, se resserre dans un système d'encerclement.

Les premières démarches, que nous avions faites pour intégrer les FFI dans l'armée à la libération de Paris, portent leurs fruits. Par décret le GPRF, inclut les résistants aux troupes régulières. Du coup je passe un coup de fil à Maria la Louve. (*Voir Nom de code Grenelle et La grande Invasion*).

- Salut Marie ! Du coup tu vas avoir un vrai uniforme ?

- J'ai déjà celui des PTT, alors j'ai rendu « ma Sten » ! il faut bien quelqu'un, pour continuer à s'occuper de la poste de Tierceville !

- Notre repas avec Jacqueline et Mathilde tient-il toujours ?

- Plus que jamais, de préférence un lundi, c'est mon jour de repos !

- Très bien je te tiens au courant !

Histoire de réunir « les anciens combattants », je me dis qu'organiser un gueuleton « chez Léa » pourrait être une bonne idée.

Je me pointe à l'improviste, boulevard de Bel Air. Je ne me suis pas rendu à ma boite à lettres depuis fin août. Léa est à fois ravie et étonnée :

- C'est bien la première fois que je vous vois en uniforme capitaine ! Il vous va à ravir !

- Oui, c'est aussi la première fois que nous ne sommes pas obligés d'échanger en code, pendant les heures d'ouverture !

- Quel bon vent vous amène ! J'avais promis à Maria la Louve, ma boite à lettres sur Gisors, de faire un repas avec ma sœur et ma compagne, vous joindre à nous serait sympathique !

- Oui bien sûr, mon jour de relâche est le lundi, ce serait parfait !

- Chez vous, ou bien à l'extérieur ?

- Non, un repas de famille ici sera très bien ! Je peux tout organiser pour lundi prochain !

- Parfait, je savais que je pouvais compter sur vous !

Après vérification Mathilde a encore une semaine de vacances à prendre, de ce fait elle arrête tout activité à Reims dès ce vendredi.

Si le combat sur la Hollande reste indécis, la situation se clarifie en France. Ce jeudi, le général Omar Bradley pénètre dans Brest, faisant au passage 35 000 prisonniers allemands. Désormais les alliés contrôlent tous les ports du nord de la Bretagne, les prochains objectifs restent ceux de Lorient et Saint Nazaire, défendus âprement par les garnisons allemandes, qui refusent de se rendre.

Vendredi 22 septembre, maman Greta fait preuve d'un trésor d'imagination, pour trouver quelques bons produits, afin d'organiser des repas dignes de ce nom. Mathilde arrivée avec deux bouteilles de champagne, est partagée entre le bonheur de retrouver sa fille et l'obligation de laisser Marie Thérèse, sa confidente de toujours. Elle est moins nostalgique, pour son frère Sylvain qui file toujours le parfait amour avec son Edith *(Voir La grande invasion)*.

En dehors de la libération de mon père, le sujet du jour tourne autour de notre déménagement sur Argenteuil :

- Pierre, tu peux prendre une camionnette au garage ! Mathilde n'est pas très inquiète.

- Au Thillois, je n'ai pas beaucoup d'affaires ! Et puis pour les bras, nous pouvons compter sur Sylvain et Marie Thérèse ! je mets mon grain de sel.

- D'autant que Marie Thérèse a la force d'un bœuf et au moins quatre bras ! Mathoche confirme en riant.

- C'est sûr, qu'elle est plus costaude que Sylvain ! Jacqueline demande confirmation

- À quel moment vous emménagez que je puisse m'organiser à l'hôpital ?

- Nous pouvons entrer dans l'appartement lundi 2 octobre ! maman pense à sa petite fille.

- Vous continuerez à me laisser Marie de temps en temps ! Mathilde confirme.

- Je vais prendre mes fonctions à l'hôpital d'Argenteuil, début octobre et Pierre passe ses journées sur Paris ! Marie sera tout de même mieux ici, à gambader dans le jardin, que de passer son temps dans un appartement !

Le reste du week-end, se passe dans la bonne humeur, loin des soucis et du bruit des canons.

Lundi 25 septembre, Nous voilà tous réunis chez Léa pour le déjeuner, seul homme au milieu de quatre femmes je me sens un peu isolé. Maria La louve ouvre la première les hostilités, en s'adressant à Léa :

- Il parait que vous êtes une deuxième mère pour Pierre ! Jacqueline saute sur l'occasion.

- Ah non ! Une troisième, la seconde c'est moi ! plus malicieuse Mathilde prend ma défense.

- Vous savez que pour Pierre, les femmes ne sont pas uniquement des mères ! Mais elles peuvent le devenir, je suis bien placée pour en parler ! Maria rentre dans le jeu.

- Ah, non moi je ne sais pas ! Je regrette, je n'ai pas eu l'occasion de le tester sur ce point ! Par contre, je n'ai jamais joué les mères avec lui, mais les infirmières, oui, entre autres ! Comme quoi, il n'en a pas assez de deux !

Le reste du repas se déroule sur le même thème, je suis la cible de ces dames. J'ai au moins l'avantage de pouvoir compter les points, sans être obligé d'intervenir, le tout dans la bonne humeur.

Mercredi 27 septembre, les troupes alliées définitivement piégées à Arnhem, doivent capituler. Après avoir tenu la tête de pont pendant 9 jours, troupes anglaises et polonaises assiégées et à court de munitions n'ont pas d'autres choix. Lors des trois derniers jours, les vivres ont commencé à manquer, les hommes privés d'eau, ont profité des orages pour pouvoir s'abreuver.

Le revers de Marken Garden, met un point final à l'envie des alliés, de conclure le conflit avant la fin de l'année. Eisenhower, reprend le leadership face à Montgomery et revient sur ses basiques d'une stratégie offensive sur un front large.

Chapitre 3 : Retour de bâton.

Vendredi 29 septembre, je suis convoqué par le Colonel Rémy dans son bureau. Totalement incrédule, je pense qu'il s'agit de refaire un point sur la situation, suite à l'échec des alliés à Arnhem.

-   Vous m'avez demandé mon colonel, avons-nous de notre côté un changement de stratégie militaire ?

-   Vous pouvez vous asseoir capitaine ! Je n'ai pas de bonnes nouvelles vous concernant !

-   Ah bon sur quel sujet ? sur un ton grave, il poursuit.

-   Pensez-vous que votre sortie chez le juge Bascou au tribunal de Paris, il y'a deux semaines, n'aurait pas de suite ?

-   Mon colonel actuellement, nous vivons dans une certaine injustice ! Des citoyens lambda sont arrêtés, pendant que d'autres comme René Hardy, se pavanent dans des ministères !

Contrairement aux réactions que pourrait avoir Passy, dans une telle situation, la voix de Rémy reste posée, sans éclat, comme pour contenir une colère froide.

-   Je ne vous répondrai pas sur le fond ! Par contre sur la forme, la chancellerie a contacté le Ministère de la Justice, le cabinet de Menthon, exige une sanction lourde !

-   De quel ordre ?

- Pour mémoire, je vous rappelle que vous avez sorti des documents confidentiels, concernant un juge et ce sans autorisation ! Je le regrette d'autant plus, que vous auriez pu m'en parler, nous aurions pu trouver une solution différente et plus satisfaisante ! Je vous rappelle le mot d'ordre du général Koenig : « Éviter les vagues ! »

- À quelle sentence, dois-je m'attendre ?

- D'un autre côté, comme nous devons éviter les vagues, nous agissons dans la discrétion, en écrasant l'affaire, dans « l'intérêt de la justice et de l'armée » ! Il n'y aura pas de cour martiale ! Vous êtes suspendu jusqu'à nouvel ordre, votre accréditation au Secret Défense est suspendue ! Vous recevrez une nouvelle affectation prochainement ! Nous en avons terminé pour aujourd'hui !

En sortant de mon entretien, je retrouve Raymond Landrieux, pour un dernier repas en commun, à notre brasserie habituelle. :

- Tu en fais une tête, que se passe t 'il ?

- Je viens d'être mis à pied par « Rémy » !

- Ah bon, pour quelles raisons ?

- Trafic d'influence sur un juge et détournement de documents confidentiels !

- Ce n'est pas possible ! Tu n'as pas pu faire tout ça ? Les yeux de Landrieux, brillent de larmes.

- Si pour la bonne cause ! Il s'agissait de faire libérer mon père, injustement arrêté, pour soupçon de collaboration ! Raymond, semble encore plus désolé que moi.

- Tu peux dire adieu, à un éventuel avancement !

- Ce n'est pas le pire ! Pour l'instant, je vais rester chez moi, sans affectation ! Je risque prochainement, de me retrouver incorporé dans une unité de combat sur le front, loin de ma famille !

- Je vois, pas très réjouissant !

- D'autant que tout se passe « sous le manteau », pour éviter un scandale d'état ! Le Ministère de la justice, ne tient pas, que certains dossiers les concernant, ressortent des placards !

- J'ai compris pas de procès, donc tu n'as aucune possibilité de te défendre !

- Tu as mis le doigt dessus, je n'ai plus qu'à subir !

De retour à Colombes je fais comme si de rien n'était. La priorité du week-end reste le déménagement depuis Reims, je passe au garage. Mon père, m'a fait préparer une Peugeot 402 cabine, en l'équipant d'une galerie. Le modèle peint aux couleurs de l'armée, ne passe pas inaperçu, j'ai droit à un historique du véhicule. La Wehrmacht l'a abandonné pendant son repli alors, qu'il était en révision au garage. Mon père me voyant faire la grimace, insiste sur son côté pratique.

Bon dans un autre sens, je peux prendre la route tranquille. Il est peu probable que l'aviation alliée, s'occupe de moi pendant le trajet. Tous les édifiants militaires du véhicule, à part sa couleur sont effacés. En arrivant à la ferme du Thillois, tout le monde se mobilise déjà. Chacun s'affaire, Mathilde naturellement, Sylvain et sa copine Edith, sans oublier l'incontournable Marie Thérèse.

Cette dernière, se montre moins débonnaire qu'à son habitude en me voyant. Je tente de la consoler :

- Je sais, que Mathilde va te manquer ! pour la première fois devant moi, l'antillaise pleure à chaudes larmes dans mes bras.

- Je pourrai venir, vous voir à Argenteuil ?

- Naturellement, tu seras toujours chez toi ! voyant la scène Edith s'approche.

- Sylvain et moi sommes toujours là pour toi !

La fourgonnette ne tarde pas à être chargée. Le pique-nique prévu avant notre départ de la ferme, se transforme en repas dans la maison de poupée, le ciel devenant de plus en plus menaçant. Puis vient le moment des adieux.

Mathilde étreint Marie Thérèse, en lui susurrant des paroles à l'oreille. De notre côté avec Sylvain, nous bâchons la galerie de la 402, pour protéger les paquets de la pluie. Une pluie, qui ne va pas nous épargner sur le chemin du retour.

Mon père nous attend au garage, où la Peugeot doit passer le dimanche, en attendant d'être déchargée le lendemain. Repas familial pour la journée dominicale, Mathilde explique à sa fille que désormais, elle va passer beaucoup plus de temps avec elle. Jacqueline, donne déjà les consignes de l'hôpital d'Argenteuil à sa nouvelle collègue. De mon côté j'essaye de faire bonne figure. Me montrant souriant avec mes parents, en réfléchissant afin de trouver le meilleur moment et surtout la bonne formule, pour annoncer ma disgrâce dans l'armée.

Lundi 2 octobre, en plein aménagement, nous bloquons une partie de l'étroite rue Henri Barbusse au grand dam des commerçants, qui eux aussi cherchent à décharger leurs véhicules. Cette situation, nous permet de trouver quelques bonnes âmes, afin d'accélérer le mouvement. En milieu d'après-midi, tous les meubles sont plus ou moins en place dans notre nouvel appartement. Nous avons prévu, de passer une dernière nuit chez les parents à Colombes.

Mardi, alors que Mathilde s'apprête à prendre son premier service à l'hôpital d'Argenteuil. Elle s'étonne de me voir toujours déambuler en civil, sans but précis :

- Tu ne vas pas au bureau, mon chéri aujourd'hui ? cette fois je suis mis au pied du mur.

- Non j'ai été suspendu ! Mathilde écarquille de grands yeux étonnés.

- Bah ! pour quelles raisons ?

- Il m'est reproché d'être intervenu de manière inappropriée, auprès du juge, pour faire libérer mon père !

- Et cette situation, va durer combien de temps ?

- Je ne sais pas, je devrais recevoir prochainement une nouvelle affectation !

Pas besoin d'en dire plus, Mathilde comprend instantanément, que nous allons être de nouveau séparés. Elle se précipite en pleurs dans mes bras. N'ayant rien d'autre à faire, j'occupe ma journée, à agencer notre nouveau logement. Entre deux arrangements, je prends connaissance de la presse, que j'ai pris le soin d'acheter au kiosque au coin de la rue Baratier.

Les journaux, reviennent sur l'abandon de Calais par les troupes allemandes. La 3e division canadienne, a liquidé les dernières poches de résistance. Les alliés, se sont emparés des puissants canons du cap Gris-Nez, qui jusqu'à présent bombardaient Douvres. 7 000 soldats du Reich sont capturés, l'obstination d'Hitler de tenir coûte que coûte la côte française, a causé la perte de 120 000 hommes. La très grande majorité du territoire français est aujourd'hui libérée, par contre la situation évolue peu au-delà de la Moselle, d'Aix la Chapelle à Belfort. Patton, doit faire face à une résistance âpre autour de Metz.

Jeudi 5 octobre, je suis tranquillement allongé sur mon lit à regarder voler les mouches au plafond, lorsque la sonnette de la porte d'entrée se fait entendre. J'ouvre en tenue décontractée, un motard estafette se présente devant moi. Après un salut très protocolaire : « Capitaine Fixin Malet, voici pour vous ! » Il me tend un pli cacheté sous double enveloppe. Il s'agit de mon nouvel ordre de mission, à la fois attendu et tant redouté.

Je suis affecté au 3e bataillon du régiment de marche du Tchad, une des quatre composantes de la 2e D.B du général Leclerc. Je dois me rendre à Reims, lundi prochain le 9 octobre.

Un billet de première classe, est joint à mon ordre de mission, avec un départ prévu gare de l'Est, à 8h22 pour une arrivée à 9h52. Aucune autre précision, n'accompagne le courrier.

Il me reste 72 heures pour préparer mon déplacement. Si je savais que la nouvelle tomberait à un moment ou un autre, la pendaison de crémaillère prévue avec mes parents et ma sœur dimanche prochain, risque d'avoir un goût amer.

En général lorsque j'ai une nouvelle mission, je m'intéresse à son contexte et à son environnement. J'avoue que pour l'occasion, sans certitude sur le contenu de ma nouvelle tâche, je suis complètement démoralisé et préfère attendre d'être sur place pour agir.

Il me faut simplement préparer Mathilde à cette nouvelle. J'ai gardé Marie à l'appartement toute la journée. Nous avons joué la plupart du temps. Des liens se tissent enfin entre nous, je ne suis plus l'étranger, que j'étais encore un mois auparavant. Mathilde terminant tard, j'ai préparé le repas avant son arrivée.

- Comment s'est passée ta journée ?

- Super ! Avec Jacqueline, j'ai des relations différentes, que celles que je pouvais avoir avec Marie Thérèse, mais notre entente est parfaite !

- Et toi avec Marie ? j'accroche un large sourire à ma face.

- J'ai passé un superbe moment ! Elle commence à apprivoiser son papa ! Pour revenir à des choses plus terre à terre, j'ai reçu mon ordre de mission !

- Où vas-tu te retrouver ?

- Je pars lundi pour Reims, je suis affecté dans une unité de la 2e DB ! un ange passe, le visage de Mathilde s'assombrit.

- Et après, tu vas agir en première ligne sur le front ?

- Je ne sais pas ! ... sans doute... j'avoue que je n'y ai pas réfléchi ! La dépêche que j'ai reçue manquait de précision !

- As-tu mis tes parents au courant ?

- Non, je n'allais pas aller à Colombes avec la petite pour leur annoncer ce genre de nouvelle !

- Pour dimanche que fait-on ? Nous maintenons la pendaison de crémaillère ?

- Oui bien sûr ! D'un côté ce sera beaucoup moins festif, mais c'est la dernière occasion d'être tous ensemble avant mon départ !

Tout est dit, Mathilde vient se blottir dans mes bras tel un chat en manque de câlins.

Concernant ma préparation pour partir au front, je n'ai pas grand-chose à faire. Ma valise ne va pas peser bien lourd, un uniforme de rechange, quelques chemises, des sous-vêtements, des affaires de toilette, sans oublier mon pistolet Mas 35 d'ordonnance. Treillis, « rangers » devront m'être fournis sur place, voilà comment on passe de bureaucrate à opérationnel.

Je suppute que nous allons vivre un dimanche sinistre. Ma sœur arrive la première, Mathilde l'a mise au courant de ma mutation, je la prends entre quatre yeux :

- Jacqueline, il est hors de question d'évoquer la véritable raison de ma nouvelle affectation aux parents ! Je n'ai pas envie que papa culpabilise !

- Oui bien sûr, qu'est-ce que tu vas leur raconter ?

- Je ne sais pas ! Une histoire du genre, mon poste a été supprimé, il fallait me trouver une nouvelle affectation !

Pendant le repas Mathilde, Jacqueline et moi essayons de faire bonne figure, mais au moment du café, Maman Greta me tend une perche que je n'attendais pas :

- Dis donc Pierre, je trouve qu'en ce moment tu accapares beaucoup ma petite fille !

- Je te rassure à partir de demain, tu vas pouvoir en profiter autant qu'avant !

- Ah bon, à cause de ton travail je suppose ?

- Oui je dois partir pour une nouvelle mission dans l'Est ! Mon père intervient.

- Dans l'Est ? Mais tu vas te retrouver sur le front ? je trouve une parade toute faite pour botter en touche.

- Papa, je te rappelle que je fais partie des Services Secrets !

Jacqueline et Mathilde sont au bord des larmes, ma chérie dévie la conversation :

- Quelqu'un reprendra un peu de café ?

La journée tire à sa fin, maman s'inquiète toujours :

- J'espère que tu viendras nous voir à ta première permission !

- Naturellement Maman ! Je ne pars pas au bout du monde et nous ne sommes pas encore à Berlin ! Une question me traverse l'esprit.

- Dis donc Papa, depuis ta libération de « la Santé », as-tu subi des pressions supplémentaires ?

- Non absolument pas ! Pourquoi ?

- Pour rien ! Je voulais simplement vérifier, que tout était rentré dans l'ordre des choses !

Première arrivée, dernière partie, Jacqueline m'enlace :

- À quelle heure est ton train pour demain ?

- 8h22 gare de l'Est ! Mais s'il vous plaît pour une fois, je ne veux voir personne sur le quai pour mon départ ! Les pleurs les cris, nous en avons eu chacun notre dose depuis 4 ans !

Le silence se fait nous sommes tous les trois enlacés. Marie se mêle à nous sans en comprendre le sens, comme s'il s'agissait d'un jeu.

Lundi 9 octobre, j'ai peu dormi, je fais un dernier câlin, matinal avec Mathilde. C'est l'heure du départ, je me contente d'un ultime baiser à la petite Marie, encore tout endormie. Il fait froid, j'ai revêtu un imperméable par-dessus mon uniforme.

Curieusement, je me souviens de mon premier départ pour l'armée à Montargis en février 1940 (*Voir les sacrifiés de l'an 40*). Sauf que cette fois, la drôle guerre est loin derrière nous.

Avant de monter dans le compartiment, je me jette sur la presse dans le premier kiosque trouvé. En première page, « Le Figaro » titre sur la réunion qui doit se dérouler ce jour à Washington. Il s'agit d'établir les futures bases de l'organisation des « Nations Unies », pour l'après-guerre. Les divergences entre États-Unis, URSS et Grande Bretagne, semblent réglées. Roosevelt, veut faire reconnaître la Chine, comme une des quatre puissances principales.

La France pour l'instant, doit semble-t-il se contenter d'un strapontin Au même titre que l'Ukraine et la Biélorussie, la France disposerait d'une voix, alors que les quatre puissances principales, auraient un droit de veto.

La presse naturellement continue de parler du front, Aix la Chapelle devient le principal sujet du moment. Compte tenu de l'importance de la ville, il s'agit autant d'une prise que d'un symbole. La 6e armée de Panzer, vient de contre attaquer sans succès, pour tenter de refermer la brèche ouverte dans la ligne Siegfried. La chasse alliée, a envoyé douze chasseurs aux tapis, et les contre-offensives suicides de la Wehrmacht, n'ont eu aucun effet sur les hauteurs de la ville.

Nous partons à l'heure, il ne se passe rien de particulier, je suis seul dans le compartiment, avec un couple d'un certain âge très élégant. Il est vrai, que nous occupons un wagon de première, ceci expliquant cela. La dame, semble faire une fixation sur la paire de bottes rutilantes que je porte. A-t-elle remarqué qu'il s'agit d'un modèle en noir, non réglementaire, que je me suis procuré lors de mon passage à la BUF ? *(Voir La Grande Invasion)*.

Nous ne devons pas être loin de Château-Thierry, lorsque soudain le convoi s'arrête. Dans un premier temps, je n'y prête guère attention.

La dame continuant de me fixer, je lui propose poliment un de mes journaux. Elle me sourit et tout en me remerciant, me précise qu'elle préfère son roman reposant sur un des sièges libres. Un contrôleur arrive pour vérifier nos billets, j'en profite pour lui poser la question :

- Allons-nous rester bloqués encore un moment ? le préposé croit bon de faire un trait d'humour.

- Je ne sais pas capitaine ! Il vous tarde de retrouver le front ? cette remarque a le don de m'exaspérer.

- C'est sûr, ce n'est pas avec des cheminots comme vous, que nous allons gagner la guerre !

L'homme n'insiste pas et finit par passer au comportement suivant.

L'attente s'éternise, je décide de braver les interdits en descendant sur la voie, pour glaner des informations. Je croise de nouveau le contrôleur. Il sent bien à mon regard soutenu, que ce n'est pas la peine de me poser des questions, ou de s'opposer à ma détermination.

En tête de la locomotive, j'aperçois un groupe de militaires avec des ouvriers travaillant sur le ballast. Un des soldats, me fait signe de ne pas m'approcher plus :

- Mon capitaine n'avancez plus ! Nous cherchons à dégager un obus n'ayant pas explosé !

Au moins j'ai ma réponse, je n'ai plus qu'à regagner ma place. Nous repartons pour arriver à destination à 11h53, soit plus de 2 heures après l'horaire prévu...

Chapitre 4 : Cap à l'Est.

À la gare, un caporal tend un panneau portant mon nom, je m'approche de lui :

- Visiblement vous avez eu quelques soucis mon capitaine ?

- Moi non, mais le train oui ! Un objet explosif a été neutralisé en bord de voie !

Nous sortons de la station, les temps changent, je n'ai plus droit à une voiture d'état-major, mais à une simple jeep. Le véhicule a dû faire un certain nombre de campagnes et porte le graffiti peu protocolaire, « De mort aux c... ! »

- Dites-moi caporal, pas très réglementaire l'inscription ? le soldat rit de bon cœur.

- Il va falloir vous y faire mon capitaine, depuis Koufra, les peintures de guerre sont de sortie !

- À quel endroit nous rendons-nous ?

- Au camp de Mourmelon, près de Chalon sur Marne ! Les allemands y ont interné des prisonniers et des déportés depuis 1940, avant de l'évacuer, il y'a 3 semaines environ ! Le 3e Bataillon, s'y trouve au repos en attendant les ordres !

Nous prenons la départementale 980, moins de 40 km nous séparent de notre destination, ma montre indique 13 heures à notre arrivée.

Crée sous Napoléon III, le camp s'étale sur près de 10 000 hectares et comprend une cinquantaine de bâtiments. Je suis présenté rapidement au chef de Bataillon le lieutenant-colonel de Guillebon* et à son chef d'état-major le commandant Jordan.

- Vous tombez bien capitaine, nous allions passer à table ! je vais faire rajouter un couvert !

L'ambiance entre les deux hommes semblent décontractée, je décide de le jouer sur le même ton :

- Désolé de mon retard mon colonel, mais la ponctualité des chemins de fer français, n'est pas une science exacte !

- Vous savez, que j'ai beaucoup entendu parlez de vous ! je m'attends au pire.

- Plutôt en bien, ou plutôt en mal ?

- Plutôt en rebelle, vous allez cadrer avec l'esprit de la 2e D.B ! J'ai lu dans votre dossier, vos rapports disons... conflictuels avec la justice ! j'attends la suite avec appréhension. Vous savez, concernant les juges, ils ont un avantage par rapport aux militaires, ils ne sont jamais en première ligne et quel que soit le sens du vent de la politique, ils sont toujours dans la bonne direction, comme la girouette !

- Quand et comment dois-je prendre ma nouvelle affectation ?

- Il est 13h15, à la minute précise, vous êtes mon nouvel aide de camp !

- Parfait mon colonel ! Quelles sont les nouvelles du front ?

- Patton et sa 3e armée font toujours face à une forte résistance au sud et à l'ouest devant les forts de Metz ! De Lattre avec la première armée, se bat du côté d'Héricourt et Montbéliard ! Nous attendons les ordres qui ne devraient plus tarder, pour nous engouffrer entre les deux lignes !

- Je ne comprends pas mon Colonel, nous ne devrions pas être déjà au contact avec l'ennemi ?

- Si, sauf que la pénurie d'essence en provenance de Cherbourg, nous retarde ! Des unités des 1er et 2e bataillon de la 2e DB sont au combat, nous, nous devons attendre !

Les plats sont distribués à grande vitesse, nous voilà déjà au café servi en même temps que le dessert. De Guillebon, poursuit :

- Pour votre intégration, je vous laisse voir avec le commandant !

Nous voilà dans le bureau du commandant :

- Qu'est devenu mon prédécesseur sur le poste ?

- Depuis la campagne d'Afrique, il traînait une maladie trypanosomiase, lui donnant régulièrement des poussées de fièvre ! Le colonel a décidé de le renvoyer dans ses foyers contre son gré !

- Il était très attaché à sa fonction ?

- Oui ! Il existe une très grande fraternité entre les troupes, qui suivent Leclerc depuis Koufra !

- J'ai compris, il va falloir que je fasse mes preuves !

- Oui ! Même si visiblement, vous partez avec un a priori favorable !

- Comment allons-nous, nous organiser ?

- Dans un premier temps, je vais vous appeler le Chef Larrieu, qui va vous faire faire le tour du propriétaire, pour vous familiariser ! Ensuite nous aviserons !

Le sergent-chef Larrieu fait partie des vétérans du Tchad. Sa tenue n'a rien de protocolaire et sa barbe rousse hirsute, déplairait sans doute au colonel Dewavrin (*voir La grande invasion*). J'apprends que nous lui devons une partie des inscriptions de plus ou moins bon goût, qui fleurissement çà et là sur les véhicules.

Pour en revenir au protocole, le moins que l'on puisse en dire, c'est qu'il passe au second plan. Le salut, n'est guère de rigueur et chacun déambule dans le camp, dans la plus profonde décontraction.

Nous faisons le tour des équipements. Le 3e bataillon, représente le fer de lance de la 2e DB. Le 501e régiment de chars de combat est équipé de M3 Stuart légers et de M4 Sherman, sans oublier un escadron de M10 Destroyer de 30 tonnes, qui deviennent la hantise des Panzers. Derrière, opère le régiment de marche du Tchad.

Une sorte de Melting-pot, composé d'unités de tirailleurs sénégalais, ainsi que d'éléments métropolitains et européens ralliés en Afrique du Nord. Les 3 bataillons, sont équipés de Halftracks, sur le mode des régiments américains mécanisés. La 3e unité, incarne en quelque sorte « les enfants terribles », avec la 9e compagnie sous la responsabilité du capitaine Raymond Dronne*. Le recrutement, s'est fait à base d'anarchistes espagnols, derrière Joseph Putz*, ancien brigadiste républicain de 1936. La compagnie, prend le surnom de « la Nueve » *(Le chiffre neuf en espagnol)*.

Le 64e Régiment d'Artillerie d'Afrique vient au soutien, avec des obusiers de 75m/m type M8 HMC, ou de 105m/m type M7 Priest. Enfin une compagnie de Génie et une compagnie médicale complètent l'ensemble. Je pense au fond, qu'avec un tel attirail et une telle organisation, nous aurions reculé beaucoup moins vite en 1940 à Sedan.

Mardi 10 octobre, les réserves en carburant et munitions en provenance de Cherbourg arrivent enfin. Le commandant Jordan, m'explique qu'il nous faut entre 250 000 et 300 000 litres d'essence par jour en fonction du terrain, pour parcourir une centaine de kilomètres. Nous devons partir demain matin, avec pour objectif de rejoindre Froncles à 115 km de notre point de départ, où nous devons retrouver le gros des unités des 1er et 2e bataillons.

Je quitte l'uniforme, mes bottes cavalières et le képi, pour le treillis, les rangers et le casque lourd. De Guillebon, me passe les dernières consignes et connaissant mes compétences en télé-cryptage, me demande de rencontrer les trois chiffreurs du régiment. Je passe donc mon après-midi du mardi, avec les transmissions.

Dans l'ensemble, les chiffreurs tous équipés d'une Hagelin C36 n'ont que peu d'activité. Le spectre de la « 5e colonne » semble s'être éloigné, la plupart des messages sont reçus en clair. L'état-major, pense sans doute à juste titre, que les allemands ont pour priorité, de se défendre, plutôt que de deviner la dernière stratégie offensive des alliés. Côté organisation, je n'ai rien à reprocher au travail entre les radios et les télé-crypter.

Le voyage entre Mourmelon et Frondes se passe sans encombre. Le bourg de 1200 habitants de la Haute Marne, se trouve déjà sécurisé. La 2e division blindée et 1ere armée française, ont fait leur jonction depuis un certain temps, avec pour conséquence de nous placer en position d'arrière-garde. La division, est stationnée, dans les vallonnements coupés des bois touffus du pays de Clairvaux.

Au bivouac du soir, De Guillebon, réunit son état-major, pour passer les nouvelles directives. Le prochain objectif, s'appelle Baccarat, au sud de Nancy en Meurthe et Moselle. Éloignés de 150 km, nous devons rejoindre, le reste des troupes sous deux jours, en faisant étape à Crantenoy. Il ne s'agit pas d'une commune où l'on se déplace par hasard. Une centaine d'âmes tout au plus, se mobilise pour nous y accueillir. Les maigres toilettes, peuvent se faire auprès des abreuvoirs, des quelques fermes voisines occupant le paysage.

Sur place, nous sommes à environ 35 km du front. Les dernières nouvelles nous parviennent par radio. L'ennemi occupe sérieusement le secteur de Chatel. Des combats violents, se livrent sur les communes de Zincourt, Hadigny et Moriville. Les Sherman font face à la 21e Panzer.

Malgré les ponts détruits et les mines, les troupes avancées de la 2e DB réussissent à traverser la Meurthe à Vathiménil. Les chars allemands, avec 5 Panther et trente Mark IV, tentent de contre attaquer. Le XIIe corps tient la position, bientôt renforcé par la 79e division américaine, qui arrive à la rescousse de Gerbéviller par le flanc. Les Panther n'ont bientôt d'autres choix, que de faire demi-tour.

Un problème chasse l'autre. Depuis quelques heures, les pluies d'Automne ont fait leur apparition, transformant les chemins de campagne en véritable cloaque boueux. Les engins lourds, vont avoir du mal à se déplacer, facilitant d'autant plus les positions défensives de l'ennemi.

Jeudi 12 octobre, nos premières unités recommencent à combattre. Le fort de Badonviller au nord de Manonviller, devient notre première prise. L'ouvrage solidement encaissé, datant de la fin du 19e siècle, a été érigé pour protéger l'accès aux départements de la Moselle et de la Meurthe et Moselle...de l'envahisseur allemand. Nos éclaireurs, constatent que l'ennemi tient fermement les cols sur la ligne des Vosges.

Samedi 14 octobre, la pluie tombe toujours sans discontinuer. Devant des positions figées, l'état-major décide de communiquer de nouveau de manière cryptée pour éviter de donner des indications à l'adversaire. Les observations se font sans contact. Malgré tout, une de nos jeeps saute sur une mine. Des trois occupants, le chauffeur est tué, les deux autres sont grièvement blessés. L'un d'eux, le première classe Jérôme André, fait partie des trois chiffreurs du régiment. Comble de malchance, un second le caporal Georges Garcia, garde le lit avec 40° de fièvre. N'ayant qu'un seul chiffreur disponible, un début de panique commence à s'installer. Je suis convoqué par le Colonel De Guillebon :

- Capitaine, nous avons besoin que vous repreniez du service comme télé-crypter !

- Mais mon colonel, vous avez dû voir dans mon dossier que je suis suspendu de l'accès « au Secret Défense » ! De Guillebon, visiblement énervé.

- Je ne veux pas le savoir ! Je lève la suspension ! Vous reprenez du service, cas de force majeure !

Bien que je pense qu'il n'a pas le pouvoir de lever la sanction, je me garde bien de toute objection.

Je prends immédiatement contact avec le dernier chiffreur valide, le Sergent Meunier. Il me donne accès à tous les documents dont j'ai besoin et me confie la machine Hagelin, qui n'a pas souffert dans l'accident. Je peux de nouveau accéder à toutes les informations les plus confidentielles, en temps réel.

Le temps trop dégradé, ne nous permet pas d'envisager une nouvelle offensive dans l'immédiat. Pour marquer une pause, nous nous rabattons sur Lunéville occupé par les américains, qui font bien les choses au centre d'accueil, avec cigarettes, boissons, gâteaux etc...pour l'ensemble des troupes.

Jeudi 19 octobre, pour la première fois depuis une semaine, le ciel bénéficie d'une éclaircie, du coup nous avons droit à une petite visite de la Luftwaffe. Les Messerschmitt, nous survolent seulement un instant, la riposte de la DCA faisant le nécessaire pour les éloigner. Signe que les allemands ne lâchent rien, dans la soirée un message radio nous signale un lâché de parachutistes. J'ai l'impression de rajeunir de quatre ans, Jordan me demande de me poster en observation pour la nuit dans le cimetière, avec une escouade composée d'un caporal et de 6 hommes. Je suis d'autant plus surpris, que nous ne sommes plus que deux chiffreurs opérationnels. Un autre officier avec un radio, aurait aussi bien pu faire l'affaire.

Dans ce décor lugubre, nous prenons notre repas du soir. Au menu corned-beef en boîte, pas de quoi faire un gueuleton. Les gars, probablement impressionnés par mes galons et mon statut, ne m'adresse que peu la parole. Je devrais pourtant être le plus ému, par leurs états de service au combat en Libye, au Tchad et depuis le débarquement en Normandie. Je ne peux revendiquer en échange, que ma modeste participation à la campagne de France en 1940. J'essaye de briser la glace et je laisse au caporal Maillet, le soin d'établir les tours de garde par équipes de deux. Maillet et moi devant chacun à notre tour, nous occuper des gars de permanence. Précaution superflue, la nuit se passe dans le plus grand calme.

« Notre excursion », reprend le mardi suivant direction Vathiménil. La commune ne comprenant que 300 habitants à peine, comporte une école dans laquelle nous trouvons refuge.

Les lignes ennemies, se trouvent à moins de 3 km sur Flin. En début de soirée, un obus tombe dans la cour, un autre sur le bâtiment, faisant un tué et un blessé.

Ma pseudo réintégration « au chiffre », me permet d'avoir des nouvelles fraîches de la DGSS sur Paris. J'apprends que le service va subir une restructuration complète. La Direction Générale des Services Spéciaux devient la DGER *(Direction Générale des Études et des Recherches)*. Jacques Soustelle*, se voit confirmé à sa tête en qualité de Directeur Général. Concrètement, les services de renseignement extérieur et de contre-espionnage intérieur, devraient se séparer à court terme.

Samedi 28 octobre, nos mouvements se font de manière plus intense. Quatre compagnies, les 9e, 10e, 11e et 12e sont mobilisées, pour un itinéraire Saint Pierre, Moyen, Vathiménil. Le temps est toujours aussi affreux, une partie des voitures de la 12e compagnie s'enlisent créant une énorme pagaille. Deux itinéraires sont prévus à travers la forêt de Mondon, pour éviter les embouteillages. Le problème, n'est que déplacé à l'arrivée au cantonnement de Vathiménil, avec l'accumulation des véhicules.

Une nouvelle offensive doit être déclenchée, le Mardi 31 octobre. Compte tenu d'une résistance toujours aussi acharnée des allemands et d'un terrain hostile, la progression se fait par sous groupement, à raison de bonds de quelques centaines de mètres toutes les demi-heures. Il s'en suit une certaine confusion dans la répartition des tâches. Ainsi Hablainville, qui devrait être pris par le commandant Massu*, est conquis par le commandant La Horie* qui pousse ensuite sur Vacqueville. Des erreurs de parcours, ne le conduisent sur site qu'en fin de journée. Dans le même temps, la 10e compagnie enlève Brouville, là encore dans la difficulté, le pont de Verdurette ayant sauté, la compagnie a dû faire un détour par Vaxainville.

Le soir au débriefing, il faut bien trouver des responsables. Les radios sont montrés du doigt, pour leurs manques de synchronisation. Ils se défendent, en soulignant que le terrain montagneux, ne facilite pas les transmissions. Toujours est-il, que je deviens le nouveau responsable de la coordination entre les différents postes.

Si cette nouvelle affectation, ne me dérange pas, elle présente néanmoins un inconvénient, je vais me retrouver en première ligne.

Mercredi 1er novembre, me voilà embarqué dans un halftrack, servant de command-car des transmissions. Nous sommes six hommes à bord, représentant parfaitement la diversité de la 2e DB. Notre chauffeur d'origine algérienne s'appelle Ali Achour, à ses côtés le navigateur, d'origine juive pied noir, le sergent Max Cohen. Je suis à l'arrière, avec pour radio l'alsacien Francis Schneider. Le breton Pierrick Kermarec et le sénégalais Mamadou Fall, sont les servants de la mitrailleuse Vickers 12,7.

La mission du jour, consiste à occuper le village de Mignéville pour établir une tête de pont sur la Blette. Nous évoluons au milieu de la 11e Compagnie, la section de chars de La Bourdonnay* ouvre la route, encadrée par une escouade de pionniers. Le groupe sanitaire du docteur Le Mevel* ferme la marche.

Nous partons dans un brouillard épais, en conséquence nous sommes obligés d'allonger les distances entre les véhicules, pour éviter les risques de collision. Soudain Cohen, carte et boussole sur les genoux, se tourne vers moi :

- Mon capitaine, nous sommes paumés ! La boussole s'affole, je ne peux plus me repérer !

- Pour la boussole, c'est normal, la ferraille de l'Halftrack perturbe l'aimant ! Ali, tu te ranges dès que tu peux !

Le chauffeur, s'exécute rapidement et coupe le contact. Nous entendons des bruits de moteur s'éloigner.

- Sergent descendez, du véhicule, nous allons faire le point à pied un peu plus loin !

Toujours au milieu de la purée de pois, nous devinons un pont de pierre. Je pose la carte et la boussole sur le parapet, tout en regardant ma montre. Elle indique 10h15. Le jeu consiste désormais, à évaluer la distance parcourue depuis le matin et de retrouver sur la carte notre position. Je finis par identifier le pont et je mets le doigt dessus.

Je n'ai pas le temps de faire signe à Cohen, que des balles sifflent autour de nous. Nous nous précipitons dans l'Halftrack sous un feu nourri. Mamadou couvre notre retraite avec la 12,7.

De retour au véhicule, Achour se plaint de l'épaule, pendant que les projectiles continuent de pleuvoir sur le blindage. Je demande à Cohen de prendre le volant, j'ai remarqué une ruine près du pont, susceptible de nous mettre à l'abri. Aussitôt dit aussi fait, alors que Mamadou continue d'arroser à l'aveuglette, je lui demande de cesser le feu, pour éviter de donner des indications sonores à l'ennemi.

Moteur coupé, nous faisons le silence le plus absolu. La brume ne s'est pas beaucoup dissipée. Nous entendons quelques bruits de bottes et des paroles en allemands, puis la rumeur s'éloigne et le calme revient...

Chapitre 5 : Vous n'aurez plus l'Alsace et la Lorraine.

Un quart d'heure a dû s'écouler, entre le moment du tir et le passage des Allemands. Notre premier réflexe, est de nous tourner vers Achour, pour constater l'état de sa blessure. Une balle a traversé l'omoplate, Kermarec tout en faisant un pansement de fortune à l'aide de la trousse de secours, m'indique qu'il a déjà perdu beaucoup de sang. Je demande à Schneider de prévenir par radio, le groupe sanitaire de Le Mevel, tout en signalant notre position.

Un véhicule sanitaire se présente peu après, pour évacuer notre malheureux compagnon. Ali dur au mal, n'a pas perdu connaissance et nous fait un petit signe de la main au moment de son départ. Le brouillard matinal s'est totalement dissipé, Cohen, m'interroge sur la suite à donner pour notre mission du jour. Nous sommes entièrement coupés de la 11e compagnie, j'estime compte tenu des événements de la matinée et de l'infiltration sporadique d'éléments de la Wehrmacht, qu'il vaut mieux faire demi-tour, par prudence.

Nous adressons naturellement un message aux unités engagées, avant de rejoindre le camp de base. Au retour, nous apprenons que la compagnie a rempli entièrement sa mission, en sécurisant un pont sur la Blette, détruisant au passage un Panther, faisant deux tués et trois prisonniers.

Jeudi 2 novembre, le harcèlement pour faire sauter le verrou de Baccarat, se poursuit maintenant depuis 3 jours. Le commandement américain souhaite améliorer sa base de départ, pour faciliter la progression du VIe corps d'armée jusqu'à la Meurthe. Les unités de la 2e DB, sont désormais bien imprégnées au terrain, se mêlant depuis un mois à la terre et aux villages, dont le décor se veut un peu plus détruit et désert, au fil des jours.

Les maires de Brouville et Glonville ont pris soin d'évacuer leurs populations. Ne restent, que quelques habitants regroupés autour des premiers magistrats, afin d'aider les troupes libératrices dans leurs tâches. La dernière grosse opposition, provient de la 21e Panzer. Nous suivons aussi les mouvements, de la 106e Panzer-Brigade, venant du Thillot en renfort. L'artillerie des allemands, reste redoutable bien que s'amenuisant de jour en jour. Nous entendons distinctement le son de quatre canons de 88, crachant leurs obus en tir de barrage.

Après avoir examiné un contingent de leur matériel détruit, nous constatons qu'ils utilisent pour partie des obusiers de 85 soviétiques, récupérés sur le front russe. Ces canons, sont réalésés en 88, pour une utilisation avec leurs propres munitions, preuve d'un affaiblissement de l'industrie d'armement allemande.

Les renforts mis en œuvre entre Meurthe et Vezouze couvrent la rocade Baccarat, Montigny, Domèvre, protégeant les deux axes principaux des nationales 4 et 59, qui ouvrent la route sur Lunéville et Sarrebourg. Maître des airs, l'aviation alliée permet lorsque le ciel se montre « moins ouateux », des repérages très précis, grâce au photos aériennes. Les clichés désignent très clairement, que les trois communes sont reliées par un réseau d'infanterie manquant de profondeur. Un effectif visiblement insuffisant, ne permet pas de les garnir de manière consistante et efficace.

« Le père la canne », surnom affectueux désignant le général Leclerc, décide de manœuvrer par surprise, en profondeur et en dehors des axes. Une fausse offensive est déclenchée au centre, pour occuper les allemands, pendant que des sous-groupements se déploient en éventail par les flancs, afin de contourner les défenses.

Les fantassins français, élargissent la brèche, en sécurisant les routes aussitôt déminées. J'ai reçu pour consigne de me tenir au centre à Hablainville, en observation avec la même équipe que la veille. Un lorrain du cru Marcel Cantarel, ancien résistant incorporé à la 2e DB, remplace Achour comme chauffeur. Nous devenons la cible des Nebelwerfer *(lanceurs de brouillard)*, version germanisée des « orgues de Staline ». Les engins autotractés équipés de six tubes, peuvent expédier six roquettes explosives de 150mm en 10 secondes, ou 3 salves de 6 fusées en 5 minutes, le tout dans un sifflement caractéristique et un bruit semant la terreur.

Notre protection au milieu des ruines, semble soudain devenir dérisoire, quand nous recevons des projectiles en provenance du clocher de l'église, touché par une roquette. Les impacts atteignent non seulement notre Halftrack, jusqu'à faire caisse de résonance dans nos casques lourds.

Après plusieurs salves, le silence revient. Nous sommes de nouveau en contact radio, avec nos différents sous-groupements. L'unité commandée par Rouvillois*, se répand sur Gélacourtet la position du bois des Aulnays, guidée par une civile Marcelle Cuny*. La jeune femme, leur indique un itinéraire, pour éviter les obstacles placés par les Allemands. En même temps, le détachement Joubert*, lui aussi escorté d'un autochtone, vient gagner Merviller puis Baccarat par la route du nord. À proximité d'un passage sur la Meuse, ils détruisent un canon ennemi, alors que des pionniers, s'apprêtaient à faire sauter le pont.

Le seul sous-officier boche encore vivant, permet de se débarrasser des charges, destinées à faire sauter l'ouvrage. Vacqueville n'est pas encore pris, demain, il faudra finir le boulot.

J'ai quitté ma famille depuis 3 semaines, il est temps pour moi de donner de mes nouvelles. Je prends donc ma plus belle plume, cadeau de Jacqueline et Mathilde, pour écrire à ma chérie : « Mon amour, j'espère que tu vas bien et je suis sûr que tu prends bien soin de notre petite Marie. De mon côté, rassure-toi, je ne joue pas les héros, je me contente d'observer de loin la ligne de front et les canonnades. Avec les frimas de l'hiver qui arrivent, j'aimerais sentir ton odeur et me blottir contre toi, dans un lit bien douillet.

J'espère pouvoir bénéficier d'une permission prochainement, pour venir vous embrasser toutes les deux. Ton Pierrot qui t'aime très fort et qui pense bien à vous. »

Vendredi 3 novembre, les combats de la veille ont rendu le terrain à la limite du praticable. Après le passage des chars, les halftracks s'embourbent, nous faisons partie des victimes, contraints d'étayer. Les gars, sont visiblement plus habitués au fesh-fesh de Lybie, qu'à la boue de Lorraine. Plus grave, des unités combattantes sont obligées de faire un détour avec un retour sur Merviller, où le colonel von Luck* avait perdu la moitié de ses unités. Les combats reprennent jusqu'au soir, en sous-effectif.

Sur Vacqueville, von Luck confie la défense au lieutenant Sommer*, commandant la compagnie d'état-major. L'officier blanchi, par la campagne de Russie, n'est pas du genre à reculer. Malgré toute sa bonne volonté, le lieutenant ne peut résister aux assauts conjugués de Mijonnet* et Massu*, perdant tout le terrain entre la Verdurette et la Blette. Les deux ponts stratégiques, sont toujours intacts et désormais sous contrôle de la 2e DB. La vingtaine de chars disponibles, n'a plus qu'à s'y ruer pour passer de l'autre côté de la rive.

Un vin d'honneur préparé par la Municipalité de Baccarat, est prêt en fin de journée pour recevoir ses libérateurs. Le curé de Domèvre, présente ses concitoyens et ses camarades, dans la salle d'exposition de la cristallerie. La fragilité, a réussi à vaincre la force…

La Lorraine reconquise, reste l'Alsace avec pour objectif de respecter le serment de Koufra, continuer le combat jusqu'à hisser le drapeau tricolore au sommet de la cathédrale de Strasbourg *(Serment prononcé par Philippe de Haute Cloque alias Leclerc, le 2 mars 1941 lors de la prise de l'Oasis de Koufra aux italiens, première victoire de la 2e DB.)*

Après la prise secondaire de Cirey-sur- Vezouze, conquise par une compagnie de Spahis, le sous groupement du commandant Massu ouvre la voie vers l'Alsace. L'ennemi abandonne petit à petit ses lignes de défense vosgiennes, pour se regrouper plus à l'Est.

Nous emboîtons le pas, pour nous retrouver à la nuit tombante à Birkenwald.

Lundi 13 novembre, les américains ont réussi enfin à franchir la Moselle à Cattenom et s'apprêtent à achever l'encerclement de Metz. De notre côté, le dernier gros obstacle s'appelle Saverne, petite ville de 9000 habitants encaissée au fond d'une vallée, à 33 km de la grande capitale alsacienne, Strasbourg.

Les allemands tiennent solidement les hauteurs, sur Sarrebourg et Phalsbourg, distantes d'une trentaine de kilomètres de Saverne. Pour rajouter aux difficultés, la neige est tombée dans la nuit, alourdissant un peu plus un terrain déjà gras. À Phalsbourg, les allemands ont pris soin de réaliser de gros aménagements, avec fossé antichar continu, couvert par deux réseaux de tranchées boyaux et postes de gué.

Dans ce décor, les Sherman ont l'avantage d'une plus grande mobilité sur les Panzer, malgré une puissance inférieure de feu. À Badonviller le 17 novembre, les tireurs d'élite allemands font de nombreuses victimes. Le Lieutenant-Colonel Jean Fanneau de la Horie* commandant en chef du 2e Régiment de chasseurs d'Afrique de la 2e DB, perd la vie en même temps que la capitaine Mazieras*, conséquence d'un éclat d'obus.

La journée du 20 novembre, va déterminer les suites de la bataille. L'objectif consiste à encercler Saverne, pour éviter une attaque frontale. Massu, s'en charge par le sud en partant du carrefour de Renthal, pendant que Langlade* et Minjonnet* opèrent plus au nord, dans le couloir de la Nationale 4, sur l'axe Phalsbourg Saverne, évitant ainsi les contreforts des Vosges.

Le Chef de Bataillon Robert Quilichini* a l'honneur de mener la première charge avec une audace folle, plein centre sur les défenses redoutables de Phalsbourg. Il enlève le premier le système de tranchées, avant de dévaler la contre-pente, pour prendre le fossé sous le feu. Dans l'action, le capitaine Boussion* à la tête de son char « Bourg la Reine », un des vétérans de la 2e DB, prend une balle dans le front. Il décède au cours de son transfert à l'hôpital de Lunéville.

Dans le camp d'en face, le général Bruhn* commandant la 553e division de Volksgrenadiers, semble tétanisé par tant d'audace. Pas question de contre attaquer, il ne songe plus qu'à garnir son système de défense, pour essayer d'y faire face.

Au nord, Marc Rouvillois abandonne l'axe principal, pour contourner au nord par la Petite Pierre. De cette façon, il peut retrouver dans un mouvement circulaire Massu au sud et encercler complètement les hauteurs de Saverne. Leclerc y va de son lyrisme, comparant les actions du jour, à la charge des cuirassiers de Reichshoffen et de Morsbronn.

Mardi 21 novembre, Bruhn, pris dans la tenaille, ne veut pas subir un second Stalingrad, dont il est un des rares rescapés.

Les habitants de Saverne, ne sont pas plus rassurés que le général allemand. Il se murmure que les ponts vont sauter, de même que différents édifices, ainsi que des pâtés de maisons entiers. L'abbé Becker*, tente une médiation auprès des autorités allemandes. Bruhn, accueille la délégation avec courtoisie, sans toutefois laisser d'espoir aux savernois :

- J'ai ordre de défendre chaque mètre de terrain et chaque village ! Je défendrai le vôtre par tous les moyens !

Puis se tournant vers un de ses officiers, il rajoute :

- Disposez-vous de suffisamment d'explosif pour faire sauter les ponts ?

- Nein Herr Général ! Nous en sommes totalement dépourvus !

- Dans ce cas, arrosez le pont en bois du canal et mettez-y le feu ! l'officier ne semble pas convaincu.

- Mon général, la pluie tombe sans discontinuer ! Je crains que nous ne puissions pas y parvenir !

Bruhn, lève les bras en signe d'impuissance, congédie la délégation et monte dans sa voiture direction le col de Saverne, afin d'évaluer la situation de visu.

Il est déjà trop tard, Jules Minjonnet* rasant la montagne, se glisse au pied des Vosges. Dans le même temps, le commandant Massu pénètre par l'Est de la ville. Les horloges indiquent 14h15, le groupe de chars de Rouvillois débouche au Nord. Les allemands sont tellement surpris, qu'ils se dispersent sans riposter dans les caves et les jardins.

L'aspirant Bastolet*, se rue avec sa jeep sur deux Mercédès de l'état-Major. Les Allemands, cherchent à s'enfuir en couvrant leur retraite par des tirs. Les occupants de la Jeep répondent à leur tour, tout en passant devant les troupes ennemies médusées, comme dans une fiction de film américain (*historique*). Les deux Mercédès, finissent par s'immobiliser, les pneus crevés.

Les occupants, tous des officiers supérieurs, se rendent à Barstolet. Ce dernier, ne se dégonfle pas, fait s'asseoir les prisonniers sur le capot de sa voiture et sur une autre Jeep venue à la rescousse. Les deux véhicules, n'ont plus qu'à effectuer le chemin en sens inverse, toujours au milieu des troupes adverses, respectueuses et impuissantes.

Leclerc, arrive sur les talons de ses troupes pour installer son PC dans la gentilhommière de Birkenwald.

De notre côté, toujours dans notre bon vieil Halftrack, nous dégringolons les Vosges par la descente du Château du Haut-Barr. Notre chauffeur Marcel Cantarel, bien habitué à la région, cherche à nous faire prendre des raccourcis, par des chemins plus ou moins carrossables. À l'arrière secoué, comme un prunier, je finis par lui demander de récupérer une route plus traditionnelle. Je n'ai pas eu le temps de finir ma phrase, qu'une secousse plus violente à l'arrière, fait décoller notre véhicule, qui manque de verser avant de retomber sur ses roues. Nous sommes tous les six vivants, mais plus ou moins groggy. Personnellement, j'ai la main droite comme désarticulée et qui ne tarde pas à enfler. Cohen, sort du blindé pour constater les dégâts. Le train arrière côté droit a explosé, faisant sortir la chenille de son logement.

Cantarel tout penaud me regarde :

- Je suis désolé mon capitaine ! Je ne comprends pas ! Cohen pense avoir trouvé une explication.

- Tu as dû rouler sur un engin explosif ! je pense à une grenade plutôt qu'à une mine ! Sinon nous aurions valdingué encore plus ! j'essaye de rester lucide.

- Schneider, la radio est-elle toujours intacte ?

- Affirmatif mon capitaine !

- Dans ce cas tu signales notre position, pour que l'on puisse nous envoyer du secours !

Pendant ce temps, Kermarec farfouille dans la trousse de secours.

- Vous souffrez beaucoup mon capitaine ?

- Énormément !

- Je vais vous faire une injection de Morphine !

Peu de temps après la piqûre je suis pris de nausées et de vomissements. Puis je finis par m'assoupir. Dans un état semi comateux, je revois la mine explosive qui nous a envoyé dans le décor en juin 1940 en Argonne (*Voir les sacrifiés de l'an 40*), le doux visage de Mathilde, me soignant sur Reims. Tout finit par se confondre Monique, Maria la Louve et Léa, se superposent dans ma tête.

Je me réveille un peu plus tard dans une ambulance.

- Où me conduisez-vous ? un infirmier me répond.

- À l'hôpital de Saverne mon capitaine ! Nous arrivons dans peu de temps !

Les bâtiments de couleur ocre apparaissent, quelques instants plus tard. J'apprends, que l'architecte Stambach a conçu les plans en 1932 pour une inauguration en mars 1938. Bref nous sommes dans une modernité, à faire pâlir de jalousie, Jacqueline et Mathilde. La capacité totale de l'hôpital s'élève à 245 lits, un pavillon secondaire est réservé aux militaires.

Toutefois, la violence des combats de ces dernières 72 heures, a nécessité de dresser un hôpital de campagne au centre de l'établissement. Fait de toile de tentes, près de la chapelle Sainte Catherine, il permet de répondre aux besoins du moment.

Je suis orienté, sans attendre vers le pavillon secondaire. Là, je dois patienter un moment, avant que l'on ne vienne s'occuper de moi. La douleur devient plus intense, la morphine ne fait sans doute plus d'effet. Une lieutenant médecin à la superbe crinière rousse, me prend enfin en considération. Me voyant grimacer, elle me tend un verre d'eau avec deux cachets :

- Prenez ces médicaments capitaine ! puis elle examine ma main.

- Je suppose qu'elle est cassée ?

- Oui, reste à déterminer l'ampleur des dégâts ! Il faudrait faire une radio, mais nous sommes débordés ! En attendant, je vais vous faire un plâtre provisoire !

Sur ces entrefaites, Le docteur Yves le Mével nous rejoint.

- Alors lieutenant, comment va notre patient ?

- Une mauvaise fracture mon commandant ! Je vais plâtrer en attendant mieux ! Il se penche sur moi et regarde mon membre désarticulé d'une moue dubitative.

- Ouais ! Tout ça mérite au moins 3 semaines d'arrêt ! Nous allons vous faire évacuer sur Nancy, pour une prise en charge !

- Quitte à m'expédier sur un autre établissement, je préférerais être orienté sur Paris, mon commandant ! Je pourrais au moins retrouver ma famille ! Le commandant, ne réfléchit qu'un instant.

- Permission accordée !

Dans mon malheur, j'ai la chance de pouvoir bénéficier d'une place dans un Dakota au départ de Steinbourg, le lendemain.

Situé à 6 km de Saverne, le petit aérodrome permet, entre autres, d'évacuer les grands blessés sur Paris-le Bourget.

Je suis partagé, entre la joie de retrouver ma famille et la tristesse de ne pas voir flotter le drapeau tricolore, sur la cathédrale de Strasbourg...

Chapitre 6 : Recours en grâce.

Mercredi 22 novembre, 8h35, le Dakota s'élance sur la piste herbue de Steinbourg, rendue très dure par le gel. Je suis assis le bras en écharpe, deux infirmiers sont présents, pour surveiller six hommes allongés sur des brancards et particulièrement mal en point.

Nous sommes partis pour deux heures de vol. Bourré d'analgésique, à demi conscient, j'essaye de me concentrer. Près de la cabine de pilotage, je distingue le radio navigateur d'un regard voilé :

- À quelle heure nous posons-nous au Bourget ?

- Nous n'atterrissons pas au Bourget, mais à Villacoublay !

Je ne me souviens pas de grand-chose pendant le vol, sinon que je n'ai pas eu le temps de prévenir ma famille de mon arrivée. À l'atterrissage, les brancards sont prioritaires, des ambulances sont là pour les réceptionner. Je descends en dernier, juste devant les pilotes. Les ambulances s'éloignent déjà, alors qu'une 11 légère Citroën m'attend. Le chauffeur s'occupe de mes bagages, qu'il glisse dans le coffre de la voiture. Puis il se tourne vers moi :

- Caporal Smet, mon capitaine ! J'ai pour mission de vous conduire à l'hôpital du Val de Grâce !

- Va pour le Val de Grâce caporal, je connais déjà ! (*Voir Nom de Code Grenelle*).

Sur place, je suis pris en charge beaucoup plus rapidement qu'à Saverne. J'ai droit à la totale, radio, puis ma main est examinée sous toutes les coutures. Enfin un professeur vient me voir :

- Capitaine, je vous opère demain ! Je ne vous cache pas que vu l'état de votre main, ça va être du sport !

- Le commandant médecin Le Mével, m'a donné trois semaines d'arrêt ! Le professeur hausse les épaules.

- Oui enfin, il n'avait pas vu les radios ! Moi je pars sur un mois et demi minimum, avec une rééducation !

J'accuse naturellement le coup. Mais la perspective d'être auprès de Mathilde et Marie pendant tout ce temps, me met du baume au cœur. Je demande de pouvoir téléphoner pour joindre l'hôpital d'Argenteuil, plutôt que le garage de mon père. Mathilde n'est pas disponible, mais je réussis à joindre ma sœur :

- Allô Jacqueline, je t'appelle de l'hôpital du Val de Grâce à Paris !

- Comment ça, tu es malade ? Blessé ? le ton de sa voix marque son inquiétude.

- J'ai eu un problème, ma main est fracturée, je dois être opéré demain matin !

- Est-ce la main déjà touchée à Lyon ?

- Non, il s'agit de la droite !

- Comment vont Mathilde et Marie ?

- Très bien, je vais prévenir Mathilde et nous allons nous débrouiller pour venir te voir demain en fin de journée !

- Parfait, mais ne vous inquiétez pas ce n'est qu'une blessure de plus !

Jeudi 23 novembre, j'ouvre un œil, la vue voilée par un brouillard. Je distingue une infirmière :

- Pouvez-vous me donner l'heure ?

- Bientôt 14 heures ! vôtre intervention a duré 2 heures, sous anesthésie totale !

- Dans combien de temps puis-je sortir de l'hôpital ? l'infirmière sourit.

- Ce n'est pas moi qui peut vous répondre, mais le professeur ! Tout ce que je peux vous dire, c'est que ce n'est pas pour demain !

Elle s'éclipse dans la foulée, je commence à retrouver mes esprits et j'examine mon bras. Il se trouve inséré dans un immense plâtre montant jusqu'au coude, surmonté d'une espèce de tringle avec des vis aux deux extrémités. Le chirurgien arrive à ce moment dans la chambre :

- Comment vous sentez-vous ?

- Plutôt incarcéré !

- Ne vous plaignez pas, dans votre malheur vous risquiez de perdre l'usage de votre main !

- Dans combien de temps, vais-je retrouver la totalité de son usage !

- Il est trop tôt pour vous répondre ! Il faut voir en fonction des suites de l'opération !

On toque à la porte de la chambre et sans attendre de réponse, Jacqueline et Mathilde apparaissent. Ma chérie se précipite sur moi, pendant que ma sœur s'entretient en aparté à voix basse avec le médecin. Mathilde regarde mon bras d'un air inquiet, j'essaye de changer de sujet :

- Marie va bien ?

- Oui, ta maman s'en occupe !

Le professeur, finit par quitter la chambre en me disant : « à plus tard ! Je m'adresse à Jacqueline, qui jusque-là m'a royalement ignoré :

- Bonjour ma grande sœur ! Elle me répond visiblement énervée.

- Oui, bonjour Pierre ! Au fait pendant que j'y pense, un certain capitaine Landrieux cherche à te joindre, je lui ai dit que pour l'instant, tu étais hospitalisé au Val de Grâce !

- Dites les filles, toute cette ferraille pour ma main, est-ce bien nécessaire ? Jacqueline explose.

- Écoute Pierre, ça fait bientôt cinq ans que je suis inquiète pour toi et Mathilde presque autant ! Entre les mines, tes sauts en parachute ratés et tout le reste, je commence à en avoir plus qu'assez ! Je ne veux même pas savoir, pourquoi tu es sur ce lit d'hôpital aujourd'hui ! j'essaye de dédramatiser.

- Qu'est-ce que tu as dit au chirurgien ?

- Que Mathilde et moi, nous étions toutes les deux infirmières diplômées et que nous pourrions prendre ta convalescence en charge, pour éviter que tu ne passes trop de temps dans cet hôpital ! Tu vois je suis encore bonne poire !

Une nouvelle personne frappe à la porte de manière opportune, pour j'espère calmer les esprits. Je n'hésite pas à dire « Entrez ! » Il s'agit de Raymond Landrieux :

- Hello, vieille branche que t'arrive-t-il ?

- Et toi « vieux planqué », quel bon vent t'amène ? sans me répondre il pose son regard sur les deux filles.

- Bonjour Mesdames !

- Je t'arrête tout de suite, la brune est prise ! Reste éventuellement la blonde !

Jacqueline, goûte très moyennement ma plaisanterie. Mathilde pense qu'il s'agit du bon moment pour s'éclipser :

- Bon, nous allons te laisser avec ton petit camarade ! elle se penche sur moi pour m'embrasser et me susurre à l'oreille :

    N'en veux pas à ta sœur, tu sais comment elle est, toujours plus inquiète que moi !   Jacqueline fait de même avec beaucoup moins de sollicitude :

- Salut l'emmerdeur ! Nous revenons te voir dès que possible !

Une fois parties, Landrieux y va de son commentaire :

- Dis donc mon vieux, elle a l'air d'avoir du caractère ta sœur !

- Oui c'est le moins que l'on puisse dire ! C'est peut-être pour ça, qu'elle ne garde jamais un mec ... à part son frère !

J'en profite pour lui faire part de mes malheurs Alsaco-Lorrains, puis j'enchaîne sur le but de sa visite.

- Quoi de neuf de ton côté ?

- La DGSS a vécu, remplacée par la DGER (*Direction Générale des Études et Recherches*) ! Concrètement les renseignements sont coupés en deux entités, un service extérieur et un autre intérieur baptisé DST *(Direction de la Surveillance du Territoire)* ! Tu ne devineras jamais qui a pris la tête du service ?

- Je m'attends au pire ?

- Wybot !

- Tu sais maintenant que René Hardy bosse dans un ministère, je ne m'étonne plus de rien !

- Bon d'un autre côté, même s'il ne fait pas l'unanimité, c'est tout de même d'une certaine logique ! Il a monté la plupart des dossiers sur Duke Street et il a tout récupéré dans le déménagement, pas moins de 100 000 fiches sur des français et des étrangers ! Il a tout du super flic !

- Tant mieux pour lui ! Mais qu'est-ce que j'ai à voir dans tout ça ? Je ne vois pas où tu veux en venir ?

- Écoute, il a du mal à compléter son effectif ! Vous avez le même profil, il était au deuxième bureau de Vichy en 40, intégré au BMA (*Bureau des Menées Antinationalistes*) sur Marseille, pendant que toi, tu faisais la même chose sur Paris ! C'est l'occasion de te refaire une virginité dans les services secrets ! À moins que tu ne préfères retourner sur le front de l'Est, loin de ta famille ?

- Évidemment présenté comme ça, c'est tentant ! Mais tout de même c'est Wybot ! je réfléchis un instant. Comment vois-tu les choses ?

- Écoute, j'ai déjà fait une première approche en lui parlant de toi ! Il est d'accord pour te rencontrer !

- Bon effectivement, je ne m'engage à rien à m'entretenir avec lui ! Sur le principe je suis d'accord !

- Parfait je dois le revoir prochainement, et en fonction de l'amélioration de ton état de santé, nous calerons un rendez-vous ! l'infirmière revient :

- Le capitaine a déjà reçu trop de visites aujourd'hui ! Il faut le laisser se reposer !

Une fois Landrieux parti, j'essaye d'imaginer, comment une collaboration entre Wybot et moi serait possible. Il se fait appeler Ronald Wybot*, un pseudo de circonstance, n'ayant rien à voir avec sa véritable identité de Roger Warin. Agé de 30 ans, il n'en parait pas plus de 18 ou 19. (*Lors de sa première rencontre avec un haut fonctionnaire il se présente à lui comme Roger Wybot, l'homme lui répond : «Ah jeune homme, je connais très bien votre père, directeur de la DST (historique).* Nous nous sommes très peu fréquentés à Londres. Comme beaucoup de personnes, derrière son physique de gendre idéal, je le trouve fourbe, cassant, colérique, voir violent. Néanmoins, il faut lui reconnaître une grande intelligence, et Wybot se révèle être un fin psychologue, capable d'analyser les situations et les personnes avec justesse.

Fidèle Gaulliste, le général ne lui accorde pas beaucoup de crédit. Son arrogance, passe mal auprès du leader de la France Libre. Ses nombreux fichiers sur les personnes déjà établis, lui permettent de trouver écho auprès de Passy.

Néanmoins André Dewavrin, reste prudent à son égard et finit par s'en séparer en octobre 1942, quand il sent que Wybot devient un peu trop exigeant et un peu trop envahissant. Tel un chat, il réussit à rebondir aujourd'hui, malgré les nombreux griefs des uns et des autres.

Vendredi 24 novembre, les journaux font leurs premières pages sur la libération de Strasbourg, la veille. Leclerc et sa 2e DB ont tenu le serment de Koufra. Si je m'en réjouis, je regrette naturellement de ne pas être au milieu de mes camarades pour fêter l'événement. Les allemands sont pris par surprise, le lieutenant-colonel Rouvillois*, bien guidé par les FFI alsaciens, entre le premier comme dans du beurre dans la ville et se fraye un passage vers le pont de Kehl.

La stupéfaction est totale, pendant que les allemands vaquent à leurs occupations, les Sherman traversent les rues de la ville. Au pont de Kehl, dernière défense avant de franchir la frontière, les allemands réagissent avec un feu nourri. Robert Fleig*, le guide FFI y trouve la mort, pendant que le char « Cherbourg » est détruit, tuant au passage le maréchal des logis Albert Zimmer*, originaire de La Wantzenau, dans la banlieue de Strasbourg.

Dès 14h20, le drapeau tricolore flotte sur la cathédrale, 1 500 civils allemands pris dans la nasse, sont faits prisonniers. La Kommandantur et une partie de l'état-major sont capturées au palais du Rhin. Le général Vaterrodt*, réussit à s'enfuir avec 600 hommes, pour se réfugier dans le fort de Ney, situé au nord de Strasbourg, au cœur de la forêt de la Robertsau.

Une infirmière me tire de ma lecture, pour me prodiguer quelques soins. Elle me fait absorber un cachet, tout en jouant avec le système de vis placé sur mon plâtre, me déclenchant au passage un cri de douleur. Mathilde arrive au même moment :

- Décidément les hommes sont bien douillets ! l'infirmière confirme.

- Celui-là particulièrement, je vous le laisse ! elle s'éclipse.

- Bonjour mon chéri, visiblement tu souffres toujours ?

- Oui, dans mon souvenir, quand vous m'avez soigné avec Marie Thérèse sur Reims vous étiez plus délicates ! (*Voir les sacrifiés de l'an 40*) Mathilde pouffe de rire.

- Ah oui, plus que Mèmène !

- Je suis cloué ici depuis moins de 72 heures et j'en ai déjà assez !

- Ne t'inquiète pas, je n'oublie pas ton anniversaire mercredi prochain ! Je vais essayer de te faire sortir d'ici là ! avec tous ces événements, je ne m'en souvenais même plus !

- L'autre jour, Jacqueline, dans sa mauvaise humeur, ne m'a pas répondu pour la ferraille avec les vis ?

- Tu ne dois pas plier ta main, le plâtre doit suffire au maintien, la tige sert simplement à tendre au fur et à mesure, pour remettre tout en place !

- Elle bosse Jacqueline ?

- Oui et à partir de demain, je suis de permanence tout le week-end !

Les visites sont terminées, pas de passe-droit, même pour ma chérie infirmière, elle doit me quitter après un dernier baiser.

Samedi 25 novembre, alors que je m'attends à une visite de ma sœur ou de maman, j'ai la surprise de voir Wybot se pointer dans ma chambre :

- Salut Grenelle, comment te sens-tu ? je suis étonné par le tutoiement et connaissant l'individu, je préfère garder mes distances.

- J'ai connu de meilleurs jours, mon commandant !

- Directeur, je ne suis plus dans l'armée ! Landrieux a du te le dire, je viens de prendre la direction de la nouvelle DST !

- Oui j'ai cru comprendre, qu'il s'agissait d'une structure de contre-espionnage pour le territoire intérieur

- Exactement et totalement indépendante de la police ainsi que de la DGGS qui concerne les services extérieurs ! Je suis en train de finaliser sa structure ! Le département va se décliner en quatre sous divisions ! La première, aura la responsabilité des nouvelles recrues, de l'administration, de la sécurité et des relations avec les services alliés ! La deuxième des radios communications, la troisième de la lutte antiterroriste et la dernière va s'occuper du contre-espionnage opérationnel ! je me contente de le laisser venir.

-   Je vois que le projet avance vite !

-   Oui ! Et j'ai besoin d'une personne à la fois intégrée dans le sous-groupement numéro un et capable de coordonner l'ensemble ! Tu as déjà recruté lorsque tu étais à « Praewood House », tu parles parfaitement l'anglais, tu es un spécialiste de la radio communication et le contre-espionnage tu as déjà donné ! Bref à part l'antiterrorisme, tu connais sur le bout des doigts les autres sujets !

-   Je partage votre avis à un détail près, aujourd'hui je fais partie de la 2ᵉ DB et je ne vois pas comment je pourrais obtenir ma mutation ?

-   Je m'en charge ! Et au pire en cas de refus, depuis quand es-tu incorporé dans l'armée ?

-   Depuis Février 1940, avec un contrat de 5 ans !

-   Nous sommes fin novembre, il te reste à peine deux mois à faire et avec une incapacité de travail d'un mois ! Je ne vois pas quelle serait l'intérêt de l'armée, de ne pas te détacher !

Je me livre à la réflexion un court instant. Mais la perspective de rester auprès de ma famille, l'emporte sur tout le reste.

-   À quel endroit, les bureaux sont-ils situés ?

-   En grande partie rue des Saussaies et avec une annexe à la caserne Mortier, dans le 20ᵉ arrondissement !

-   Comme vous l'avez dit vous-même, je suis sur le flanc pour un mois minimum !

-   Ce n'est pas un problème ! J'ai la candidate pour te servir de secrétaire, elle pratique la sténo, parle allemand et anglais couramment et possède de très bonnes notions de Russe !

Tout en réfléchissant, je me dis que ce n'est pas utile de parler autant de langues pour un service intérieur. Néanmoins, cela prouve au moins une certaine intelligence et une culture non négligeable.

- Très bien Monsieur le Directeur, vous avez mon accord de principe !

- Je suis persuadé que nous ferons un excellent travail ensemble ! Wybot serre ma main valide, tout sourire, visiblement satisfait d'être arrivé à ses fins.

Lundi 27 novembre, Le chirurgien pénètre dans ma chambre flanqué de Jacqueline et Mathilde :

- Votre sœur et votre amie, m'ont convaincu de vous laisser sortir Mercredi matin ! Elles continueront vos soins sur l'hôpital d'Argenteuil ! Par contre, condition non négociable, vous devrez passer une fois par semaine au Val de Grâce pour un contrôle !

- Merci docteur ! Ne vous inquiétez pas, Mathilde et surtout Jacqueline sauront me le rappeler ! Ma sœur répond au pic, par une autre pique.

- Regardez le Professeur, 24 ans cette semaine et toujours pas adulte !

Nous nous retrouvons tous les trois. Pendant que Mathilde s'assoit sur mon lit, j'ai droit à un cours de Jacqueline sur le protocole à suivre pour les prochains jours. Puis entre deux baisers à ma chérie, je finis par lui glisser :

- Tu ne peux pas la faire taire !

- Impossible, il s'agit de ma chef !...

Chapitre 7 : Repos forcé.

Mercredi 29 novembre, mon père vient me chercher à la sortie du Val de Grâce :

-   Bonjour fils, et bon anniversaire !

-   Merci papa ! Je te trouve fatigué !

-   Oui un peu, nous allons au pavillon, toute la famille a prévu une petite fête à l'occasion de ton retour !

-   Comment va l'activité au garage ? mon père répond à côté.

-   Tu sais ta mère s'inquiète beaucoup pour toi ! Depuis que tu es dans l'armée, tu collectionnes beaucoup trop les coups durs !

Le reste de notre conversation jusqu'à Colombes se résume à des banalités, je sens que le patriarche, n'a pas trop envie de se pencher sur ses états d'âme. Sur place, Marie se montre la plus exubérante « Mon Papa ! » et maman Greta y va de sa larme à l'œil :

-   Mon Pierrot, vas-tu traîner cette vilaine blessure encore longtemps ?

-   Je ne sais pas les filles sont mieux placées que moi pour répondre à ta question ! Jacqueline, toujours un peu grognonne plombe bien l'ambiance.

-   De toute façon, une fois guéri, il va repartir au front !

-   Ah non ! Vous pourriez avoir une bonne surprise d'ici quelques jours ! Mathilde renchérit.

-   Je suppose que tu ne peux pas nous en dire plus ! « Keep your secret, secret » !

- Disons que je préfère être sûr, pour ne pas vous donner de fausse joie !

Nous finissons par passer à table, franchement je suis un peu déçu par notre repas. Je sais bien que Mathilde n'est plus sur Reims et que mon père « n'a plus de relation avec l'occupant », mais tout de même, c'est la première fois que je vois de la Clairette de Die, servie à l'occasion d'une fête familiale. Je ne reçois qu'un seul paquet pour mon anniversaire et je m'attends à un cadeau en commun plutôt conséquent. J'ouvre, il s'agit d'un étui à cigares, certes en métal argenté avec mes initiales PFM, mais j'ai du mal à exploser de joie. J'ai sans doute été mal habitué, avec trop d'opulence les années précédentes. En m'embrassant, Mathilde me glisse à l'oreille : « Je t'expliquerai ! »

Après le café, je prends Maman Greta à part :

- Je trouve papa très fatigué en ce moment ! ma mère marque un temps d'hésitation avant de répondre.

- Tu sais Pierre, depuis l'arrestation de ton père et son passage chez le juge, il s'est passé pas mal de choses !

- Pourquoi, il y'a eu des complications ?

- Avec le départ des allemands l'activité a déjà beaucoup ralenti à l'atelier ! Puis un jour ton père a retrouvé peint sur la porte du garage : « Malet collabo ! » Tout ça pour te dire, que ce n'était pas fait pour arranger ses affaires ! Aujourd'hui financièrement, c'est très dur !

Je regarde maman totalement incrédule et je mets un moment avant de réaliser :

- Écoute maman, je vais te verser une pension ! Je trouve que c'est normal, dans la mesure où tu t'occupes à mi-temps de Marie ! Si Mathilde et moi devions prendre une nounou, nous devrions la payer !

Ma mère les yeux embués, semble me supplier :

- Oh non mon Pierrot, je ne le fais pas pour de l'argent ! Je suis bien avec ma petite fille !

- Je sais bien maman, mais ne t'inquiète pas, tout cela va rester entre toi et moi !

Le soir venu, je retrouve notre foyer d'Argenteuil avec Mathilde et Marie. Ma chérie, voit bien à mon regard, que je parais soucieux :

- J'ai vu que tu as longuement parlé avec ta maman !

- Oui, elle m'a mis au courant, pour les histoires au garage !

- Je n'osais pas t'en parler !

- J'ai pris la décision, de leur verser une pension pour la garde de Marie ! Mathilde retrouve le sourire.

- C'est bien ! Tout va rentrer dans l'ordre, petit à petit !

Avant son départ pour l'hôpital le lendemain, Mathilde juge qu'il est possible que je continue mes soins à domicile. Elle s'est déjà procuré mon traitement et j'ai droit « au tour de vis » quotidien, sur la tige de mon plâtre. Ensuite, histoire de ne pas briser l'habitude j'amène la petite Marie chez ses grands-parents, par les transports en commun. La mamie est d'autant plus ravie, qu'elle peut bénéficier de la présence de sa petite fille et de son fils.

J'essaye de me tenir au courant par la presse, de la progression de mes amis de la 2e DB après la prise de Strasbourg. La bataille d'Alsace se poursuit. Depuis le 27 novembre, De Lattre et la 1ere armée au sud poursuivent l'offensive sur Cernay puis Neuf-Brisach, entre Colmar et la Rhin, l'objectif à court terme, étant de faire la jonction avec Leclerc et sa 2e DB. Ce dernier de son côté, pousse des éléments de reconnaissance vers Erstein, en liaison avec le VI corps américain. Les combats sont durs, mais finalement Leclerc réussit à atteindre Friesenheim à 40 km au sud de Strasbourg le 1er décembre. Pour De Lattre, les choses se compliquent. Il doit relever une de ses deux divisions blindées, pour la mettre en réserve.

À partir de là, la jonction rapide des forces nord-sud à la hauteur de Colmar, n'est plus possible. Le froid et la neige deviennent plus intenses, le passage du Rhin, risque de ne plus être possible avant la fin de l'hiver.

En ce début décembre, mes journées deviennent routinières, toujours privé de ma main droite, je ne peux m'occuper qu'un strict minimum. Les allées et venues chez les parents, avec la petite Marie sont quotidiennes. Aujourd'hui, la monotonie est brisée, par un premier contrôle médical au Val de Grâce. J'y passe une bonne partie de la journée, mais j'en sors avec la satisfaction d'un nouveau plâtre allégé de sa ferraille.

Le 5 décembre, la 3e armée du Général Patton franchit la Sarre, établissant trois têtes de pont sur le fleuve. Les troupes américaines prennent pour cible le bassin industriel, afin de priver le Reich d'une partie de son approvisionnement en matériel. Les troupes américaines ne sont plus qu'à 8 km de Sarrebruck. Avec la chute de Saarlautern, la première ceinture de la ligne Siegfried se trouve directement menacée. Côté français, le fort de Saint Quentin près de Metz, a enfin cédé sous la poussée des alliés, mais sur Sarreguemines les combats sont toujours aussi acharnés.

Avec la mise en place de la Haute Cour de justice, les anciens ministres de Vichy ainsi que « les gros poissons » de la collaboration, vont être jugés. Le 13 décembre, 9 français anciens membres de la Gestapo sont condamnés à mort. Parmi eux, figure Henri Lafont, cet ancien vendeur de voiture d'occasion, devenu responsable de « la Carlingue » rue Lauriston à Paris, où les baignoires ne servaient pas uniquement à prendre des bains. Il est accompagné de son inséparable complice Pierre Bonny, ex policier révoqué, pour avoir trempé dans des opérations controversées, dont l'affaire Stavisky. *(Les deux hommes, seront finalement passés par les armes au fort de Montrouge, le 26 décembre 1944 pour Lafont et le 27 pour Bonny).*

Vendredi 15 décembre, je reçois un courrier en provenance de l'état-major, me confirmant ma mutation à la DST à compter du 2 janvier prochain. Sans être véritablement une surprise pour moi, je dois reconnaître que cette décision prouve que Wybot a décidément le bras long.

Comment a-t-il fait, pour réussir à réintégrer le paria que je suis devenu dans les services secrets, cela reste pour moi un mystère ?

Après avoir déposé Marie chez sa grand-mère, je me dirige vers la poste pour confirmer la nouvelle à mon nouveau chef :

- Allô Monsieur le directeur, je viens de recevoir ma nouvelle affectation effective au 2 janvier à DST !

- Parfait, ici nous sommes en plein branle-bas de combat ! Je vous propose que nous nous rencontrions entre Noël et Jour de l'An, pour faire un premier point !

Après avoir acquiescé, je constate que le « tu » a disparu au profit du « vous » considérant que ce n'est pas plus mal, lorsque l'on a affaire à son supérieur. Profitant de ma présence à la poste, je passe un coup de fil à Raymond Landrieux, pour lui annoncer la nouvelle et le remercier.

- « Mon capitaine », cette fois c'est fait, j'intègre la DST début janvier ! Je sens au timbre de sa voix, la satisfaction de Landrieux.

- Super nous allons fêter l'événement ! Si tu es libre mardi, je te propose que nous nous retrouvions pour déjeuner à notre brasserie habituelle ! J'aurai pas mal d'infos à te donner et non des moindres !

- Avec plaisir, mais c'est moi qui régale !

Je profite de la réunion familiale du week-end, dans le pavillon de mes parents à Colombes, pour annoncer la nouvelle :

- À compter du Mardi 2 janvier, je vais reprendre du service à la caserne Mortier dans le 20e arrondissement ! Jacqueline réagit la première.

- Penses-tu être suffisamment rétabli ?

- Pour écrire ou taper à la machine sûrement pas ! Mais pour jouer les bureaucrates, il me reste encore la parole ! Mathilde sourit.

- Tu aurais pu m'en parler la première !

- La nouvelle est seulement tombée hier ! Je pense pouvoir finir la guerre à ce poste !

Tout le monde semble soulagé, à commencer par mes parents. Ma sœur ne dit rien, mais la connaissant, je sens que le poids qu'elle a sur le cœur, se libère.

Coup de théâtre pendant le week-end, contre tout attente, les allemands réduits à la défensive depuis des mois, tentent une contre-offensive dans les Ardennes belges. Ce samedi, les GI connaissent un réveil brutal, à travers le silence des collines enneigées. L'offensive planifiée par le maréchal von Rundstedt, sur ordre de Hitler, se déclenche dès 5h30 du matin, par un pilonnage d'artillerie de 45'. La VIe armée SS Panzer au Nord Est de Saint-Vith, la Ve armée à l'Est de Houffalize et la VIIe à l'Est de Bastogne sont prêtes à intervenir. Les alliés ayant concentré l'essentiel de leurs troupes, plus au Nord et au Sud du massif des Ardennes, ne disposent que de six divisions sur un front de 100km. Le tout, soit 83 000 hommes et 420 chars, devra résister à 250 000 allemands équipés de 950 Panzer.

L'objectif particulièrement ambitieux des allemands, consiste à se frayer un chemin jusqu'au port d'Anvers, afin de couper le ravitaillement des alliés en armes et en carburant. En parallèle, Otto Skorzeny, l'homme qui a réussi le coup de maître, en libérerant Mussolini au Gran Sasso (*voir la Grande Invasion),* se voit confier l'opération « Greif » *(Griffon).* Il s'agit de créer la confusion parmi les troupes américaines, en habillant des allemands parlant parfaitement l'anglais, avec des uniformes de GI, afin de changer des poteaux indicateurs, et d'orienter des troupes alliées dans le sens opposé des combats.

Mardi 19 décembre, je suis en civil et reçois dès mon arrivée à la brasserie, un accueil chaleureux de la part de Landrieux en uniforme. Il m'embrasse sur les deux joues, les clients autour de nous, semblent s'interroger. Nous entrons dans le vif du sujet sur les problèmes du moment :

- De quelles manières évoluent les choses à la DGER ?

- C'est de pis en pis Soustelle, a trouvé des micros dans son bureau *(Historique)*! Depuis, nous le voyons de moins en moins! Je soupçonne qu'il cherche à se placer dans un ministère! De plus, tu ne dois pas être au courant, mais il a fait arrêter René Hardy, la semaine dernière! La presse mise à l'écart, a passé l'information sous silence!

- Tu parles d'un scoop! Quel est ton supérieur direct? le garçon vient prendre notre commande, au menu du jour bœuf carotte.

- Le général Jean Chrétien*, ses rapports avec la DST sont déjà exécrables!

- Ah bon pourquoi? Raymond me coupe ma viande, sous le regard de plus en plus étonné des tables voisines.

- Wybot fait de la rétention d'informations! Il est hors de question qu'il partage son fameux fichier avec nous, pas plus qu'avec la préfecture de police! il me vient à l'esprit un trait d'humour.

- C'est le jour, nous mangeons « du bœuf carotte »! après une franche rigolade Landrieux poursuit.

- De plus ta mutation à la DST fait grincer des dents!

- Ah bon, je ne dois pas être le premier de passer d'un service à l'autre!

- Oui, sauf que les mutations ont été contrôlées par la DGER, avec des personnes dont ils souhaitaient se débarrasser! Là ce n'est pas le cas!

- Je te rappelle, que je dois ma mutation dans l'Est, au Ministère de la Justice, avec la complicité de la DGSS!

- Oui, mais dans ce cas-là, certaines personnes ont la mémoire courte! Ils considèrent que tu représentes une véritable prise de guerre! Pour Wybot, c'est une manière de leur faire un bras d'honneur!

- Heureusement que personne n'est au courant que l'opération s'est passée avec ta complicité, tu passerais pour un traître !

Le garçon revient et nous propose en dessert la spécialité du chef, « le Mystère », un gâteau fait à base des produits du moment. J'acquiesce en lui disant que « c'est d'actualité », toujours sous couvert du rire bon public de Landrieux :

- Raymond, mon contrat avec l'armée se finit fin janvier, je me demande si je vais resigner ? Landrieux redevient sérieux et réfléchit un moment avant de me répondre.

- À ta place je rempilerais ! Si tu redeviens civil, tu vas dépendre uniquement de Wybot ! En restant militaire, tu te ménages éventuellement, une porte de sortie !

- Oui, le raisonnement se tient !

Tout en me battant pour manger mon gâteau avec ma main valide, je poursuis :

- Dis donc, il est plutôt lourdingue le gâteau ! Il vaut mieux ne pas savoir avec quoi est fait « ce Mystère » ! Tu prendras bien un café pour le faire passer ?

- Pour parler d'autres choses, comment as-tu su pour la contre-attaque des allemands dans les Ardennes ?

- Comme tout le monde, par les journaux d'hier !

- Et alors, comment vois-tu l'évolution de la situation dans les prochains jours ?

- Tout d'abord, je pense que les allemands ont bien joué le coup ! Ils profitent de la météo défavorable, pour progresser dans la brume, sans risque que la chasse des alliés leur tombe dessus ! je bois un verre d'eau et je poursuis.

- Après une fois l'effet de surprise retombé, je ne pense pas qu'ils aient les moyens d'inverser le cours de la guerre ! Raymond semble partager mon opinion.

- Oui, d'autant que leurs meilleures troupes, sont déjà engagées !

- Sans doute et je ne pense pas qu'ils disposent encore de beaucoup de réserves !

- N'oublions pas le front « ruscof ! » « La machine rouge » semble impossible à stopper…je crains plus pour l'après… ! Landrieux regarde sa montre.

- Pierre, le temps a passé trop vite ! Il faut que je retourne bosser !

Je profite une dernière fois du regard suspicieux des deux rombières de la table d'à côté, qui n'ont rien perdu de notre conversation. Elles pensent sans doute, que nous sommes un couple d'invertis. J'embrasse à mon tour Raymond sur les deux joues et j'articule à voix haute :

- Salut « ma poule », on se tient au courant ! Les deux vieilles, choquées, baissent instantanément le regard.

En rentrant par les transports en commun, je refais un point dans ma tête sur notre conversation. La guéguerre entre les deux services de renseignements et la police, ne manque pas de m'interpeller. Premier point, je risque de me retrouver le cul entre deux chaises au moment de ma prise de fonction. Deuxième sujet, il faut que j'évite de me faire manipuler par Wybot, pour servir de taupe à la DGER. Bref, je sens que je vais rapidement me retrouver sur le fil du rasoir. Raymond a raison, si je reste sous l'uniforme, je serai un peu plus indépendant vis-à-vis du directeur de la DST.

Mercredi 20 décembre, je suis de nouveau au Val de Grâce, pour un examen de routine. Le professeur, me confirme qu'à la fin de la semaine prochaine, mon plâtre devrait être retiré définitivement et que je pourrai commencer la rééducation de ma main. Au moment de prendre congé, une infirmière m'interpelle :

- Capitaine, une personne souhaiterait vous rencontrer !

- Ah bon qui est-ce ?

L'infirmière, ne me répond pas et me demande de la suivre. Elle m'accompagne ans un bureau à l'écart. Un homme la soixantaine bien tassée regarde par la fenêtre, il s'agit de Louis Rivet*

- Bonjour Grenelle !

- Mon colonel, je vous pensais à la retraite ?

- Je le suis ! Mais disons que parfois, je rends encore quelques petits services, « officieusement » ! Votre mutation à la DST ne manque pas d'inquiéter !

- Oui, j'ai cru le comprendre ! j'attends la suite.

- Quelles sont vos intentions ? la question me surprend.

- Comme d'habitude servir mon pays !

- J'entends bien, mais on peut agir de différentes manières !

- Écoutez mon colonel, la rivalité entre les services ne m'intéresse pas ! Sans vouloir vous paraître prétentieux, je suis comme le général, seule la France compte ! Rivet, tourne autour du pot, puis finit pas se lâcher.

- Comptez-vous rester dans l'armée ?

- Oui, si cela peut rassurer en haut lieu ! Je vais resigner ! Je ne serai pas « le vilain petit civil » qui joue contre son camp !

Le colonel semble enfin se détendre et nous pouvons échanger une dernière poignée de main, franche et ferme...

Chapitre 8 : Les sous-sols de Duke Street.

Jeudi 21 décembre, j'essaye de m'informer de l'actualité en épluchant les quotidiens du jour. « France Soir » titre : « Après cinq jours dans les Ardennes, l'offensive allemande semble contenue ». Une deuxième contre-offensive est en cours dans la plaine d'Alsace et la région des Vosges. Au sud de Strasbourg, le village de Diebolsheim, à 16 km de Sélestat entre le canal du Rhône, a du être évacué par les troupes de De Lattre. Deux villages ont été également abandonnés au nord-ouest de Colmar, ainsi qu'une position dans les Vosges.

« Ce Soir », se montre moins optimiste en titrant sur trois colonnes : « Sous le feu de l'aviation alliée, les blindés ennemis tentent une suprême poussée dans les Ardennes ». Puis il développe : « Depuis 48 heures, ils ont avancé de 24km, selon une source Reuter. » Le journaliste souligne néanmoins, que l'aviation alliée peut intervenir, la météo étant en voie d'amélioration.

La guerre n'empêche pas la diplomatie. Une agence américaine, communique que le général Catroux, serait nommé ambassadeur à Moscou. Il quitterait Paris dès la ratification d'un traité franco-soviétique et serait chargé de mettre au point ses modalités d'application. Le journal rapporte également les écrits du « Time » : Triangle de la sécurité européenne Moscou, Londres, Paris : « Maintenant que le gouvernement français a sagement clarifié ses relations avec l'URSS, nous pouvons dans une meilleure lumière, examiner les bases d'une collaboration en Europe occidentale. »

Il est temps pour moi de faire mes achats de Noël. En cette période de restriction, les choix ne sont pas pléthoriques. Je réussis à trouver la première poupée de Marie, pour compléter sa collection de peluches. J'achète un bracelet pour Mathilde et un foulard de soie pour Jacqueline. Je bute pour l'instant, sur un cadeau pour mes parents.

En déambulant dans les rues de la capitale, je croise plusieurs camions portant une banderole : « Comité parisien de la libération, campagne du charbon ». Chaque véhicule, est plus ou moins personnalisé. Devant moi je peux lire : « Du charbon pour les vieux et pour nos enfants ». La plupart des bénévoles sont des jeunes gens accomplissant leurs tâches avec enthousiasme. Au détour d'un arrêt, je demande des précisions à un des passagers : « Nous partons chercher des boulets de charbon sur Chauny », d'autres camions prennent la direction de Lens et de Lille ! »

Vendredi 22 décembre, les Ardennes sont toujours dans la tourmente. Les allemands atteignent Saint Hubert à 40 km de la Meuse, mais doivent évacuer Saint Vith. Néanmoins, la 2e division de Panzer SS reste immobilisée sur place, faute d'avoir pu s'emparer des dépôts de carburant.

La situation devient également extrêmement délicate sur Bastogne. Sous une pluie glaçante, la 101e division aéroportée et les 9e et 10e division blindées américaines, sont encerclées par deux divisions de Panzer et une division d'infanterie. Sommé de se rendre, le général McAuliffe, à cette phrase passée à la postérité : « Des nèfles, signé le commandant américain ». L'état-major allié doit envoyer le lendemain seize C47 bourrés de ravitaillement à l'intention des assiégés. L'opération va être finalement annulée, à cause d'un plafond nuageux trop bas. Pour contrer les faux GI de l'opération « Griffon », consigne est donnée de contrôler toutes les identités et de poser des questions piégeuses aux personnes suspectées, par exemple sur les scores de match de base-ball ou l'identité du chien de Roosevelt !

C'est dans cette triste ambiance, que nous essayons de mettre un peu de gaieté durant notre réveillon de Noël. Je me remémore, que je n'ai pas participé à une telle fête depuis 1939. Aujourd'hui, Mathilde et Marie sont venues grossir le giron familial. Marie, reste bien entendu l'objet de toutes les attentions. Elle découvre avec des yeux ébahis sa première poupée. Maman Greta, promet de lui confectionner un costume d'infirmière, pour ressembler à sa maman et à sa tata Jacqueline.

Mardi 26 décembre, comme promis, Wybot me donne un rendez-vous pour le jeudi à venir. Je m'y prépare en toute décontraction, sans aucune pression, mais tout en me promettant de rester vigilant. Les troupes américaines, sont en train de renverser la situation à Bastogne. Après avoir résisté avec difficulté le jour de Noël, les assiégés voient arriver en renfort « la cavalerie » du Général Patton. Les GI'S, reviennent d'Alsace après avoir traversé le Luxembourg.

Il s'agit incontestablement d'un tournant. Bastogne, situé au croisement de cinq grandes voies de communication, marque le point de non-retour pour les allemands dans leur fuite en avant. Leur offensive, basée depuis le début de la guerre sur le principe de la Blitzkrieg, a cette fois échouée. Devant l'intransigeance d'Hitler de ne pas reculer, Von Rundstedt lui rétorque : « Un second Stalingrad se prépare ! »

Jeudi 28 décembre, j'arrive en tenue avec une ponctualité toute militaire au 133 boulevard Mortier. Lorsque je signale au planton mon rendez-vous avec Roger Warin (*Wybot*), ce dernier m'indique que la DST a installé ses bureaux dans l'annexe voisine, au 30 rue des Tourelles. Le bâtiment plus en retrait, comprend juste un drapeau tricolore au-dessus d'un porche, avec un policier en uniforme de faction à l'entrée. Wybot, me reçoit sans attendre :

- Entrez Grenelle, soyez le bienvenu vos bureaux !

- Je vois que nous faisons dans le discret !

- Absolument normal pour un service de renseignements ! Un peu comme à Duke Street ! Concernant votre main, en avez-vous encore pour longtemps ?

- Mon plâtre doit être retiré demain ! Ensuite je vais commencer une rééducation, pour retrouver la souplesse de mes articulations !

- Parfait, depuis notre dernier entretien, j'ai pu finaliser la structure du service ! je commence par jouer les innocents.

- Quelles relations entretenons-nous avec la DGER et la police ? la réponse se veut sans surprise.

- Aucune ! Le général De Gaulle, a souhaité scinder en deux le service de renseignements pour répartir les tâches ! Chacun son job, la DST à l'intérieur la DGES à l'extérieur ! Quant à la police, sa mission consiste à faire du maintien de l'ordre et à arrêter les malfrats !

- Je suppose que notre priorité, consiste à traquer les anciens de Vichy et les collabos ?

- Oui, mais pas seulement ! De ce côté le plus gros est fait ! Le 18 novembre dernier, le GPRF a signé une ordonnance instituant la Haute Cour de justice chargée de juger les ministres de Vichy ! J'ai su par le biais de De Bénouville, qu'Hardy était passé aux aveux pour l'affaire de Caluire ! Après, il sera toujours temps, de récupérer « les locataires de Sigmaringen » ! Pour Bonny et Lafond, c'est réglé, ils ont été exécutés avant-hier ! La surveillance des communistes, commence dès aujourd'hui !

- Les communistes ?!?!... Mais ils font partie de l'actuel gouvernement !

- « Le général » les a fait entrer, pour je pense, mieux les neutraliser ! Aujourd'hui, ils sont dans le gouvernement, il ne faudrait pas que demain, « ils soient le gouvernement » ! Dans six mois tout au plus, la guerre sera terminée ! Une fois l'Allemagne vaincue, nous allons être confrontés à un autre problème... Staline !

- J'ai cru comprendre que le général Catroux était nommé à Moscou, pour entretenir de « bonnes relations » avec l'URSS !

- La diplomatie est un jeu de poker menteur ! Nous n'avons pas été mis en place pour jouer aux cartes, mais pour assurer la sécurité du pays ! Il n'y a pas besoin d'être grand clerc, pour comprendre que le PCF prend ses ordres de Moscou ! C'était déjà le cas en 1939 !

Wybot farfouille dans un tiroir, dont il extrait deux clefs, une des deux d'un modèle peu courant.

Puis il m'invite à le suivre, nous nous dirigeons vers un local qui pourrait être réservé à une cellule du « Chiffre ». La clef plate sophistiquée sert, à ouvrir une porte blindée. Elle donne accès à une seconde porte de chambre forte, protégée par trois compteurs à cadrans. Je profite de ma mémoire d'éléphant pour visualiser discrètement les combinaisons. Derrière l'ensemble une façade grillagée, s'ouvre sans difficulté avec la deuxième clef. Je découvre ensuite des casiers, classés par ordre alphabétique, sorte de mini-coffres, comme l'on peut en trouver à l'intérieur d'une banque. Ils n'ont toutefois aucune protection, ni clef, ni code.

Il n'y a aucun doute, je suis face aux fameux fichiers de Wybot. Mon directeur se dirige vers le « M » et l'ouvre, puis après réflexion le referme pour ouvrir le « F » dont il extrait une fiche. Il se retourne pour s'adresser à moi : « Je suis distrait, j'ai confondu Malet et Fixin ! » Nous voilà reparti en sens inverse, il referme la grille à clef, brouille la combinaison de la chambre forte, avant de refermer la porte de la porte blindée derrière nous.

De retour à son bureau, il me tend le bristol : « Tenez Grenelle, dites-moi si votre fiche contient des erreurs ? » En un clin d'œil je peux voir défiler, toute ma vie depuis mon bachot. Rien ne manque, de mes études en médecine avortées, en passant par ma période de classe à Montargis, le séjour à Sedan en mai 1940, sans oublier ma blessure en Argonne.

Puis je retrouve mon engagement au 2e bureau, avec l'épisode parisien au BMA et naturellement, le cycle de plus de deux ans au BCRA, mes contacts avec le général De Gaulle, Jean Moulin, etc... Je m'efforce de jouer l'indifférence :

- Oui, je crois bien que rien ne manque ! Wybot semble satisfait.

- Je possède un millier de cartes de ce type, depuis sa mise en place à Duke Street ! Malheureusement, ces fiches ne sont pas toutes aussi bien à jour ! Notre travail au quotidien, consiste aussi à les compléter ! un détail de la fiche attire mon attention.

- Que signifie « la Catégorie 1 » portée en haut à gauche ? Wybot sourit et me lance de son regard juvénile.

- C'est bon signe ! Si vous étiez « en 3 B » vous ne seriez pas à cette place ! puis il décroche son téléphone.

- Frida, pouvez-vous venir un instant, s'il vous plaît ?

Une jeune femme blonde, avec de grands yeux bleus et une coupe au carré sous un calot, se présente peu après. Moulée impeccablement dans son uniforme bleu d'AFAT (*Auxiliaire Féminine de l'Armée Terre)*, elle ressemble à une hôtesse de l'air.

- Capitaine, je vous présente le sergent-chef Dupire !

J'ai droit à un salut parfait, subjugué par son charme, je marque un temps d'arrêt avant de répondre. Finalement, c'est elle qui prend la parole.

- J'ai cru comprendre Capitaine, que nous allions travailler ensemble ? j'ai sûrement l'air stupide et je bredouille

- Heu oui… tout à fait… à partir du 2 janvier ! Wybot sourit en coin.

- Merci Frida, vous pouvez nous laisser maintenant !

Une fois Frida partie, Wybot reprend la parole :

- Ne vous inquiétez pas Grenelle, Mademoiselle Dupire, fait toujours cet effet la première fois ! Après, on finit par s'habituer à « son charisme » ! Bon, je crois que nous avons fait le tour pour aujourd'hui, je vous donne rendez-vous mardi prochain ! Finissez bien l'année en famille !

En sortant j'essaye d'oublier Frida, pour me concentrer sur notre entretien avec Wybot. Je l'ai trouvé égal à lui-même, ferme, froid et déterminé. Après je me demande quelle « singerie » prépare-t-il à mon encontre ? Quelle peut être la vraie nature de ses rapports avec le Chef Dupire ? Ai-je cette dernière dans les pattes, pour mieux me contrôler et m'espionner ?

Et puis et surtout, il y'a le fameux fichier, faisant trembler l'ensemble des personnalités politiques de tous bords, sans oublier, les civils et militaires. Comment puis-je y accéder ? Je note précieusement sur un carnet, les combinaisons des trois compteurs que j'ai pu retenir. Toutes ces questions, pour l'instant sans réponse, je devrai m'efforcer d'y répondre le plus tôt possible.

Vendredi 29 décembre, journée chargée pour la famille, dans un premier temps, je dois me faire retirer mon plâtre, avant de prendre la route pour Reims avec Mathilde et Marie. Nous devons tous les trois passer le réveillon du jour de l'an, dans la capitale champenoise. Jacqueline, nous aurait bien accompagnés mais elle est clouée de permanence à l'hôpital. Mathilde est d'autant plus impatiente et excitée, qu'elle doit retrouver ses parents de retour de leur exil dans le Tarn.

Une fois libéré de mon plâtre, je ne retrouve pas pour le moment l'usage de ma main. J'ai droit à la place, à un bandage très serré et à un courrier à l'attention de Mathilde et Jacqueline, pour me prodiguer la suite des soins. Je me retrouve donc à l'arrière avec Marie de la 202 prêtée par mon père, pour notre déplacement en champagne.

Après un voyage sans histoire, nous arrivons à Gueux, notre point de chute. Mathilde a le cœur battant, elle se retrouve pour la première fois depuis quatre ans, devant la maison de son enfance. Malgré la nuit tombante, nous distinguons les stigmates de la libération. Le bourg de 500 âmes porte encore les cicatrices, et quelques carcasses calcinées, jonchent toujours les bas-côtés.

Une question me brûle les lèvres :

-   Pourquoi n'es-tu jamais revenue, alors que tu résidais à 5 km à peine au Thillois ? les yeux mouillés elle bredouille.

-   J'avais trop de souvenirs douloureux des jours heureux !

Georgette Seigneur vient nous ouvrir. Dans la famille, j'ai l'impression de découvrir une dynastie de clone. Je m'imagine parfaitement en regardant la maman, Mathilde dans 25 ans.

Les deux femmes tombent dans les bras l'une de l'autre, sous le regard étonné de Marie que je tiens par la main. En arrière-plan se tient un homme paraissant plus âgé, est ce Roland Seigneur. Ma chérie fait les présentations, Georgette me sourit, puis se précipite vers sa petite fille. Mathilde dit alors : « Bonjour papa ! » tout en semblant marquer une hésitation. L'homme me tend une main molle, couverte de sueur.

Tout au long de la soirée, Madame Seigneur monopolise la parole. J'apprends tout sur l'enfance de Mathilde et sur une adolescence rebelle, que je n'imaginais pas. Roland, parle peu et semble presque absent. Nous nous couchons tous les trois avec Marie, dans l'ancienne chambre de Mathilde. La petite a du mal à s'endormir. Son lit d'Argenteuil lui manque probablement et elle est tout excitée, de devoir dormir dans la même pièce que ses parents. Mathilde en profite pour farfouiller dans ses vieilles affaires, retrouvant son journal intime et me montre quelques photos. L'une d'entre elle, la représente avec ses parents :

- Quelle est la personne à côté de ta maman ? Le visage de Mathilde s'assombrit.

- Mon père ! j'hésite à la relancer sur le sujet.

- Il a beaucoup, changé depuis cette époque ! au dos de la photo figure la date, août 1938.

- Ne m'en parle pas, je l'ai à peine reconnu ! Il a dû perdre 15 kilos, depuis que de la photo a été prise ! J'essaierai d'en savoir un peu plus par maman !

Samedi 30 décembre, en cette veille de réveillon, nous avons la visite de Sylvain mon beau-frère. Visiblement, il vient régulièrement, profitant de ses talents de charpentier, pour remettre la maison en état.

- Mon père, n'est plus en capacité de faire quoique ce soit ! Alors dès que j'ai un peu de temps de libre, je viens faire quelques menus travaux !

- Comment va Edith ?

- Parfaitement bien ! Depuis la mort de Jacques Détré*, elle a dû changer d'emploi ! *(Voir « la grande invasion »)* Elle viendra demain pour le réveillon ! Mathilde s'impatiente.

- Pierre, pouvons-nous passer à l'hôpital ? Je voudrais en profiter pour saluer mes anciens collègues !

Je m'exécute et sur le chemin du centre hospitalier, Mathoche revient sur l'état de son père.

- J'ai pu discuter avec Maman ! Papa a passé plusieurs mois dans le camp de Gurs près d'Oloron Sainte Marie, où il avait été incarcéré pour une sombre histoire de marché noir ! Là, il a dû contracter un mauvais virus !

- Tu comptes lui faire passer des examens ?

- Le problème, c'est qu'il ne veut rien entendre ! Je vais voir avec Marie Thérèse pour essayer de le convaincre !

À l'hôpital, j'ai l'impression d'être le prince consort, personne ne s'occupe de moi. Mathilde fait le tour des services lorsqu'enfin Marie Thérèse, s'aperçoit de ma solitude :

- Ah mon Pierrot, tu es toujours aussi beau !

- Est-ce que Mathilde a eu le temps de te parler de son père ?

- Oui, ne t'inquiète pas ! Demain je réveillonne avec vous, je vais faire le nécessaire !

En fin de matinée, je demande à Mathilde la suite du programme de la journée. Elle me propose un déjeuner en amoureux au restaurant, notre premier tête à tête depuis un moment.

Dimanche 31 décembre, nous voilà tous réunis chez les parents de Mathilde pour le changement d'année. Sylvain et Edith sans oublier Marie Thérèse, sont venus avec des cadeaux pour Marie. Mon beau-frère, lui a confectionné un pantin de bois suspendu et articulé par des ficelles. L'objet, intrigue au moins autant le reste de la famille, que la principale intéressée.

Pour Marie Thérèse, il s'agit d'une poupée noire vêtue en infirmière. De quoi susciter la vocation de sa filleule.

Au fil de la soirée, je surprends une conversation entre Marie Thérèse et Roland Seigneur. L'antillaise, étaie son propos par de grands gestes. Je fais signe de la tête à Mathilde qui me répond à voix haute : « Non je ne vais pas m'en mêler ! Marie Thérèse, est la seule personne au monde capable de lui faire prendre conscience ! »

Au douze coup de minuit, Mathoche m'écrase son premier baiser de l'année, Marie nous rejoint instantanément.

-   Bonne année mes chéries, je vous promets, l'an prochain, nous fêterons 1946 en toute liberté !...

Chapitre 9 : Découvrir les secrets du fichier.

Mardi 2 janvier 1945, j'arrive à 9 heures pétantes rue des Tourelles pour prendre mon poste. Frida Dupire, toujours impeccablement moulée dans son uniforme, se montre aux petits soins avec moi :

- Je peux vous proposer un café mon capitaine ? C'est du véritable arabica !

Je n'ose plus la quitter des yeux, si je n'avais pas peur de paraître vulgaire, j'oserais vous dire « quelle est carrossée comme une Bugatti Royale ».

- Bien volontiers, avec un sucre s'il vous plaît ! Par contre comment avez-vous réussi à vous en procurer ?

- « Le patron » nous en apporte régulièrement !

- Ah oui ! Au fait, il n'est pas là aujourd'hui !

- Non, il est venu se matin, puis il est reparti furieux ! Visiblement l'aménagement de la DGER boulevard Mortier, le contrarie !

- Ah bon, je n'étais pas au courant !

- Nous non plus ! Le GRPF pense sans doute, que la proximité de nos deux services, va faciliter notre collaboration !

Je pense en mon for intérieur, connaissant Wybot, que c'est loin d'être gagné.

- Je me suis permis d'aménager votre bureau, à côté du mien !

- Parfait ! Sur quel dossier travaillez-vous en ce moment ?

- Rien de particulier ! Je continue de classer et de mettre à jour, le fichier du patron ! j'en profite pour rebondir.

- Ah bon ! Vous y avez accès ?

- Non pas vraiment ! Monsieur Wybot, me sort de temps en temps des fiches, me demande une mise à jour avant de les récupérer, je n'ai pas accès au coffre !

- Vous avez eu l'occasion de prendre connaissance de la mienne ? elle sourit.

- Oui, vous êtes bien noté, en Catégorie 1 !

- Je peux vous demander à quoi la catégorie correspond ?

- Je regrette, mais je ne suis pas habilitée à vous répondre ! Il faut voir avec le patron !

Puis Frida change de sujet :

- Vous avez vu, les Allemands tentent une contre-offensive entre Sarrebruck et Strasbourg ?

- Non je dois vous avouer, que j'ai passé trois jours en famille et je me suis un peu déconnecté de l'actualité !

- Dans la nuit du jour de l'an, ils ont profité d'une partie du redéploiement des troupes de Patton plus au nord dans les Ardennes, pour de nouveau menacer Strasbourg sur un front de 75 km !

Wybot arrive au même moment, visiblement toujours aussi contrarié, il me demande de le suivre dans son bureau :

- Bonjour Grenelle ! Je sors de Matignon, j'ai essayé de voir De Gaulle, sans succès !

- Où est le problème ?

- Il y a un mois, « le général » a voulu scinder en deux les services secrets, pour une meilleure autonomie ! Aujourd'hui, nous partageons presque les mêmes bureaux ! Où est la logique ?

- Que comptez-vous faire ?

- Il est hors de question que la DST, soit un satellite du GRPF ! Je vais donner des consignes à nos collaborateurs, de n'avoir aucun contact avec le personnel des « services extérieurs » !

- Très bien, je le note !

- Pour le reste, je ne vous mets pas la pression ! Mettez-vous au courant petit à petit avec Frida !

Une fois l'orage passé, la journée se déroule dans le calme. J'ai bien saisi les desiderata du « patron », toutefois je n'ai pas l'intention de rompre mes relations avec mon ami Raymond Landrieux. Sans vouloir tomber dans la paranoïa, je décide néanmoins de le contacter par téléphone, d'une cabine téléphonique. Je dissimule ma voix, en prenant des expressions du Général de Gaulle :

- Allô le GRPF, ici Londres ! Le BCRA parle aux Français ! après un temps d'hésitation, j'entends un gros éclat de rire à travers le combiné.

- Pierre arrête tes conneries ! Surtout en ce moment !

- Dis donc, tu ne m'avais pas dit que nous allions être voisins ?

- Pour moi aussi, il s'agit d'une surprise ! La décision, a été prise au dernier moment ! Je ne sais pas si elle provient de Soustelle ou de plus haut ?

- Nous pourrions en discuter prochainement, dans un resto loin de nos bureaux respectifs !

- D'accord, je te rappelle la semaine prochaine ! Là je suis encore dans les cartons, et il faut que je boucle les comptes de fin d'année !

En rentrant le soir à Argenteuil, je retrouve une Mathilde plutôt enjouée :

- Bonsoir mon chéri, ta journée s'est-elle bien passée ?

- Oui ! Et la tienne !

- J'ai eu Marie Thérèse un long moment au téléphone, elle a réussi à convaincre papa de se faire soigner !

- Très bien ! Si demain, notre antillaise décide de changer d'emploi, je l'embauche à la DST ! Nous cherchons des personnes pleines de convictions ! Mathilde sourit et hausse les épaules.

- Peux-tu être sérieux de temps en temps ? Cette fois, c'est moi qui rigole franchement.

- Oui, mais uniquement avec mon ami Landrieux !

Mercredi 3 janvier, je commence à prendre mes habitudes rue des Tourelles. Wybot semble préoccupé, je tente néanmoins de nouer le dialogue.

- Avez-vous pu joindre le « Général » ?

- Non ! Je viens d'apprendre par son directeur de cabinet, qu'un problème est né avec les américains ! La 1ere armée de Patton, dont fait partie comme vous le savez la 2e DB, a reçu l'ordre de se replier au nord de l'Alsace sur la crête des Vosges et d'évacuer Strasbourg ! Comme vous vous en doutez, De Gaulle ne l'entend pas de cette oreille ! Il a demandé à De Lattre, de défendre impérativement Strasbourg ! Bref, encore des emmerdements en perspective !

J'ai bien compris que ce n'est pas le moment de poursuivre notre conversation, donc je me tourne vers Frida :

- Sergent, que diriez-vous si je vous invitais pour déjeuner ce midi ? Tout en me tendant un document, elle me répond :

- Votre invitation tombe bien !

Je compulse la note signée Wybot : « À compter de ce jour, j'interdis la fréquentation du Mess du boulevard Mortier, à tout le personnel de la DST ».

- Je suppose, que c'est pour éviter les contacts avec les membres du GRPF ?

- Oui, d'autant que dans un premier temps, nous avions obtenu un accord, pour que toutes les personnes civiles et militaires de la DST, puissent accéder au Mess !

À midi, nous finissons par dégoter une petite auberge discrète, à proximité du bureau.

- Dites-moi sergent, vous connaissez pratiquement tout de mon existence, alors que je ne sais rien de vous ! Avez-vous une « fiche », vous concernant dans la chambre forte ?

- Ah non, ou alors je ne suis pas au courant !

- D'où vous vient ce prénom de Frida ?

- Mon père est d'origine du centre de la France, alors que ma mère est née en Allemagne ! De son nom de jeune fille Heidi Friedman ! Inutile de nier ses origines juives, avec un nom pareil ! Avant la guerre, j'ai passé une grande partie de mes vacances, chez ma grand-mère maternelle à Berlin ! De ce fait, j'ai appris l'allemand et même le russe ! Mamie Angéla, avait un homme à tout faire, originaire de Moscou !

- Je suppose qu'avec l'arrivée d'Hitler au pouvoir, les choses se sont gâtées ?

- Oui, ma grand-mère s'est réfugiée en France en 1938 chez mes parents à Blois ! Je n'ai pas connu mon grand-père, il est mort pendant la grande guerre ! Et puis le conflit de 1939, est arrivé… ! Ses beaux yeux s'humidifient.

- Si ça vous gêne d'en parler, passons à autre chose ? elle marque un temps d'arrêt, avant de reprendre son souffle.

- Non en fait, … mon frère Aloïs …, d'un an mon aîné, était un véritable admirateur des nazis ! Il s'est fâché avec mon père en 40, avant de rejoindre l'Allemagne ! Jusqu'à cette époque nous menions une vie tranquille, heureuse et bourgeoise, mon père avait un poste de direction important, à la chocolaterie « Poulain » !

- Et depuis ? Frida a visiblement, envie de se confier.

- À la chocolaterie, avec l'arrivée des allemands, la situation s'est dégradée ! À l'époque, la CGT de l'usine proche du PCF, n'hésitait pas à collaborer avec les allemands ! Ils ont réglé leurs comptes, mon père a été chassé ! Puis, la police de Vichy, s'en est pris à ma grand-mère en sa qualité de juive allemande ! Elle a été déportée, dans un camp en Allemagne en même temps que papa et maman !

J'avoue qu'après un récit pareil, je regarde mon plat de crudités, sans pouvoir y toucher. Je ne peux m'empêcher d'attendre la suite :

- Avez-vous eu des nouvelles depuis ?

- Non ! Je sais que mon frère s'est engagé dans la Waffen-SS et qu'il était sur le front russe !

- Mais vous, comment avez-vous réussi à vous en sortir ?

- Par un pur hasard ! Mon père avait un ami Henri de la Vaissière* ancien Saint-Cyrien, devenu « Valin » dans la résistance ! Au départ de mes parents, il m'a pris sous son aile ! Il a formé le 4ᵉ régiment d'infanterie de l'air, un corps franc, je m'y suis engagée ! J'ai ensuite travaillé avec le commandant Judes*, nous tenions des réunions clandestines dans les caves de la rue Saint-Laumer à Blois !

- Et comment vous êtes-vous retrouvée à la DST ?

- Fin octobre, le colonel « Valin » de la Vaissière a voulu me mettre à l'abri ! Il a su que Wybot recherchait du personnel pour son nouveau service ! « Valin » a insisté pour que je sois retenue à la DST ! *(Le Colonel Valin et le commandant Verrier*, vont périr tragiquement, assassinés le 19 décembre 1944, par un dénommé Schneider, un ancien du 4ᵉ RIA, exclu de la section et qui aurait agi par vengeance.)*

- Bon et Wybot n'a pas émis d'objection ?

Pour la première fois depuis le début de notre conversation, Frida éclaire son visage d'un sourire.

- Ah non, lorsque Wybot a su que je parlais quatre langues et surtout que j'étais profondément anti-communiste, il n'a pas hésité à m'embaucher !

Plus je réfléchis, plus je me dis que Frida, n'est pas seulement belle, mais qu'elle a aussi un sacré cran. Je tente de la relancer sur l'histoire du fichier :

- Est-ce que le nom du capitaine Raymond Landrieux, vous dit quelque chose ? Elle réfléchit un instant, puis se lance

- Ce nom me parle ! Un ancien du BCRA je crois, passé depuis à la DGSS !

- Et donc… ? j'attends la suite.

- Aujourd'hui à la DGER, bien sûr ! elle me sourit une seconde fois. Si vous êtes intéressé, il est moins bien noté que vous, en Catégorie 2 ! Mais je ne vous en dirai pas plus !

Me voilà bien avancé, notre repas terminé nous retournons au bureau. Pour en revenir à Frida, soit elle se montre la reine des actrices et doit trouver sa place à la comédie française, soit son récit ne souffre d'aucune contestation. Dans ce cas, je ne vois pas comment elle pourrait être téléguidée par Wybot. Je vais devoir mener ma propre enquête, pour être fixé définitivement.

Ma priorité et mon obsession, restent « le fichier ». Combien contient-il de catégories et à quels critères correspondent-elles ? Une fois cette énigme résolue, je pense pouvoir déchiffrer l'ensemble du contenu et avoir une idée précise sur la personnalité des personnes encartées. Pour arriver à mes fins, il faut dans un premier temps, que je puisse faire un double des deux clefs. Curieusement, je trouve Wybot un peu trop sûr de lui, pour les laisser dans son bureau, sans surveillance particulière.

Jeudi 4 janvier, j'espère pouvoir traîner un maximum sur mon lieu de travail, pour accéder enfin aux clefs de la chambre forte en fin de journée. Manque de chance pour l'instant, Wybot ne bouge pas de son bureau et me demande même de venir le rejoindre :

- Grenelle, vous qui êtes un ancien de la DGSS, vous connaissez forcement la majorité des personnes composant la DGER ? je marque un temps d'arrêt avant de répondre, me demandant où il veut en venir.

- Oui… enfin il y'a eu pas mal de mouvement, avec la restructuration dans les différents services !

- J'aimerais que vous me fassiez un rapport sur les personnes que vous avez côtoyées à cette période ! Pas besoin de vous dire que pour « Passy » et André Manuel, c'est inutile, je sais déjà tout d'eux ! Par contre je m'intéresse, en priorité à Landrieux ! je pense qu'il me tend un piège.

- Pourquoi lui, tout particulièrement ?

- Tout simplement, parce qu'il est au courant de tous les mouvements d'argent de la DGER, comme c'était déjà le cas avant, au BCRA et à la DGSS !

- Très bien, vous désirez que je vous fasse un retour à quel moment ? j'espère pouvoir gagner un peu de temps.

- Disons, d'ici la fin du mois ! Une date raisonnable, pour que vous puissiez boucler le dossier ! avant de le quitter, je m'intéresse à la question qui le préoccupait 48 heures auparavant.

- Avez-vous des nouvelles du « Général » !

- Non, de toutes façons, ce n'est pas maintenant qu'il va revenir en arrière concernant la DGER !

Me voilà confronté à un premier gros problème, prévenir Raymond que je dois mener une enquête à son encontre, en évitant les vagues. Pour se faire, j'utilise la même stratégie que la dernière fois, en le contactant d'une cabine téléphonique.

- Allô, Raymond, Pierre à l'appareil ! Landrieux me répond sur le ton de la rigolade.

- Ah Londres, parle encore aux français de la DGER !

- Non là, je te parle sérieusement, nous avons un très gros problème ! Il faut que je te rencontre très rapidement !

- Bon, mardi midi éventuellement ! À notre brasserie habituelle ?

- Je préfère un endroit plus confidentiel ! Chez Léa boulevard Bel Air dans le 12e ! La nourriture n'y est pas de premier choix, mais au moins nous pourrons discuter tranquillement !

- Bon, j'y serai !

- Ah j'oubliais, présente-toi en civil pour plus de discrétion !

Même si les allemands sont partis, venir chez Léa sans prévenir, avec une personne inconnue, ne me parait pas de bon aloi. Je passe donc un deuxième coup de fil :

- Bonjour Léa, Pierre Malet à l'appareil ! Je dois venir mardi midi pour déjeuner avec une autre personne !

- Oui pas de souci, je vous réserve une table pour deux !

- Disons, que j'aimerais « un repas amélioré » dans un endroit discret ! J'entends un rire étouffé.

- Je vois, ça va me rajeunir ! Pas de problème, je vous aménage un coin dans mon arrière cuisine !

Vendredi 5 janvier, la journée s'écoule dans le calme. Avec l'interdiction de se rendre au Mess, la plupart des membres du personnel mange sur place. Pas question pour moi pour le moment, d'aller farfouiller dans le bureau de Wybot, même en son absence. Je suis descendu au bistrot du coin, m'acheter un sandwich et une bière. J'en profite pour papoter avec Frida, qui est en train de terminer son repas dans sa gamelle.

- Dites-moi sergent, nous faisons partie des rares personnes du service, à porter un uniforme !

- Oui ! Tout d'abord parce que plus des trois quart du personnel de la DST sont des civils, ensuite parce que le patron n'impose rien à ce sujet !

- Bon dans ce cas, nous pourrions faire de même à partir de lundi ! Qu'en pensez-vous ?

- Cela ne me pose aucun problème ! Pour être franche avec vous, je n'ai remis l'uniforme que depuis votre arrivée !

La journée se termine, le vendredi le personnel part plus tôt, sur le coup de 17 heures. Frida prolonge un peu :

- À quelle heure comptez-vous partir capitaine ?

- Je dois finir un dossier urgent pour Wybot ! Mais ne vous gênez pas pour moi, je fermerai en partant !

- Très bien capitaine, alors je vous laisse et je vous dis à Lundi !

Me voilà seul, il n'est pas question pour moi de dérober les clefs pour aller fouiller dans la chambre forte ce soir. Je vais me contenter, de prendre une empreinte des clefs à l'aide d'une pâte à modeler, pour faire effectuer des doubles.

En moins de deux minutes le tour est joué, il n'y a plus maintenant qu'à trouver un serrurier et à être patient, avant de passer à l'action...

Chapitre 10 : Espionnage et contre-espionnage.

Je profite de mon samedi, pour passer à la serrurerie dont ma sœur m'a parlé, à Argenteuil.

- Bonjour je voudrais que vous me fassiez une copie de ces deux clefs ! je sors mes empreintes, sous le regard suspicieux du commerçant.

- Drôle de demande, d'où viennent ces empreintes ? je lui sors ma carte tricolore des services spéciaux.

- Capitaine Fixin Malet, je suis le frère de Jacqueline Malet que vous devez connaître ? Le gars, continue d'examiner les moulages à contre cœur.

- Pour la première clef, il n'y a pas de problème, c'est un travail basique, mais pour l'autre c'est autre chose... !

- C'est-à-dire ? Combien vous faut-il de temps pour exécuter ce travail ?

- Une bonne semaine... et encore sans l'original de la clef, le résultat n'est pas garanti !

- Bon j'attendrai ! Faites de votre mieux, c'est pour une mission importante ! Le type n'a toujours pas l'air convaincu.

- Vous n'avez pas de serrurier dans l'armée ?

- Si, mais je vous le répète, il s'agit d'une mission importante … et très confidentielle !

Lundi 8 janvier, j'arrive rue des Tourelles. Je découvre pour la première fois Frida en civil. Si elle est toujours impeccable dans un tailleur jupe en tweed, je la préfère vêtue de son uniforme de pseudo-hôtesse de l'air. Des ouvriers, s'affairent sur le chambranle de la porte du bureau de Wybot. Je demande :

- Que se passe-t-il ? Frida hausse les épaules et me fait signe de la tête en direction du patron. Ce dernier m'appelle au même moment.

- Grenelle, venez me voir ! son timbre de voix, m'incite à le jouer « patte blanche ».

- Bonjour patron ! Vous faites faire des travaux ? il descend d'un ton.

- Oui… bonjour Grenelle ! Rien ne va depuis ce matin ! Je suis sûr que quelqu'un s'est introduit dans mon bureau pendant mon absence ! Je prends un air candide.

- Ah bon ! Vous a-t-on dérobé quelque chose ?

- Non, mais des objets ont été déplacés ! Je fais mettre une nouvelle porte renforcée et fermant avec une clef inviolable ! Mais je ne vous ai pas demandé de venir pour ça ! Votre père est bien toujours garagiste ?

- Oui, à Bois-Colombes !

- Très bien ! Le service d'entretien du Boulevard Mortier, refuse de s'occuper de nos véhicules ! Soi-disant qu'ils ont trop de travail ! Je suis sûr que le général Chrétien, a donné des consignes dans ce sens !

- Ce n'est pas un souci ! Malgré sa charge de travail, je pense que mon père acceptera de prendre les quatre ou cinq véhicules du service pour un entretien, si je lui demande !

- Parfait, merci de faire le nécessaire !

Je retrouve Frida plutôt chafouine :

- Quelque chose ne va pas ?

- Je n'aime pas les excès de colère du boss ! Et encore là par rapport à ce matin, il s'est calmé !

- Je vais lui régler au moins un de ses problèmes, il devrait s'amadouer

Je contacte mon père au garage, qui se montre naturellement ravi de retrouver un peu d'activité. Frida, toujours aussi prévenante à mon égard, me sert un café sans que j'"aie besoin de le demander :

- Capitaine, êtes-vous au courant des dernières nouvelles du front ?

- Non, pas depuis vendredi !

- Les Allemands, ont déclenché hier une offensive pour prendre Strasbourg en tenaille ! Au nord à Haguenau, ils font face à la 6e armée américaine et au sud depuis la poche de Colmar, ils s'attaquent à la première armée de De Lattre !

- Je ne pense pas qu'il faille s'inquiéter plus que ça ! Lorsque j'étais sur le front de l'Est, il y'a un mois et demi, les armées du Reich, étaient déjà « dans les cordes » ! Je ne vois pas comment aujourd'hui, elles pourraient inverser la tendance !

Mardi 9 janvier, je suis chez Léa à midi pétante. J'attends au bar, une bière à la main, l'arrivée de Landrieux. Il franchit enfin le seuil et fait du regard, le tour du bistrot :

- Dis donc Pierre, c'est plutôt glauque, comme endroit ici !

- Peut-être, mais nous y serons tranquilles ! Je te commande une bière et nous passons dans l'arrière salle !

Léa, nous a bien aménagé une table avec deux couverts. Puis elle nous apporte en toute discrétion, une blanquette de veau, accompagnée d'un Mont Louis blanc du Val de Loire. Raymond commence à manger et à boire avec une belle santé !

- Je ne comprends pas Pierre, tu m'avais bien dit qu'ici, la nourriture était infecte !

Léa revient de la salle, surprend la remarque et me lance un regard qui tue. Je tente une diversion par un trait d'humour :

- Uniquement pour les clients, pas pour les amis ! ma réplique n'a pas l'air de dérider la patronne.

- Bon Pierre, tu ne m'as fait venir ici uniquement pour la cuisine et le cadre idyllique du resto !

- Wybot, veut que je fasse un rapport à ton sujet ! on entendrait une mouche voler.

- Que cherche-t 'il d'après toi ?

- Je pense qu'il veut avoir un regard sur les comptes DGER, comme moyens de pression ! Raymond prend un moment pour me répondre.

- Écoute Pierre, moi je vais te le faire ton rapport ! En y mettant quelques chiffres, sans compromettre personne !

- Oui effectivement, je pense que c'est la meilleure des solutions ! Léa revient.

- J'ai de la tarte aux pommes en dessert ! ... J'espère qu'elle sera à votre goût !

- Pour le rapport, tu en as besoin dans combien de temps ?

- Sous quinzaine serait bien !

- Ok, je vais y aller et m'y mettre tout de suite !

En partant, Raymond se croit obliger d'en faire des tonnes auprès de Léa :

- Votre blanquette, était excellente et la tarte aux pommes exceptionnelle !

- Vous ne prenez pas de café ?

- Euh...non... désolé, je n'ai plus le temps ! J'ai un travail urgent à accomplir !

- Capitaine, je suppose que vous avez dit aussi à votre ami, que le café était de l'orge grillé !

- Ah non pas du tout, je sais que vous tenez en réserve de l'arabica, pour les bons clients !

Le ciel s'éclaircit sur les Ardennes, de ce fait les batailles aériennes reprennent. Les allemands, engagent leur aviation disponible sur la Belgique et le sud des Pays-Bas, dans l'opération « Badenplatte ».

Le résultat n'est pas à la hauteur des espérances de Göring. Ils perdent 277 appareils, pour 156 avions abattus. Hermann, comme à son habitude, s'efforce de minimiser l'échec auprès de Hitler. Il prétend disposer encore d'une force de plus de 1000 chasseurs/bombardiers, alors que moins de 800 sont en état de voler. Au sol, les 1ere et 3e armées américaines accentuent la pression sur Houffalize, coupant les routes au nord-est et au sud de de la ville.

Vendredi 12 janvier : l'Armée rouge prépare sa grande offensive d'hiver. 163 divisions sont l'arme au pied, prêtes à déferler sur les positions allemandes en Pologne et en Prusse Orientale. Si les positions défensives du Reich semblent stables, seules 30 divisions pourront s'opposer aux soviétiques, avec un rapport d'un contre cinq pour les chars de combats.

De son côté le Führer, refuse de croire les analyses des services de renseignements, annonçant l'imminence de l'offensive soviétique. Guderian, devenu chef d'état-major, l'implore sans succès de rapatrier les forces engagées dans les Ardennes, pour contre-attaquer sur Budapest. L'heure est grave, le maréchal Joukov, tenant le front biélorusse est sur le point de franchir la Vistule. La frontière allemande n'est plus qu'à 30 km.

Le soir à l'appartement, je retrouve Mathilde en pleine crise de mélancolie :

- Quelque chose ne va pas mon cœur ?

- Marie Thérèse, m'a appelée pendant la journée ! Papa, vient d'être transféré au sanatorium de Sainte-Marthe à Epernay ! je la serre dans mes bras.

- Ne t'inquiète pas ma chérie ! Au moins là, il va être pris en charge correctement pour être soigné !

- J'ai bien senti, à la voix de Marie Thérèse, que c'est beaucoup plus sérieux, que l'on ne pensait au départ !

Le samedi, comme prévu je repasse chez le serrurier, pour récupérer le travail que j'ai demandé :

- Tout est prêt capitaine !

Il me sort en même temps, une facture particulièrement salée, que je vais devoir naturellement payer de ma poche. Puis, il ajoute :

- Pour la clef ordinaire, si vous avez un souci, je peux éventuellement rectifier le travail ! Mais pour l'autre, sans l'original, je ne peux rien faire de plus !

J'ai prévenu Mathilde, que je devais passer au bureau récupérer un dossier. Essayer d'accéder à la chambre forte, le week-end en dehors des heures de travail, me parait la meilleure des solutions. Le planton de faction, s'étonne de ma présence :

- Vous travaillez le samedi maintenant, mon capitaine ?

- J'ai juste un travail urgent à finir, je ne devrais pas en avoir pour très longtemps !

J'ai pris soin de me munir de mon Minox. Je pense qu'il est plus sage et plus rapide de photographier les documents, que je vais devoir mettre à nus, par la suite. Le cœur battant, je constate avec satisfaction, que la clef plate fonctionne parfaitement sur la porte blindée. Je m'attelle maintenant, à composer les numéros des trois cadrans de la chambre forte. J'essaye une première fois, rien ne se passe, puis une seconde sans plus de succès. Je compulse mon carnet, les numéros inscrits sont bien conformes. Je fais une dernière tentative en vain.

Il est inutile de rester plus longtemps au risque de me faire prendre. Je n'ai plus qu'à sortir, en prenant soin de refermer à clef la porte blindée.

Le planton en sortant me salue une seconde fois, je le vois à peine préoccupé par mon échec. Il n'y a que deux possibilités, ou je me suis trompé en relevant les chiffres des compteurs, ou Wybot soucieux par la fouille de son bureau, a changé les codes ?

Dans un cas comme dans l'autre, me voilà revenu à la case départ. En rentrant à l'appartement, Mathilde m'interpelle :

-    Pierre je voudrais que nous allions à Epernay voir mon père !

-    Oui bien sûr ! le Week-end prochain par exemple ?

-    En principe, je suis de permanence à l'hôpital ! Mais je vais m'arranger avec Jacqueline, pour demander de permuter notre planning !

Lundi 15 janvier, je reçois un appel de Raymond Landrieux :

-    « Votre colis » est prêt capitaine !

-    Très bien, peut-il être déposé rapidement chez Léa ?

-    Vos désirs sont des ordres ! Vous pourrez le récupérer dès demain en fin d'après-midi !

Nous recevons dans le courant de la journée, un premier bilan de la bataille des Ardennes. Sur les 250 000 hommes engagés par les allemands, après un mois de combat, 120 000 sont tués, blessés ou fait prisonniers. Côté alliés 10 000 hommes ont péri, auxquels il faut ajouter 63000 blessés, ou portés disparus. Les pertes en matériel sont considérables. 600 panzers sont détruits, contre un peu plus de 700 chars américains. Il faut relativiser la perte du matériel des alliés, dans la mesure ou le remplacement peut se faire rapidement, ce qui n'est plus le cas du côté allemand.

Dès le lendemain, en début de soirée, je récupère une grande enveloppe kraft au bistrot de Léa. Raymond ne s'est pas moqué de moi.

Son rapport contient 10 pages dactylographiées, argumenté par de nombreux tableaux chiffrés. Je ne vais pas entrer dans le détail de la véracité du dossier, l'important c'est la crédibilité qu'il m'inspire et qui devrait convaincre Wybot.

Pendant que les américains pénètrent à Houffalize en Belgique, les allemands évacuent Bastogne. Il reste quelques poches résiduelles en France. Poussées par la faim, des troupes de la Wehrmacht, s'exfiltrent de La Rochelle, pour s'emparer de bovins et de moutons, dans une foire à Marans !

Mercredi 17 janvier, je transmets « le dossier Landrieux » à Wybot en arrivant au bureau. Le patron se plonge dedans avec avidité et sans attendre. Le sergent Dupire se montre curieuse :

- J'ai cru comprendre capitaine, que vous étiez passé au bureau, samedi dernier ?

Que dois-je en déduire ? Frida, a reçu des informations par le planton ? Wybot est- il au courant ? Je réponds sans me démonter.

- Oui tout à fait ! Il fallait que je termine le dossier, dont le patron prend connaissance actuellement ! Je n'ai pas de machine à écrire à mon domicile ! Au même moment, le boss se pointe avec les documents.

- Excellent travail capitaine ! Je me pose la question de savoir, comment vous avez réussi à réunir autant d'informations en si peu de temps ?

- Il ne vous a pas échappé, que je suis rompu « aux services de renseignements », depuis 5 ans ! chose rare, Wybot sourit.

- Sergent, je vous ai souligné les passages importants du rapport ! Vous voudrez bien mettre à jour la fiche concernée avec ces éléments ! Par contre, vous ne changez pas la classification !

Frida, prend connaissance des documents, que Wybot a pris soin de rajouter à la fameuse fiche :

- Capitaine, je commence à comprendre pourquoi la dernière fois, vous m'avez posé la question de savoir si je connaissais le capitaine Landrieux ! j'essaye de noyer le poisson.

- C'est une question, ou bien une affirmation ! je constate qu'il reste en catégorie 2 ! mon bluff fonctionne en partie.

- Oui, il fait partie « des tièdes » !

Je commence à découvrir une partie d'un puzzle, dont les pièces manquantes sont encore trop nombreuses. Ainsi la catégorie 2, correspond « aux tièdes » !

Je suis dans la catégorie 1 faisant partie des « froids » ? Les « chaudes » et « les brûlantes », sont-elles d'autres catégories comme les 3 et 4 ? Le déchiffrage, n'est pas pour tout de suite, il faut que je puisse convaincre Frida de m'en dire plus.

Alors que nous nous apprêtons avec Mathilde, à prendre la route de la Champagne, je reçois des nouvelles en provenance d'Alsace. La contre-offensive baptisée « vent du nord » par les allemands, a ramené l'ennemi à 13 km de Strasbourg. Une tête de pont, a été établie par les troupes du Reich à Gambsheim. Regroupée entre Sarreguemines et Bitche, la 10e division de Panzer, tente une percée entre Saverne et Strasbourg. Pour les contrer, et conforter le 6e groupe d'armée franco-américain en difficulté, le général De Lattre, remonte de la poche de Colmar avec sa 1ere armée. Les opérations sont conduites sans appui aérien, dans des conditions quasi polaires, la température descendant sous les − 20° Celsius.

Avant de rejoindre Epernay, nous faisons un détour par Reims, afin de passer prendre au passage la mère de Mathilde. La pauvre femme, déjà séparée de son mari pendant sa captivité, ne trouve plus le sommeil. Nous arrivons au centre de Sainte Marthe, en début d'après-midi.

Cet ancien Carmel à l'architecture austère, construit en pierres apparentes, est transformé en sanatorium, depuis une quinzaine d'année. Dès 1921, la maison a été confiée à la congrégation des sœurs de Marie Auxiliatrice.

Rapidement, une bonne sœur nous escorte dans les couloirs de l'établissement jusqu'au chevet de Raymond Seigneur. Bien que conscient et lucide, l'époux de Georgette, a beaucoup de mal à parler. S'exprimant d'une voix faible. Il reprend son souffle entre deux phrases, un sifflement de mauvaise augure, sort parfois de ses poumons. Georgette, se penche pour saisir ses paroles tout en lui tenant la main. Alors que je me tiens volontairement à l'écart, Mathilde demande quelques explications à la mère supérieure.

Puis ma chérie, se tourne vers moi, les yeux larmoyants, en me faisant non de la tête. Au bout de quelques minutes, une bonne sœur nous fait signe, qu'il faut laisser son patient se reposer. Mathilde prend sa maman par les épaules, dépose un baiser sur le front de son père en lui précisant que nous reviendrons bientôt le voir. De mon côté, je me contente de prendre les deux mains de mon beau père, pour lui exprimer ma solidarité.

Les 24 km nous séparant de Reims au retour, semblent une éternité. Personne dans la voiture n'ose prendre la parole. Mathilde, indique simplement à sa maman que nous passerons la nuit chez elle, pour pouvoir rencontrer Sylvain le dimanche. Bien que cette situation ne fût pas prévue au départ, je ne peux que l'approuver.

Lorsque je me retrouve enfin seul avec ma chérie, je lui demande des détails sur l'état de santé de son papa. Elle me répond d'un ton laconique : « Il ne lui reste plus que quelques semaines à vivre ! » Puis elle se blottit dans mes bras, pour pleurer toutes les larmes de son corps...

Chapitre 11 : Yalta ou le partage du monde.

Lundi 22 janvier, Wybot me demande de le retrouver dans son bureau :

- Dites-moi capitaine, lisez-vous la presse ? la question me surprend.

- Je dirai, plus que le français moyen ! Lire et analyser le contenu des journaux, doit faire partie de notre quotidien !

- Manuel vient de m'appeler ! *(Ancien N°2 du BCRA, actuellement à la DGER)*

- Je vois avec plaisir, que nous entretenons de nouveau des relations avec « les Services Extérieurs » !

- Trêve de plaisanterie ! Il en a assez tout comme moi, de la campagne de dénigrement orchestré contre le BCRA !

- Je pense, que cette campagne n'a qu'un seul but, viser le Général De Gaulle ?

- Exactement ! Avec bien entendu, les communistes en toile de fond, pour diriger « l'orchestre rouge » !

- Je suppose, que la visite du Général de Gaulle à Moscou en décembre dernier, avait aussi pour but de faire canaliser le PCF par Staline ?

- Sans doute ! N'empêche que le danger existe toujours ! Savez-vous, qui tient la baguette de chef d'orchestre ?

- Je suppute, que ce ne sont pas les candidats qui manquent ?

- Pour moi « le von Karajan » du moment, c'est Labarthe* ! Je l'ai toujours soupçonné, d'être un agent au service des soviétiques !

- Bon et maintenant, comment voyez-vous les choses ?

- Je veux que vous marquiez Labarthe à la culotte ! Faites-moi un rapport régulier, sur ses déplacements et ses contacts !

- Je suppose, que vous disposez déjà d'une fiche à son sujet ? Pourrais-je en prendre connaissance, comme base de départ ?
Wybot hésite un instant.

- Euh...oui ! Je vais vous la faire parvenir par Frida !

Me voilà bien avancé, je ne me vois pas aller demander à Labarthe un rapport sur lui-même, comme a pu me le faire Raymond Landrieux. En sortant du bureau de Wybot, je retrouve le Chef Dupire :

- Tenez capitaine, je viens de taper une note qui devrait vous intéresser !

- De quoi s'agit-il ?

- Des dernières façons mises en place, pour écrire et dévoiler « les encres sympathiques » !

-

*André Labarthe, antifasciste et sympathisant communiste, devient directeur du service technique de l'armement, au Ministère Pierre Cot en 1936. En 1940, il fonde à Londres le journal « La France Libre ». En conflit avec le commandant Fontaine, nommé par De Gaulle à la tête des services civils, ses rapports avec le chef de la France libre se dégradent rapidement. En septembre 1940, il reçoit un blâme, avant d'être démis de ses fonctions de directeur du service de l'armement, une semaine plus tard. À partir de ce moment, il devient un farouche opposant à Charles de Gaulle, avec la complicité de l'amiral Muselier.

En lisant le document, je découvre que le « bon vieux citron » révélé à la flamme fait désormais partie du passé. La première technique, consiste à dissoudre un cachet à base de phénolphtaléine dans de l'ammoniaque, la seconde demande de plonger un cachet d'aspirine, dans de l'alcool à 90e.

Dans le premier cas, on écrit sur de l'étoffe avec la solution rouge obtenue, la colorisation disparaît au séchage. Pour le réactif, il faut utiliser un bain bouillant de limonade ou de soda dans lequel l'étoffe doit être trempée. Dans le second cas, il suffit d'appliquer de la vaseline, ou de simplement chauffer. *(Document historique.)*

Mardi 23 janvier, en l'absence de Wybot, Frida Dupire lit la presse pendant ses heures de service. Lorsque, je m'en étonne, elle se livre à quelques confidences :

- Vous avez vu capitaine, Brasillach, vient d'être condamné à mort ! Frida parait ébranlée.

- Oui, je suppose que c'est pour « l'ensemble de son œuvre » ! *(L'intellectuel Robert Brasillach, était le rédacteur en chef du journal collaborationniste d'extrême droite « Je suis partout », reconnu pour son fort antisémitisme).*

- Une pétition circule à l'initiative de Marcel Aimé et François Mauriac, contre cette décision ! Les intellectuels demandent sa grâce au général De Gaulle ! Albert Camus et Jean Paulhan font partie des premiers signataires !

Malgré son anti communisme, je suis étonné de la manière dont Frida aborde le sujet, compte tenu de ses origines juives. Le chef Dupire poursuit sur le même ton :

- Au nom de la démocratie, nous assistons à une véritable chasse aux sorcières ! Tous les intellectuels, qui ont fréquenté la sphère de Vichy de loin ou de près, en sont désormais la cible ! les communistes, vont pouvoir profiter de la situation, pour imposer leurs règles !

Bien que je trouve cette posture un peu extrémiste, en y réfléchissant, je ne peux nier qu'il existe bien un fond de vérité dans ses propos.

Une fois calmée, Frida me tend la fiche d'André Labarthe. Si je n'apprends pas grand-chose, que je ne connaisse déjà à son sujet, néanmoins sa classification m'interpelle :

-   Je vois « un classement en 3 B » ? Le chef Dupire, me fait une réponse plutôt cash.

-   Oui « à éliminer » ! je marque un temps d'hésitation.

-   Est-ce le terme exact ?

-   Absolument... après, je suppose qu'on peut interpréter sa signification !

Me voilà en présence d'une troisième pièce du puzzle. Après la « Une » dont je fais partie *(les fidèles au Général)*, la 2, « les tièdes » avec Raymond Landrieux, voilà la 3 B, visiblement celle des indésirables. Il ne me reste plus qu'à trouver les pièces intermédiaires et surtout à remplir les cases, avec les personnes qui les composent.

Depuis son retour de captivité, Maurice Thorez, a pris une décision lourde de sens lors d'un meeting du PCF à Ivry. Il accepte le désarmement des groupes de partisans, demandé par le Général de Gaulle. Est-ce dû à l'intervention de Staline, suite à la visite de la délégation française à Moscou ?

Jeudi 25 janvier, lors d'une intervention à la TSF, le chef de l'État proteste contre la décision « des trois grands », États-Unis, Grande-Bretagne et URSS, de ne pas inviter la France de la conférence de Yalta, devant se dérouler le 11 février prochain. Déjà depuis début janvier, sans aucune communication diplomatique préalable, la presse anglo-saxonne, annonce une conférence « à trois » suite à la demande des alliés de capitulation sans condition du Reich. Nos partenaires infligent à la France, un véritable camouflet destinée à déterminer du sort de l'Allemagne. Notre pays, n'a pas son mot à dire sur une réunion qui doit définir les contours de l'organisation politique d'après-guerre.

Malgré tout, Churchill désire la présence de De Gaulle. Le premier Ministre britannique, ne souhaite pas ferrailler seul, contre un Staline hégémoniste et un Roosevelt diminué physiquement, sans doute incapable de jouer les arbitres.

Le président américain, commet incontestablement une erreur, en faisant passer sa détestation du dirigeant français, avant les intérêts du monde libre, avec un risque de perturber l'équilibre européen. Le département d'état américain, n'a pas apprécié également, la rencontre entre De Gaulle et Staline en décembre dernier. Il subodore un accord tacite, entre les deux dirigeants, pour consolider l'empire colonial français. La réalité est tout autre. Staline, ne fait pas grand cas de la France, dépourvue d'une véritable force militaire par rapport aux alliés.

Vendredi 26 janvier, Raymond Landrieux, m'appelle au bureau, en me proposant de déjeuner mardi prochain avec Manuel. J'accepte bien volontiers, Wybot, surprend notre conversation. Je lui fais remarquer, que je pourrai peut-être avoir des infos sur Labarthe, du coup il acquiesce.

Un chantage s'exerce entre De Gaulle et Eisenhower. La première armée de De Lattre, vient d'arrêter l'offensive allemande « Vent du Nord » aux portes de Strasbourg. Le général américain, serait prêt à abandonner la ville aux mains des allemands, pour soulager sa 7e armée. En réponse, le chef de la France Libre, menace de retirer ses troupes du commandement allié, au cas où Strasbourg serait sacrifié. Eisenhower, finit par céder, tout en laissant la responsabilité aux français, de défendre la ville, seuls.

Je passe un week-end plutôt calme en famille. Mathilde n'arrête pas de me poser des questions sur Frida, serait-elle jalouse ? Je finis par lâcher :

- Tu sais les blondes, ce n'est pas mon genre !

- Ah bon, c'est sympa pour ta sœur ! Monique était pourtant bien blonde, non ?

Je change de sujet, en demandant des nouvelles de son père. Sylvain et Georgette Seigneur, doivent se rendre à son chevet dimanche.

Lundi 29 janvier, cette fois le saillant dans les Ardennes, est totalement réduit par les forces alliées. La 1ere armée américaine, peut lancer son offensive sur la ligne Siegfried. Sur le front de l'Est ce n'est pas mieux pour les troupes allemandes. Le maréchal Koniev, a virtuellement isolé la région de la Haute Silésie du reste du Reich. La presse allemande, ne nie même plus l'avancée de l'armée rouge. Elle annonce que le Maréchal Joukov, n'est plus qu'à 150 km de Berlin. Une contre-attaque en direction de la Vistule, parait illusoire. À Berlin, une armée composée d'écoliers et de vieillards, tente une ultime défense. La radio de la capitale, galvanise ces nouvelles troupes sur les ondes : « Il s'agit de notre dernière chance, le sort du peuple allemand, repose entre vos mains : Ce sera la victoire ou notre destruction ! »

Mardi 30 janvier, comme Raymond Landrieux l'avait subodoré Jacques Soustelle a laissé sa place à la tête de la DGER. André Manuel, prend sa succession comme directeur du service. Manuel, fait les chose bien en m'invitant « au Cercle Interallié », 33 rue du Faubourg Saint Honoré. Une immense salle à manger occupe tout le premier étage. Un impressionnant tableau couvre le mur sur la gauche autour de dorures luxuriantes, le tout éclairé par quatre fenêtres sur la droite et autant de luminaires. J'ai toujours été étonné par la complicité qui règne entre Landrieux et Manuel. Le premier, bon public s'accommode parfaitement de la décontraction du second. Nous sommes loin, du côté parfois psychorigide et pince sans rire, d'André Dewavrin. Je lance le débat sur le sujet :

- Que devient Passy ? Manuel répond en premier.

- Il effectue actuellement un voyage, en Afrique et en Asie, pour mettre en en place des services de renseignements dans nos colonies ! Son retour est prévu courant avril. !

Puis immanquablement, la conversation dévie sur André Labarthe :

- Wybot, m'a demandé de le surveiller et de faire un rapport régulièrement sur ses activités ! Raymond rebondit.

- Il s'agit d'un véritable problème ! « L'humanité », dont il est un des chroniqueurs, se répand régulièrement sur un BCRA cagoulard, nous faisant tous passer pour des fascistes !

- Quels sont les éléments, à votre disposition à son sujet ? Manuel répond, sans retenue.

- À priori, il entretient des relations avec les services soviétiques depuis 1935 ! Nos homologues américains travaillent actuellement sur le projet « Vérona » *(historique)* ! Le procédé, consiste à casser les codes, des services de renseignements soviétiques ! De leur côté le MI 5 sont sur le dos du « Cambridge Five » *(les 5 de Cambridge)* ! Il s'agit de 5 étudiants embauchés par le NKVD *(réseau soviétique ancêtre du KGB)* ! Nous en saurons probablement plus, prochainement ! De plus, Il ne travaille pas seul, sa secrétaire Martha Lecoutre*, demande une surveillance particulière !

- Bon effectivement, ces éléments sont intéressants ! L'avantage à la DST, c'est que nous possédons un pouvoir de police ! Je pense que Wybot, ne va pas le lâcher ! puis Manuel change de sujet.

- Je regrette que vos affaires judiciaires, vous aient conduit à quitter la DGER !

- Oui en fait à l'époque, il s'agissait encore de la DGSS ! Mais je suppose, qu'il vous reste un effectif suffisant.

- En quantité oui ! en qualité c'est autre chose ! Nous nous retrouvons à la tête actuellement de 10 000 personnes ! En fin de guerre, il faudra ramener ce chiffre à 2000 !

- Pourquoi un effectif aussi pléthorique ?

- Nous avons récupéré tous les services, basés à Alger et à Rabat ! En plus, la plupart des membres, sont d'anciens collaborateurs du deuxième bureau de Vichy !

- Je vois, pour la confiance, ce n'est pas l'idéal ! Landrieux jusque-là passif intervient.

- Pierre Cot, (*ancien ministre de l'air*) serait pour une suppression, pure et simple des services spéciaux !

- Comment ? mais c'est ridicule !

- Il estime que ce serait une preuve de confiance, vis-à-vis de nos alliés ! je m'insurge.

- Ce n'est pas en baissant la garde et en faisant preuve de faiblesse, que nous allons gagner en crédibilité !

Nous finissons notre café, j'ai passé un excellent moment avec les services extérieurs, nous nous promettons de renouveler l'expérience une prochaine fois.

De retour au bureau, j'essaye de pousser Frida à m'en dire plus :

- Savez -vous si notre « grand directeur », entretient une vie intime ?

- Voulez-vous dire, une relation régulière avec une femme ? Certes non ! seul son boulot l'intéresse ! Et ne croyez surtout pas, qu'il peut vous accorder une confiance particulière ! La seule personne qui trouve grâce à ses yeux, c'est Tavian* !

(L'adjudant-chef Gaston Tavian, sous-officier d'artillerie au 407e régiment d'artillerie à Port Marly en 1940, rencontre le lieutenant Roger Warin (Wybot) et se retrouve sous ses ordres pendant la campagne de France. Démobilisé, Il entre en résistance, passe ensuite par le BCRA de Londres en 1942, avant de rejoindre 1er Régiment d'Armée Coloniale, avec le grade de lieutenant, pour la campagne de Tunisie et d'Italie en 1944.)

Frida, poursuit :

- Depuis le mois de novembre dernier, il est affecté à la Police Nationale de Paris ! connaissant Wybot, je me dis qu'il ne peut s'agir d'un hasard.

- Le patron, vous fait tout de même confiance, non ?

- Autant qu'à vous, mais pas plus ! Vous savez capitaine, si vous êtes dans ses petits papiers aujourd'hui, c'est bien parce que vous entretenez de bonnes relations avec la DGER et que lui n'en n'a pas !

Je suis surpris, à la fois par la lucidité et l'intelligence du chef Dupire, autant que par sa réaction à la limite de l'insolence. Je finis par m'installer à mon bureau, pour rédiger mon rapport sur Labarthe.

Mercredi 31 janvier, les troupes du Maréchal Joukov, viennent de mettre un pied en Allemagne. Les soviétiques, pénètrent de 20 km à l'intérieur de la Poméranie, prenant Driesen au Passage. La capitale du Reich n'est plus qu'à 150km. L'armée rouge s'est fixée sur les rives de l'Oder, coupant au passage la liaison ferroviaire Berlin Dantzig. La prochaine cible, devient Francfort sur l'Oder, à 70 km à l'Est du « Gross Berlin ». Le docteur Ley, écrit dans « *Der Angriff* » : « Nous nous battrons devant Berlin, dans Berlin et autour de Berlin ! » Les quelques espoirs restants, reposent encore sur les villes fortifiées, que l'armée rouge a dû contourner, telle Poznan, dont 60 000 hommes, font encore face aux soviétiques.

Le soir je retrouve à l'appartement, une Mathilde plongée dans ses pensées :

- Notre fille n'est pas là ?

- Non tout à l'heure, en allant récupérer Marie à Colombes, je l'ai trouvé fiévreuse ! J'ai préféré la laisser chez tes parents, pour éviter les aller-retours dans le froid ?

- Je suppose que maman appellera le médecin, si son état ne s'améliore pas demain matin ?

- Oui, ne t'inquiète j'ai passé les consignes pour ce soir ! Une tisane avec du miel, une bouillotte, deux claques sur le cul et au lit ! Mathilde rigole de bon cœur, avant de s'assombrir d'un seul coup.

- Quelque chose ne va pas ?

- Es-tu toujours d'accord pour m'épouser ?

- Bien sur mon cœur, plus que jamais ! Pourquoi, une telle question ? ses yeux s'humidifient.

- Je viens d'avoir des nouvelles de papa, son état ne s'améliore pas ! je la serre dans mes bras.

- Je suis désolé mon cœur ! Veux-tu que nous retournions le voir ce week-end ?

Elle me fait signe non de la tête, reste un moment sans rien dire puis reprend d'une voix hésitante :

- Tu vois... je voudrais... que nous préparions notre mariage... pour que papa... puisse participer à la cérémonie ! Il y'a comme une impression de clap de fin dans sa voix.

- D'accord, je vais m'occuper des démarches à la mairie de Reims, demain ou vendredi au plus tard !

Nous finissons la soirée, comme nous l'avions commencé, lors de notre première rencontre intime rue Sibuet. La chanson de Louis Lynel : « nuit de chine, nuit câline, nuit d'amour », nous accompagne dans nos têtes. Nous pouvons d'autant plus nous lâcher, que Marie n'est pas dans sa chambre...

Chapitre 12 : L'ombre de Wybot et l'affaire Joanovoci.

Lundi 1er février, je viens d'arriver au bureau et la semaine commence, par quelques banalités échangées entre Frida et moi. Un homme jeune, fort bien mis, fait son entrée : « Bonjour Grenelle ! » je reconnais Stanislas Mangin*, fils du prestigieux général Charles Mangin, adjoint de Pétain pendant la grande guerre. Nous nous sommes croisés à Londres, sans vraiment nous fréquenter, alors qu'il était l'adjoint de Wybot :

- Bonjour capitaine Mangin ! lance Frida, le fils du général, me dévisage des pieds à la tête.

- Je vois que vous nous avez rejoint, mais que vous n'avez pas encore le « dress-code » du service ! puis il s'éclipse, pour rejoindre le bureau du patron.

Je baisse le regard pour admirer ma tenue. Je suis vêtu d'un pantalon de velours marron, d'une veste d'hiver aux tons feuilles d'automne, sur une chemise beige avec une cravate assortie. Certes mes vêtements, ne sont pas de la première jeunesse, mais je n'ai pas l'impression d'être habillé comme un pouilleux. J'écarte les bras et regarde Frida d'un air interrogatif :

- Laissez tomber, Wybot demande à ses agents, de ne pas ressembler à des flics !

- Pourquoi, j'ai l'air d'un policier ?

- Pas spécialement, mais Wybot considère, que plus un homme se montre élégant, moins il fait penser à un flic et moins la personne devant lui, se méfie !

- Je vais fêter mon premier mois dans le service demain, et je n'avais pas encore vu Mangin ?

- Vous avez bien compris qu'il s'agit toujours de l'adjoint de Wybot ! Après il rentre, il sort, il disparaît ! Il passe le plus clair de son temps au siège de la rue des Saussaies ! De toute façon, j'ai peu de contacts avec lui ! Mangin « the shadow » !

- Vous ne semblez guère l'apprécier !

- Vous voyez bien comment, il a réagi avec vous pour votre tenue ! Il est toujours cassant, méprisant, et fait bien sentir à tout le monde, qu'il est bien le fils du général Mangin !

- Personnellement, je ne connais du père que son surnom dans l'armée : « le boucher de Verdun » ! (Historique).

- L'autre fois je vous ai dit que Wybot, n'avait confiance qu'en Tavian, lui permettant d'avoir des infos de l'extérieur du service ! Mangin lui, représente en quelque sorte « sa taupe intérieure » !

Tout en écoutant le chef Dupire, je découvre discrètement au-dessus de son épaule son activité du jour. J'entrevois la fiche d'Emmanuel d'Astier de la Vigerie, fondateur du journal « Libération ». Frida s'apercevant de la manœuvre, glisse une chemise dessus. Alors, comme un gamin pris en faute, je lui lance un regard de cocker implorant un paquet de bonbons. Elle secoue la tête négativement, tout en me susurrant : « Pas maintenant, pas avec les deux autres à côté ! » Nous approchons de midi, Mangin et Wybot nous rejoignent :

- Frida, nous partons déjeuner, ne comptez pas sur nous cette après-midi ! Ah Grenelle, j'ai lu votre compte rendu sur Labarthe ! Intéressant, j'aimerais que vous examiniez, les échanges et les rapports existants entre lui et d'Astier !

Une fois le directeur et son adjoint partis, je fixe Frida en souriant, comme le gamin satisfait que l'on exécute enfin son caprice. Frida me tend la fiche de d'Astier en me regardant bien dans les yeux, puis prend une voix de midinette :

- Il est beau garçon ! … Vous ne trouvez pas capitaine ? C'est vrai que d'Astier ne manque pas d'allure. Grand mince, le cheveu ondulé, il fait très aristocrate.

- Oui, mais il a 20 ans de plus que vous ! elle continue sur le même ton.

- Ce n'est pas grave !... J'aime les hommes d'âge mûr !

- Sans doute, mais je pense qu'il est vraiment trop à gauche pour vous ! Frida reprend sa voix normal.

- Oui hélas… il gâche tout !

- Que diriez-vous, si nous continuions cette discussion intéressante, en faisant monter deux plats du jour de la brasserie d'en face ? elle regarde sa gamelle.

- Oui très bien, je garde mon repas de midi pour ce soir ! Je prends mon téléphone et compose le numéro du restaurant.

- Vous prendrez bien une boisson, pour accompagner ?

- Non de l'eau m'ira très bien !

- Allô, oui… deux plats du jour, avec une bière pour le 30 de la rue des Tourelles !

- Au menu paella, cela vous convient-il ?

- Parfait, nous allons venir récupérer les plats en bas ! Je ne tiens pas que Wybot, sache que nous laissons rentrer des personnes étrangères au service !

- Sage précaution !

Nous descendons dans la foulée, Frida grille une américaine, pendant que je me bourre une pipe en attendant. Une fois remontés nous attaquons nos plats de bon appétit. J'en profite pour détailler la fiche d'Emmanuel D'Astier, je constate qu'elle est classée en 3. Je m'en ouvre au chef Dupire :

- Oui, c'est toujours mieux que de figurer en « 3 B » !

Je lui fais mon regard envoûtant, dans le style d'Errol Flynn dans « Robin Hood », plus convaincant que celui de Jean Gabin, dans « Quai des brumes » et attends la suite.

- Bon de toutes façons, vous savez déjà presque tout ! Wybot a élaboré son fichier, en fonction du degré d'allégeance au Général De Gaulle ! en 1 figurent « les fidèles », en 2 « les tièdes », comme Fresnay par exemple, en 2 B « les douteux » comme Raymond Aron, en 3 « les adversaires » et en 3 B, les hommes « à éliminer », comme le député de droite Henri de Kerillis *(Historique)* !

Je reste sans voix. Wybot et le général De Gaulle sont braqués l'un contre l'autre. Néanmoins le premier prend les coups, mais tel un chien de berger, reste fidèle au second. Les deux hommes sont faits pour se comprendre, pas pour s'entendre.

Je continue d'étudier le dossier d'Emmanuel d'Astier. Ancien homme de droite, pour lui toute l'extrême gauche est marquée au fer rouge de l'infamie. Passy le qualifie « d'anarchiste en escarpins ! » (*Source « Roger Wybot et la bataille pour la DST »*). « Catalogué comme dangereux, se droguant à l'opium, capable de vendre tout le monde en cas de manque ! » Aujourd'hui il est « député progressiste », apparenté au groupe communiste. Il semble que son journal « Libération » ne puisse vivre sans des fonds versés par le PCF. Faut-il s'inquiéter que par sa position de président du « Mouvement National pour la Paix », l'URSS lui mette un appartement à disposition, lors de ses déplacements à Moscou ?

Je regarde fixement Frida et lui lance au visage :

- J'ignorais Sergent, que vous aimiez « les bad-boys » et les drogués ? la discussion se termine par nos deux rires communicatifs.

En rentrant le soir, j'indique à Mathilde qu'il faut que je me trouve un tailleur pour me faire faire des costumes, sans m'étendre sur le « dress-code » de la DST.

- Ah bon pour notre mariage ? Tu ne veux pas te présenter à la mairie en uniforme ?

- Je ne sais pas encore ! Et pour toi, il faudrait penser à ta robe ? J'ai vu avec la Mairie de Reims, il me propose comme date, la première quinzaine de mai !

- Oui pourquoi pas ! Pour ma robe je pense voir avec Monique ! je marque un temps d'hésitation, pour savoir si j'ai bien tout saisi. Je l'interroge.

- As-tu de ses nouvelles ?

- Elle est retournée avec ses parents, sur Sedan ! je lui lance d'un rire nerveux.

- Sans « Mimi le facho » ? (*Voir « Nom code Grenelle »).*

- Oui d'ailleurs j'ai cru comprendre, qu'il avait quelques problèmes en ce moment ! Moi goguenard.

- Tu m'étonnes ! Bon après tout, nous ne pouvons pas retirer à Monique, ses talents de couturière !

Pressant les allemands, la 1ere armée américaine, franchit la ligne Siegfried, enlevant au passage les villes d'Udenbreth et Neuhof. Dans le même temps, la 1ere armée de De Lattre, s'efforce de réduire définitivement la poche de Colmar. Le 9 février, après 21 jours d'une âpre bataille, l'ennemi est chassé de la plaine d'Alsace. Pendant que général Béthouard attaque par le sud avec le 1er corps, le second du général Montsabert, déboule par le nord avec pour objectif commun de prendre Neuf-Brisach. Il s'agit du dernier obstacle, avant de franchir le Rhin.

Le dimanche 11 février s'ouvre la conférence de Yalta, sans que le France ne soit invitée. Staline, se retrouve en position de force. Ses troupes progressent sans cesse à l'Est, alors qu'anglo-américains et français peinent plus à l'Ouest, face à la résistance allemande.

Roosevelt déclinant physiquement, va sans doute céder un peu trop facilement aux exigences hégémoniques des soviétiques. D'autant qu'Harry Hopkins, son principal conseiller montre également une santé précaire.

Churchill, avec le soutien de ses conseillers, les généraux Alan Brooke et Henry Maitland, bataille pour s'opposer à Molotov et à son adjoint, le juriste Andreï Vychinski.

Mardi 13 février, chose étonnante Wybot, m'invite à le rejoindre dans l'après-midi à son bureau du 11 rue des Saussaies, à deux pas du ministère de l'intérieur.

- Bonjour Grenelle, j'ai vu que votre entente avec le chef Dupire se montre sans faille ! Mais rassurez-vous, je ne vous ai pas fait venir pour ça ! Connaissez-vous Joseph Joanovici* ?

- Son nom me dit quelque chose ! C'est un ferrailleur je crois ! il a plus au moins traficoté avec les allemands et en même temps, donné un coup de main à la résistance ?

- Dans les grandes lignes, c'est exact ! Mais vous prenez un raccourci, son cas devient de plus en plus spécial ! Wybot me tend un dossier relativement épais.

J'en prend connaissance. Joanovici va fêter la semaine prochaine ses 45 ans, d'origine juive, il est né à Chisinau, dans l'empire russe. Arrivé en France en 1925 à l'âge de 20 ans, il s'établit comme chiffonnier ferrailleur. En 1940, pour se préserver de « son obédience juive », il livre des métaux au bureau d'achat de l'Abwehr. Pendant 4 ans, il amasse une fortune considérable. .À partir de 1942, il se place sous la protection d'Henri Lafont, chef de « la Carlingue » *(Gestapo française)*. Parallèlement « Joano » Joanovici finance certains réseaux de résistance, comme « Honneur de la police », ou des groupements communistes. En juin 1944, il profite de sa position, pour faire libérer Françoise Giroud.

Puis en août, il dénonce des membres de la Gestapo, permettant l'arrestation de Bonny et Lafont. *(Lafont aura ce bon mot : « Pour une fois que Joano donne quelque chose ! »* Je relève la tête, un peu surpris par l'ampleur du personnage, pour m'adresser à Wybot :

- Je vois un beau pedigree et en plus, il bouffe à tous les râteliers !

- Ce n'est pas tout ! Il vient de se procurer avec l'argent gagné malhonnêtement, de faux certificats de résistant ! Le tout signé naïvement par le préfet Luizet*, le ministre MRP Robert Lecourt*, ou le socialiste André Le Troquer* !

- Du coup, il vient de se racheter une virginité !

- Exactement, depuis la libération de Paris, malgré tout, il a été convoqué par des magistrats ! Ses appuis à la Préfecture de Police, dont il est un peu le mécène, au Palais de Justice et dans les milieux politiques, lui ont permis jusqu'à présent, de passer entre les gouttes !

- Dans ce cas, que pouvons-nous faire ?

- Je n'en ferais pas une affaire personnelle, si je ne savais qu'aujourd'hui, il gangrène un partie des officiers de police de la préfecture de police, avec des pots de vin ! je reste pantois.

- Comment ? Vous en êtes sûr ?

- Sans le moindre doute ! De ce fait, j'ai besoin de vos services ! Je veux que vous laissiez tout tomber, pour vous concentrer uniquement sur cette affaire !

- Comment dois-je m'y prendre ?

- Inutile de vous dire, que ce n'est pas un cadeau que je vous fais ! Nous marchons sur des œufs ! Au moindre faux pas, nous aurons le ministère et le préfet sur le dos ! Nous avons retrouvé une fiche allemande, l'immatriculant comme agent de la Gestapo ! Ce n'est sûrement pas suffisant pour le faire tomber, mais nous avons déjà un début de piste ! J'ai demandé à une partie de nos services, d'ouvrir une enquête à son sujet, de me dresser une liste de ses affaires avouées et camouflées, de repérer ses relations ! Le dossier s'étoffe !

- Bon je vous suis ! Par quoi dois-je commencer ?

- Je veux tout savoir, sur son activité du moment ! Prenez-le en filature et faites-moi un rapport journalier !

- Je ne comprends pas, vous devez avoir suffisamment d'officiers de police, pour exécuter ce type de travail !

- Je me méfie des fuites possibles, entre les services de police ! J'avais envisagé de mettre les deux commissaires de la DST Ponceau* et Santini* sur l'opération, mais ils sont déjà trop connus de Joanovici ! Ne faites aucune intervention directe, votre mission, consiste uniquement à faire du repérage, à surveiller ses allées et venues !

- Je comprends ! Néanmoins pour une personne seule, la tâche est immense ! Puis-je au moins travailler en duo avec le chef Dupire ?

- Je n'y vois pas le moindre inconvénient ! Ah j'oubliais, je le soupçonne également d'être au cœur du trafic de faux papiers et de faux billets, qui circulent actuellement sur la place de Paris ! Wybot se lève, et me demande de le suivre.

- Connaissez-vous la PCR ?

- Pas le moins du monde !

- Police des Communications Radioélectriques !

Nous pénétrons dans une pièce mi-laboratoire, mi-bureau, où des techniciens en blouse blanche, écouteurs sur les oreilles, sont entourés d'appareils mystérieux. L'un de ces instruments à lumière noire, fonctionne aux ultraviolets. D'un seul coup d'œil, il permet de découvrir faux papiers, encres sympathiques, surcharges et autres corrections sur tous les documents. Aucun trucage ne peut échapper à la machine.

- Grenelle, vous avez bien quelques billets sur vous ?

J'extrais de mon portefeuille, la dizaine de coupures s'y trouvant, pour la confier aux soins du directeur.

- C'est très simple, les vrais billets à dominante de vert, conservent leur couleur sous la lumière noire ! Les faux, prennent des teintes arc-en-ciel, bleu pastel, rose bonbon voire orange vif !

Il s'avère que la moitié de mes coupures sont fausses. Encore heureux que Wybot ne me les confisque pas. Il rajoute :

- En plus, de l'argent officiel émis par le gouvernement français, je vous rappelle qu'il existe un flot de billets imprimés par les autorités alliées en vue du débarquement ! Cette monnaie parallèle, a toujours cours ! Sa falsification ne pose aucun problème aux faussaires !

Il est déjà trop tard, pour que je repasse par le bureau. De ce fait, je me contente de rentrer directement sur Argenteuil, non sans avoir acheté la presse pour me tenir compagnie.

« Le Figaro » titre sur trois colonnes : « La conférence des 3 est terminée, la France invitée à participer à l'occupation de l'Allemagne et au contrôle interallié. » Puis en page 2, un article signé de Jacques Darcy développe. Un appel est lancé au peuple allemand, pour une reddition immédiate et sans condition. Dans un plan à trois, les états-majors militaires alliés, se déclarent satisfait à tous points de vue, sur le résultat d'une coordination plus étroite qu'auparavant de l'effort militaire entre alliés.

De son côté « L'Humanité » montre une photo des trois grands, Churchill cigare au bec, Roosevelt et Staline en grand uniforme, décontracté, souriant aux photographes. Marcel Cachin titre « Les trois réunis en Crimée ont bien travaillé pour la victoire ». Le quotidien, laisse naturellement la part belle à Staline. « L'Huma », se dresse encore une fois contre le général De Gaulle, et une partie de la presse à l'égard d'une conférence à laquelle la France « traitée comme une grande alliée », n'a malgré tout, pas été invitée. Le quotidien, accorde une large place aux victoires de l'armée rouge, qui atteint les frontières de l'Autriche.

Puis ne ménage pas ses critiques sur le Ministère de l'information de Pierre Henri Teitgen, alors qu'il a deux collègues communistes au sein du gouvernement, François Billoux à la Santé publique et Charles Tillon, Ministre de l'air.

À la fin de ma lecture, je ne peux m'empêcher de penser, que restera-t-il de Yalta, une fois le soufflé retombé ?

121

Je m'étonne que personne ne parle des empires coloniaux, pourtant probablement évoqués lors de cette conférence. Churchill, a sans doute défendu sa position dans le Commonwealth, mais quid de l'Indochine française et de ses colonies africaines.

Mercredi 14 février, en arrivant au bureau, Frida se montre curieuse :

- Alors votre réunion d'hier avec Wybot ?

- À partir de demain, nous allons jouer aux détectives privés !

Puis je lui expose, la parfaite panoplie pour espionner Joanovici, Repérage, contacts, filature, en partant de son hôtel particulier du Boulevard Malesherbes ou de ses bureaux de l'avenue de Messine, tout doit être consigné, sans intervention de notre part...

Chapitre 13 : Revoir Sedan.

Jeudi 15 février 7h30, Frida et moi sommes postés dans la Peugeot 202 empruntée au garage de mon père. Le boulevard Malesherbes, baigne encore dans l'obscurité, seule la lumière artificielle, nous permet de distinguer les mouvements. L'activité dans la rue, ne grouille pas encore, seuls quelques clochards s'occupent des poubelles. Engoncés dans nos manteaux d'hiver, le Thermos de café préparé par le chef Dupire, nous réchauffe à peine dans ce Paris glacial.

Il s'écoule une heure avant que Joanovici, ne daigne sortir de son domicile. Il est immédiatement pris en charge, par deux hommes aux faciès de catcheurs. L'un lui sert de chauffeur, l'autre de garde du corps. Les trois hommes, s'engouffrent dans une Cadillac qui démarre instantanément. Nous pouvons enfin faire tourner le moteur de notre Peugeot, histoire de trouver un semblant de chaleur. Le trajet entre son domicile et son bureau de l'avenue de Messine, est couvert en moins de cinq minutes.

Puis commence une longue attente jusqu'à midi, avant que les trois hommes ne ressortent, visiblement pour aller déjeuner. Cette fois ils partent à pied. Frida et moi, ne sommes pas fâchés de pouvoir enfin nous dégourdir les jambes.

Ils poussent jusqu'à la place Rio de Janeiro, pour pénétrer dans la Brasserie Valois 1868. L'établissement ne fourmille pas encore de trop de monde. Nous en profitons pour nous installer à une table, ni trop près ni trop loin, pour essayer de suivre leurs conversations. Qui pourrait se méfier d'un jeune couple ?

Puis deux hommes aux allures de policiers, entrent dans le restaurant. Joanovici se lève d'un bond et crie : « Mon ami, le principal Duvernet ! » puis Joseph les accompagne au bar, commande deux pastis, avant de les inviter à sa table.

Joanovici se montre bien, comme je me l'imagine, poitrail puissant, jambes et bras de lutteur de foire, visage charnu, vulgaire et adipeux, figé dans sa graisse. Il parle haut et fort avec un fort accent slave, dévoilant une fausse bonhomie, avec l'art de mettre les rieurs de son côté. Il en fait des tonnes auprès des deux policiers.

Nous aurions pu nous mettre deux tables plus loin, tout en suivant tout aussi facilement la conversation. De temps à autre, nous jouons au couple avec Frida pour donner le change :

- Pierre, que ferons-nous pour les vacances ?

- Ma chérie, j'ai envie de partir à la mer au mois d'août sur Eu le Tréport et sur Dieppe !

Je devine chez les deux gorilles escortant Joanovici, un bossage caractéristique sous leurs vestes, sur la partie gauche. Chacun porte une arme. Alors flics ou voyous ? Peut-être même les deux !

À la fin du repas, chacun part vaquer à ses occupations, les deux policiers visiblement ravis de s'être faits rincer à l'œil et Monsieur « Joseph », d'avoir pu entretenir ses relations. L'après-midi se passe sans rien de spécial à signaler, nous perdons notre temps en surveillance boulevard Malesherbes. Le soir, nous avons droit à la tournée des grands ducs. Monsieur « Joseph » se pavane, dans différents cabarets et autres night-clubs de la capitale, nous ne retrouvons notre lit qu'après 2 heures du matin.

Le lendemain, nous nous retrouvons avec Frida dans la même situation que la veille, sauf que nous avons du mal à tenir les yeux ouverts. J'essaye de me plonger dans la presse, pour ne pas m'endormir. « Le Monde » quotidien du soir, a pris la succession du « Temps ». Sous la plume de son directeur Hubert Beuve-Méry, le journal revient sur la conférence de Yalta. L'éditorialiste s'interroge sur le rôle de la France à l'O.N.U. et fait sienne la réserve officielle du Général De Gaulle, qui ne se sent pas lié par des décisions prises sans lui. Pour marquer le coup, il décline l'invitation de Roosevelt, de le rencontrer à Alger. Sur le coup de 11 heures, je décide de trouver une cabine pour joindre Wybot :

- Bonjour Monsieur le directeur, Fixin Malet à l'appareil ! Nous collons depuis hier avec Frida, aux basques de Monsieur « Joseph », il nous faut absolument une deuxième équipe pour assurer sa surveillance ! Ce n'est plus possible, nous risquons de nous faire repérer !

- Très bien, qu'avez-vous trouvé ?

- Il ne sort jamais dans tous ses déplacements, sans une garde prétorienne armée jusqu'aux dents ! Je pense que c'est aussi le cas, pour ses principaux lieutenants !

- Dans quelles conditions, voyez-vous son arrestation ?

- Très difficilement, sans risque que cela dégénère ! De plus, des hommes de la préfecture de police, rodent toujours dans son environnement !

- Bon, arrêtez la surveillance et faites-moi un rapport écrit, nous aviserons après !

J'annonce la bonne nouvelle à Frida :

- Je nous accorde notre après-midi ! Je vous raccompagne à votre domicile ?

- Avec plaisir, j'habite à Pantin, rue Quartier Bresson ! nous arrivons au bout de 15 minutes. Capitaine, voulez-vous monter à mon appartement, pour prendre un café ?

- Non, c'est gentil, mais je préfère rentrer directement ! Une autre fois peut-être !

De retour à Argenteuil, Mathilde, me confirme l'invitation de Monique, pour venir à Sedan le week-end suivant. Nous n'aurons même pas besoin de nous trouver un hôtel, Monique se propose de nous prêter son appartement, pendant qu'elle logera chez ses parents.

En réfléchissant, je me dis qu'obtenir mon vendredi, ou mon lundi de la part de Wybot, ne serait pas un luxe pour un tel déplacement.

Lundi 19 février, Wybot, présent rue des Tourelles, montre des signes de nervosité, en lisant mon rapport sur Joanovici :

- Nous avons rendez-vous avec Pierre Boursicot*, le Chef de la Sûreté, à 14 heures pour nous rendre auprès du Préfet de Police, Armand Ziwès* ! Vous venez avec nous, j'ai besoin de votre témoignage !

- Je croyais que le préfet s'appelait Monsieur Luizet* ?

- Il est gravement malade, Ziwes assure son intérim !

Nous sommes accueillis fraîchement à la préfecture, voire de manière hostile :

- Qu'est-ce qui vous donne à penser, que nous couvrions Joanovici, sur ses soi-disant méfaits ?

- Un faisceau d'indices concordants ! répond Wybot sans se démonter.

- Ah bon, lesquels ?

- J'ai appris qu'un magistrat, vient de l'inculper pour un délit mineur et ridicule, afin que je ne puisse ni l'appréhender, ni l'interroger ! Ziwès hausse les épaules, mais semble perdre de sa superbe.

- Toutes ces allégations, ne sont que des sornettes !

La conversation, tourne rapidement au dialogue de sourds. Boursicot, essaye bien de temporiser, mais rien ni fait.

En revenant au bureau, Wybot décroche son téléphone, pour appeler Edouard Depreux, Ministre de l'Intérieur : « Monsieur le Ministre, je vous fais déposer un dossier concernant Joseph Joanovici ! Je vous demande instamment d'y jeter un coup d'œil ! C'est très urgent, j'attends votre retour ! Mes respects Monsieur le Ministre ! »

Mercredi 21 février, Depreux contacte Wybot par téléphone :

- Il faut faire cesser immédiatement ce scandale ! le directeur se défend.

- Monsieur le Ministre, toutes mes tentatives sont restées infructueuses ! Je me heurte aux magistrats !

- Très bien je fais le nécessaire ! il faut en finir !

48 heures plus tard, après intervention de Depreux auprès du Garde des Sceaux, un autre magistrat, le juge Fayon*, est désigné pour instruire le dossier Joanovici. Soulagé par cette décision, Wybot m'accorde mon lundi.

Vendredi 22 février, nous apprenons la mort de Jacques Doriot, le fondateur du PPF (*Parti Populaire Français*). Engagé dans la LVF contre le bolchevisme, Doriot avait refusé de suivre « les vichystes » à Sigmaringen, pour s'installer sur les bords du Lac de Constance. Pronazi de la première heure, Doriot prend place ce jeudi avec un chauffeur et une secrétaire, dans une voiture d'un conseiller d'ambassade, direction Mengen dans le Bade-Wurtemberg. Le véhicule est mitraillé par un avion, tuant ses passagers, sauf la secrétaire. (*L'affaire ne sera jamais totalement éclaircie. L'appareil, serait-il un Mosquito anglais comme le prétendront les allemands ? Autre thèse, un avion allemand aurait pu exécuter « un contrat » ?*)

Sur le front, les alliés font route vers Düsseldorf. William Simpson, parvient en une journée à traverser la Ruhr, avec 28 bataillons d'infanterie. L'opération « Grenade » suit son cours, les américains constituent des ponts mobiles pour faire passer des chars, alors que la Wehrmacht tarde à réagir dans une contre-offensive.

En ce samedi, Mathilde et moi sommes gare de l'Est, en attente du départ de notre train pour Sedan. J'ai choisi ce moyen de transport, considérant qu'un trajet en voiture, serait plus risqué compte tenu d'une météo peu favorable. De son côté Marie, reste bien au chaud, à l'abri chez ses grands-parents.

J'ai l'impression de faire un feedback de près de cinq ans en arrière, lorsque je m'apprêtais à rejoindre le cœur léger, le 147e RIF. En arrivant dans les Ardennes, nous distinguons encore des plaques de neige, signes de cet hiver particulièrement rude.

À Sedan, je ne reconnais plus ni la ville, ni les rues qui m'ont accueilli, lors de mon premier séjour. Tous les ponts sont détruits, celui de Saint Vincent n'existe même plus. Le génie militaire, a dû consentir de gros efforts, pour élaborer des ponts provisoires, comme celui de la gare, ou de la Meuse. À certains endroits, du centre-ville rue Carnot, rue Gambetta ou place des halles, il n'y a plus que des pans de mur béants à l'emplacement des immeubles. Du bar Saint James, où j'avais quelques habitudes, on ne distingue plus que l'enseigne.

Monique, ayant cours la Samedi matin, nous avons prévu de nous retrouver pour déjeuner le midi, à la brasserie de Strasbourg place Goulden, lieu de notre première rencontre. L'établissement tient encore miraculeusement debout. Il est 11h30, j'en profite pour réserver trois couverts. Le café que l'on me sert est toujours aussi infect, Mathilde plus prudente a commandé une limonade. :

-   Tu fais une drôle de tête mon chéri ! C'est ton café qui te met dans cet état ? je n'ose pas lui dire la vérité.

-   Non enfin... si peut-être ! J'avais oublié, leur jus de chaussette ! Il n'est pas meilleur, que celui qu'il servait en 40 ! Au fond de moi, j'ai trop de souvenirs enfouis et partagés dans cet endroit, avec mes amis. Impossible de gommer mes pensées pour « Jus de Pomme », « le Bûcheron », « le Rital », « le Dogue », tous sont morts pour la France, au moment de la débâcle. *(Voir les Sacrifiés de l'An 40).*

Je « cafardise » tellement, que je regrette déjà mon séjour dans les Ardennes. Heureusement, Monique arrive à ce moment là. Toujours pomponnée, radieuse et élégante à souhait, elle s'exclame : « Bonjour mes chéris, vous avez fait bon voyage ? » Puis sans attendre la moindre réponse, elle se précipite sur Mathilde pour l'embrasser, comme s'il s'agissait d'une vieille copine. Une fois fait, j'ai droit au même traitement. La connaissant, je préfère poser la première question avant qu'elle ne monopolise la conversation.

-   Qu'as-tu prévu pour nous ce week-end ?

-   Je pensais faire découvrir Sedan cette après-midi à Mathilde, mais plus je réfléchis, plus je me dis que c'est ridicule !

- Ah bon, pourquoi ? demande Mathilde.

- Les lieux, les plus intéressants sont fermés, tous en travaux, suite aux dégâts ! La Manufacture Royale de draps, le musée seul le château fort est accessible ! Je mets mon grain de sel.

- Et le jardin botanique, et la prairie de Torcy ?

- Le jardin botanique n'est plus qu'une friche et sur Torcy, les démineurs extraient régulièrement des bombes non explosées ! Êtes-vous passés devant la caserne Mac Donald ?

- Nous l'avons aperçue de loin !

- Le quatrième étage des bâtiments donnant sur la Meuse, n'ont plus de toit ! je reste perplexe.

- Que proposes-tu, pour occuper notre après-midi ?

- Nous déjeunons, Pierre voilà les clefs de mon appartement, je vous laisse vous installer ! Cette après-midi vous avez quartier libre et ce soir nous nous retrouvons chez mes parents pour dîner ! Demain, nous passons aux choses sérieuses au magasin, avec le choix de la robe de mariée ! Ce sera mon cadeau de mariage ! avant que je n'aie pu ouvrir la bouche, Mathilde me coupe.

- Naturellement, tu es invitée ! je suis heureux de le savoir. Le repas terminé, je retrouve le rude escalier accédant à l'appartement sous les toits de Monique.

Le deux pièces toujours aussi cosy n'a pas changé. Pendant que Mathilde déballe nos affaires dans la chambre, je réalimente le poêle à bois et je lui propose :

- Veux-tu que nous allions faire un tour au château, puisque visiblement, seul ce monument reste à visiter ? elle me regarde d'un air canaille, tout en commençant à se déshabiller.

- Dis donc Pierre, c'est bien dans ce lit, que tu as fait l'amour pour la première fois avec Monique ?

129

Pris de cours, je ne trouve pas la moindre réponse à lui donner. Désormais elle n'a plus rien sur le dos. Mathoche, me pousse violemment sur le lit, avant de passer à l'action, visiblement tout émoustillée par la situation...

En fin d'après-midi, nous sortons de dessous les draps. Une seule idée me trotte dans la tête, trouver un fleuriste. Nous finissons par croiser une boutique encore ouverte, le choix n'est pas pléthorique, il ne reste pratiquement que des roses. La commerçante, nous signale que son fournisseur de Hollande vient de renouer ses relations commerciales. Mathilde hésite :

- Je fais faire un bouquet par couleurs ? je la dissuade.

- Attention au langage des fleurs, je ne me vois offrir un bouquet de roses rouges à Monique !

Nous finissons par opter, par deux bouquets identiques, avec des roses blanches, jaunes et rouges. La boutique « Draperie Marcy » se situe à deux pas, les parents logent à l'étage du dessus. Tout en montant à l'appartement, je me dis que je n'ai jamais pu faire la connaissance des parents de Monique en cinq ans. Je ne connais de Maryse Marcy, que sa voix au téléphone. Elle est telle que je me l'imaginais, tout aussi débonnaire que sa fille avec quelques kilos supplémentaires et 20ans de plus. Jean le père, de ce fait se montre plus discret, acquiesçant sans doute par habitude aux propos de sa femme. Maryse mène la conversation tambour battant.

- Dites-moi tout, à quelle date avez-vous prévu ce mariage ?

- Les bans ne sont pas encore publiés, mais il devrait se faire dans la première quinzaine de mai !

- La cérémonie se déroule sur Paris ?

- Non à Reims, chez les parents de Mathilde ! lassé par toutes ces questions, je finis par dévier la conversation.

- Dites-moi, votre magasin ne semble pas avoir trop souffert des bombardements ? le père en profite pour faire entendre sa voix.

- Nous avons dû faire changer toutes les vitres de la devanture, et une partie des tuiles ! Monique a eu plus de chance pour son appartement, c'est un des rares immeubles de la ville, resté intact ! Mathilde songe à sa robe.

- Le dimanche votre magasin reste fermé ? Monique répond.

- Oui bien sûr le dimanche et le lundi aussi ! Demain je te présenterai des croquis, des esquisses de stylistes sur catalogue, et des patrons ! Tu n'auras que l'embarras du choix ! Maryse, ne peut pas rester plus de deux minutes sans se taire.

- Dites-moi capitaine, tout le territoire français est-il enfin libéré ?

- Il ne reste plus que quelques îlots de résistance de la Wehrmacht, sur Dunkerque, Lorient, Saint Nazaire et La Rochelle ! Je pense que le problème, sera réglé dans quelques semaines tout au plus ! Ensuite, il faudra savoir gérer... l'après ! un ange passe, avant que Jean Marcy ne reprenne la parole.

- Que voulez-vous dire ?

- La fin de la guerre ne va pas tout résoudre ! Une bataille politique s'engage déjà à l'international, sans parler de la situation en France ! Maryse se dresse sur ses ergots.

- Ah oui, les communistes ! je temporise.

- Pas seulement, il y' a d'autres problèmes que je ne peux pas évoquer avec vous, comme ceux des anciens collaborateurs, des traîtres etc... !

La soirée se poursuit sur les mêmes thèmes, je ne suis pas fâché qu'elle se termine. Le lendemain, nous sommes à pied d'œuvre, dans la boutique des Marcy pour choisir « la robe ». Pendant que Mathilde et Monique épluchent les catalogues, je m'ennuie ferme à parcourir des yeux les étals de tissus. Puis soudain Mathilde pousse un cri :

- Je ne suis pas sur qu'une robe blanche soit d'actualité, dans un mariage religieux, avec déjà un enfant, né de l'union !

Monique repart avec d'autres catalogue. Mathilde finit par trouver son bonheur :

- Celle-là j'adore ! Pierre tu peux nous donner ton avis ?

- Certainement pas ! Le marié ne doit pas voir la robe avant le mariage, pour éviter de porter malheur ! Mathilde, je peux même te faire un modèle assorti pour Marie !

Les voilà reparties dans des palabres. Finalement le choix est arrêté, Monique prend les mesures de Mathilde sous toutes les coutures. Le midi, je rends l'invitation aux Marcy. Faute de mieux, nous retournons à la brasserie de Strasbourg. L'après-midi ma chérie, peut enfin visiter le château médiéval et le soir nous prenons un dernier repas avec Monique, dans le seul établissement ouvert de la ville, le buffet de la Gare.

C'est le moment des adieux, Monique a cours le lundi matin et nous nous devons prendre le train pour notre retour. Mathilde invite « sa couturière » sur Argenteuil, pour un essayage une fois que la robe sera prête...

Chapitre 14 : Des policiers très spéciaux.

Lundi 25 février, Wybot m'appelle au bureau à la première heure :

- Je viens de recevoir de la part du juge Fayon, le mandat d'amener pour Joanovici ! Compte tenu des circonstances, il est hors de question, que je me présente seul et sans témoin à la préfecture de police ! Mangin n'est pas disponible, en conséquence je vous demande de m'accompagner ! Nous avons rendez-vous à 14 heures !

- Très bien j'y serai ! Arrivé sur place, je demande quelques éclaircissements.

- Pourquoi, nous rendons-nous à la Préfecture de Police ?

- Je sais que Joanovici se cache dans la préfecture, où il dispose d'un bureau depuis plusieurs semaines, se trouvant à proximité de celui du préfet Luizet !

Comme je regarde Wybot d'un air incrédule, il me tend un journal, sur lequel, il a souligné soigneusement un entrefilet : « Un bureau à la Préfecture de Police ? Pourquoi pas ? Où voudriez-vous que ce brave homme *(Joanovici)* signe ses chèques ? Sur ses genoux ? » Je n'en crois pas mes yeux.

- C'est hallucinant, même la presse est au courant !

- Bon allons-y, je ne voudrais pas faire attendre ces Messieurs !

Nous voilà dans le bureau du préfet par intérim Armand Ziwès, en présence du commissaire Fournet*. Wybot montre d'entrée les crocs :

- J'ai sur moi un mandat d'arrêt, contre Joseph Joanovici !

Les traits de Ziwès se déforment, une moue scandalisée et réprobatrice, s'affiche sur son visage. Venir dans le sanctuaire de la préfecture, pour arrêter « son bienfaiteur », la démarche ne passe pas. Comme Ziwès reste figé, Wybot poursuit goguenard :

- Vous pouvez m'indiquer, où se trouve son bureau ? le préfet de plus en plus pâle, bredouille.

- Qu'est-ce qui vous donne à penser, que Joanovici pourrait se cacher dans nos murs ? Wybot lui tend le journal.

- C'est écrit noir sur blanc dans la presse ! Fournet feint l'innocence.

- Vous savez, les journaux sont là pour vendre du papier ! Il ne faut pas prendre au pied de la lettre, tous leurs écrits ! pour Wybot, il s'agit de la phrase de trop, il monte d'un ton.

- Commissaire Fournet, nous savons que vous entretenez des rapports très amicaux avec Joanovici ! C'est votre affaire ! Néanmoins, je tiens à vous dire que dorénavant, un mandat est émis contre lui ! En conséquence, si vous continuez à le protéger, vous vous mettez en état de forfaiture !

Fournet, sûr de sa prestance, portant beau, commence à douter. Il s'efforce d'effectuer un repli stratégique de circonstance :

- Je vous assure, je découvre ! Dans ces conditions, ne vous inquiétez pas, je ferai mon devoir ! Wybot peu persuadé, préfère garder la main.

- Je ne vais pas vous demander l'impossible ! dans cette situation, votre neutralité me suffit !

- Ne vous méprenez pas ! Je tiens à vous prouver mon désir de collaboration ! Je ne sais pas où Joanovici se cache, mais il me téléphone tous les jours ! Je lui fixe un rendez-vous et vous n'aurez plus qu'à le cueillir !

En sortant de la préfecture, Wybot n'est qu'à demi convaincu. « Je vais faire mettre Fournet sous surveillance, par deux de mes agents ! » Le lendemain, toujours flanqué de ces deux anges gardiens, le commissaire divisionnaire, reçoit enfin le coup de fil tant attendu :

- Joseph c'est toi ? Un mandat d'arrêt est lancé contre toi ! On te recherche, tu dois te constituer prisonnier, sinon je serais arrêté à ta place !

Les deux agents ne peuvent entendre la réponse. Néanmoins Fournet se montre satisfait :

- Tout marche comme sur des roulettes ! Joanovici m'a donné rendez-vous ce soir au cabaret russe de la rue Faustin-Hélie, le « Novy » ! Vous n'aurez plus qu'à le cueillir sans problème !

Wybot, me demande de superviser l'opération en me fournissant pas moins de quatre agents ! Le rendez-vous étant fixé à 21 heures, nous nous pointons, quinze minutes en avance. Je poste deux policiers en surveillance à l'entrée, deux autres au fond de la salle, pendant que je me dirige vers le bar. Fournet arrive au même moment :

- Bonsoir capitaine ! Vous êtes mon invité, je vous propose un « caucasien », la spécialité de la maison, Vodka, liqueur de café et crème fraîche !

- Bonsoir commissaire ! Je préférerais quelque chose de plus léger !

- Dans ce cas une Vodka frappée aux deux citrons ! Igor deux Vodka frappées, s'il te plaît ! puis il me prend en aparté. En réalité il s'appelle Fernand, son accent russe est totalement bidon, mais Igor fait plus chic, pour plaire à la clientèle !

Le temps passe, nous en sommes déjà à notre deuxième vodka, je regarde machinalement ma montre, elle indique 21h20 :

- Dites donc commissaire, notre client est très en retard !

- Oui, je ne comprends pas ! Voyez cette cabine téléphonique au fond de la salle, je vais aux renseignements !

Naturellement, les deux inspecteurs logés à proximité et moi-même, ne le quittons pas des yeux. La conversation dure à peine une minute, puis en sortant de la cabine, il me fait signe qu'il se rend aux toilettes. Soudain, une idée me traverse l'esprit. Nous n'avons pas vérifié, s'il existe une porte dérobée à l'arrière de l'établissement. Je précipite vers les sanitaires, il est déjà trop tard l'oiseau s'est envolé. Furieux, je n'ai plus qu'à appeler Wybot, pour lui signifier que nous nous sommes laissés berner.

Curieusement, le directeur ne me reproche rien et reste de marbre. Il me demande simplement, de le retrouver immédiatement à son bureau rue des Saussaies. J'y arrive vers 22h00 passées et je lui fais un exposé détaillé de notre soirée. Puis à court d'arguments, je finis par lui poser la question :

- Que faisons-nous maintenant ? toujours aussi impassible, il me répond d'un ton calme.

- Ne vous inquiétez pas, ça risque d'être un peu long, mais j'ai trouvé la solution !

Puis il change totalement de sujet, me demande des nouvelles de mon week-end à Sedan. Je lui réponds que je prépare mon mariage avec Mathilde pour le mois de mai. Nous continuons sur des banalités jusqu'à une heure du matin, lorsque deux inspecteurs se présentent avec Fournet menotté.

Soudain Wybot change d'aspect. Courroucé, le visage déformé, il déverse un torrent d'injures sur le commissaire. Même à l'époque de la Gestapo, j'ai rarement vu un individu traité avec un tel mépris. Les tombereaux d'insultes, semblent glisser sur Fournet. Puis dans un ultime dédain, Wybot lui lance au visage :

- Maintenant que tu as mis « ton patron » à l'abri, j'aimerais avoir ta version de la soirée !

Sans se démonter, Fournet explique qu'il a prévenu par téléphone Joanovici posté dans une cabine en face du cabaret russe, de le rejoindre par l'arrière de l'établissement. Pour le reste, le commissaire, reste muet sur la destination de « Monsieur Joseph ». Wybot a enfin retrouvé son calme :

- Très bien, je vais vous faire écrouer ! Fournet au moment d'être emmené par les deux inspecteurs, sort pour la première fois de ses gonds.

- Vous avez tort de vous en prendre à moi, Monsieur le Directeur ! Je connais une vingtaine de vos commissaires à la sûreté nationale, connaissant Joseph Joanovici mieux que moi, et lui rendant de fichus services !

Il est deux heures du matin, je n'ai plus qu'à me trouver un taxi pour filer sur Argenteuil. Ma journée n'est pas encore finie, j'ai droit à une sérénade de Mathilde en arrivant.

- Où étais-tu Pierre ? J'étais follement inquiète !

- Je suis désolé mon cœur, mais j'étais en mission spéciale pour la DST, je n'ai pas pu te prévenir !

- Encore avec « Frida la blonde » je suppose ?

- Pas du tout, avec quatre barbus ! Je n'ai pas pu m'en occuper depuis que nous avons aménagé, mais je vais faire installer le téléphone ! puis c'est au tour de Marie de se manifester.

- Tu entends, en plus tu as réveillé la petite ! Tu n'as plus qu'à t'en occuper !

La nuit fut courte, mais dès le lendemain je m'occupe de nous faire brancher une ligne téléphonique. Il faut généralement des mois d'attente pour l'obtenir. Néanmoins ma position à la DST, me permet d'être prioritaire, et nous devrions l'obtenir d'ici deux ou trois semaines.

En ce début mars Hitler n'a qu'une obsession, empêcher les alliés de franchir le Rhin par tous les moyens. Les villes de Düsseldorf, Cologne, Bonn, Remagen et Coblence, sont menacées directement.

Le Führer, fait exécuter ses ordres en faisant sauter tous les ponts. Toutefois, un seul tient encore debout à 50 km au Sud de Cologne. Il s'agit d'un pont de chemin de fer, émergeant de la forêt au-dessus de Remagen. Les soldats allemands s'en servent, pour se replier en toute hâte.

Un peloton de blindés américains, se présente le 7 mars en vue du pont. À leur vue, des soldats allemands du génie, tentent de faire sauter l'ouvrage avec une charge explosive. De trop faible intensité, la charge ne creuse qu'un mini cratère. Les américains continuent leur progression, nourrissant d'un feu intense sur la rive opposée. Le génie tente une seconde fois de faire sauter le pont. La charge, beaucoup plus puissante soulève le pont …qui retombe sur ses positions en un seul morceau. Les troupes américaines, peuvent continuer de déferler, en prenant position sur la rive droite du Rhin.

Les jours qui suivent, voient s'abattre un véritable cataclysme sur la préfecture de police. Pendant que nous apprenons que Joanovici en fuite, s'est réfugié en Allemagne, les sanctions pleuvent en interne. Mises à pied, retraites anticipées, révocations, personne n'est épargné, jusqu'au Préfet Luizet, faisant l'objet d'une mesure de suspension. Le gouvernement, sans mettre en doute sa probité et malgré sa maladie, considère qu'avoir installé un trafiquant comme Joanovici, dans un bureau voisin du sien, tout en sabrant le champagne avec lui, représente une faute grave.

Notre mariage approche, Mathilde commence à constituer la liste des invités :

-   Pierre, j'ai choisi Marie Thérèse, comme témoin de mon côté ! Et pour toi à qui penses-tu ? Je réfléchis un instant.

-   À Raymond Landrieux, dès que j'ai la date définitive, je le contacte !

Le retour de la mairie de Reims ne tarde plus. Notre mariage est fixé au samedi 5 mai. J'en profite pour passer un coup de fil à Landrieux :

-   Raymond, j'ai une proposition malhonnête à te faire ! Serais-tu libre demain à déjeuner ?

- Oui c'est possible ! À quel endroit ?

- Que dirais-tu du « Zéphir » rue Jourdain ?

- Un peu trop près de nos bureaux respectifs, non ?

- Wybot n'est pas au courant et je puis je suis certain qu'il ne fera pas de difficulté, s'il l'apprenait !

- Bon parfait, de mon côté la DGER, peut parfaitement entretenir des relations avec la DST !

Mardi 13 mars, Landrieux est déjà attablé au « Zéphyr » lorsque j'arrive :

- Salut Pierre, le plat du jour c'est confit de canard, pommes sarladaises, ça te dit ?

- Oui pourquoi pas ? tu as commandé le vin aussi ?

- Non j'ai pensé à un Madiran !

- Oui allons-y ! Sinon quoi de neuf à la DGER ? Pas grand-chose à part le retour de Passy début avril ! Par contre à la DST, vous faites le show dans le tout Paris ?

- Que veux-tu dire par là ?

- À la Préfecture de Police, les partants comme ceux qui demeurent, tiennent Wybot pour leur pire ennemi ! Je pense que les morceaux, ne sont pas près d'être recollés entre la police et la DST !

- Ah oui tu penses à « l'affaire Joanovici » ! D'un autre côté si la DST, ne s'occupe pas « de faire le ménage », qui va s'en charger ? Visiblement gêné, Raymond préfère changer de sujet.

- Tu as vu, les allemands ont tenté deux contre-attaques ! L'une sur Granville au départ de Jersey, l'autre sur la Hongrie, pour prendre Budapest !

- Soyons raisonnables, les allemands ont réussi à pénétrer de 40 km en Normandie,et à dynamiter quelques installations portuaires , à couler quatre cargos ! Ils ont ensuite pris la fuite, avec une trentaine de prisonniers américains, britanniques et français ! Je ne pense pas qu'ils réussissent à changer le cours de la guerre, avec de telles méthodes !

- Certes ! Mais en Hongrie, il semble que cela semble un peu plus virulent !

- Bon maintenant, parlons sérieusement ! Que fais-tu le samedi 5 mai prochain ?

- J'avoue, que je n'ai pas encore eu le temps d'y penser !

- Très bien, « tu es réquisitionné », comme témoin à mon mariage avec Mathilde ! Son visage s'illumine.

- J'espère que tu m'as trouvé une cavalière... ta sœur par exemple ! je n'ose pas lui dire, qu'il n'est pas forcément le genre de Jacqueline.

- Si tu aimes les blondes, tu n'auras que l'embarras du choix ! Mathilde, a invité mon ex Monique, qui est totalement libre en ce moment !

- Parfait dans ces conditions, j'accepte bien volontiers !

Jeudi 15 mars, Pierre Drieu La Rochelle, n'est décidément pas un personnage comme les autres. L'ancien directeur de « La Nouvelle Revue Française », se suicide à Paris à l'âge de 52 ans. Ce journaliste, romancier essayiste et séducteur, se montre d'une incroyable lucidité dans une lettre testament baptisée « Récit secret ». « Oui je suis un traître, oui, j'ai été d'intelligence avec l'ennemi. Ce n'est pas ma faute, si cet ennemi n'a pas été intelligent... Nous avons joué, j'ai perdu, je réclame la mort ! Je ne veux pas être tué par des lâches, je préfère le faire moi-même ! »

En rentrant à Argenteuil, je retrouve Mathilde penchée sur sa liste d'invités pour le mariage :

- J'ai l'accord de Raymond Landrieux, pour être mon témoin !

- Très bien de mon côté, j'ai pu joindre Sarah Zimmerman (*alias Sylvie Sachy, voir « Nom de code Grenelle »*), désormais, elle travaille à l'hôpital de Limoges ! Elle s'est trouvé un fiancé, je les ai invités tous les deux pour notre mariage ! En dehors de ta famille, as-tu d'autres noms à me proposer ?

- Marie Rossignol (*Alias Maria la Louve),* Bien-sûr ! Roger Wybot par politesse et puis Frida Dupire ! Je vois qu'à l'entente de son nom, Mathilde prend son air pincé, sans faire plus de commentaire.

Vendredi 16 mars, Le patron débarque de bonne heure rue des Tourelles. Il salue tout juste Frida et me demande de le suivre dans son bureau de passage :

- Grenelle, j'ai une nouvelle mission de confiance, délicate pour vous ! son entame de conversation, ne me plaît guère.

- Je vous écoute, Monsieur le Directeur !

- Depuis la libération de Paris en août dernier, un certain nombre de miliciens, de collabos, de criminels français, se mettent sous la protection de l'église ! Une véritable chaîne s'organise, pour les faire passer à l'étranger ! L'Espagne, avec le Vatican restent leurs terres d'exil privilégiées !

- Je ne suis pas étonné ! Notre objectif je suppose, est de démanteler la filière !

- Vous avez tout compris ! Notre intervention, tout comme pour Joanovici, va se faire en terrain miné ! Cette fois, nous n'avons plus affaire, ni au préfet, ni à la police, mais à l'église toute entière !

- Je vois, je risque l'excommunication, en quelque sorte ! ma plaisanterie, n'a pas le don de le faire rire.

- Nous avons localisé deux criminels, parmi les plus sinistres et les plus redoutables ! Chefdebien*, un agent du service de renseignement allemand et Jean Degans*, un ancien des renseignements généraux de Vichy !

(Jean Degans, chef de la Milice française et supérieur hiérarchique de Paul Touvier, est directement impliqué dans l'assassinat du ministre Jean Zay, le 20 juin 1944.)

- En avez-vous touché un mot, au chef de la sûreté ?

- Naturellement et au ministre aussi !

- Quelles sont leurs réactions ?

- Prudentes ! Pour eux, il s'agit d'une affaire très délicate, pouvant provoquer des remous les plus graves, sur le plan intérieur !

- Je ne sais quoi vous répondre ! Je suppose, qu'ils veulent que nous mettions les mains dans le cambouis et si ça tourne mal, les politiques nieront toute implication !

- Écoutez, Pierre je ne vous mets pas le couteau sous la gorge ! Je vous laisse jusqu'à lundi pour m'apporter une réponse ! Si je vous propose cette mission, c'est que je vous sens capable de la mener à bien ! Mais je comprendrais très bien que vous la refusiez !

Nous en restons là, Wybot part le visage fermé, Frida m'interpelle :

- Que voulait il le patron ?

- Me faire griller en enfer… !

Chapitre 15 : Converti, sans bénédiction.

Je passe mon week-end à réfléchir sur la proposition de Wybot, tout en sachant que je vais bien finir pas l'accepter. Je me dis, qu'il aurait pu refiler le dossier à son adjoint Stanislas Mangin. Mais qu'encore une fois, mon directeur, préfère me mettre en première ligne, plutôt que le fils d'un aussi prestigieux général.

Lundi 19 mars, je suis à la première heure à son bureau de la rue des Saussaies.

- Très bien Grenelle, je ne doutais pas de votre réponse ! Notre cible, le couvent des Capucins, se situe rue de la Source dans le 16e arrondissement !

- Je suppose que nos suspects, vivent complètement cloîtrés ! Comment dois-je m'y prendre, pour m'introduire dans le couvent ?

- Vous allez vous faire passer pour un ex-agent allemand ! Vos contacts et votre expérience avec l'Ahbwer en 1940, doivent vous servir ! D'où mon choix, vous concernant, pour le casting ! La moindre erreur peut être fatale ! Croyez-moi dans ce milieu, nous n'avons pas à faire à des enfants de cœur ! j'apprécie le jeu de mot, volontaire, ou plus probablement involontaire connaissant Wybot.

- Je présume qu'au moindre soupçon des miliciens, je me retrouve, « chez les têtes en os », avec une balle dans la tête, ou un couteau entre les deux omoplates ! pour la première fois une esquisse de sourire, s'affiche sur le visage du patron.

- Je sais très bien, que vous ne prendrez pas le dossier à la légère ! Nous allons vous fournir des papiers, des documents falsifiés, avec « une personnalité de traître » résistant à toute épreuve ! En attendant répétez et mettez-vous dans la peau du personnage ! Aujourd'hui vous êtes René Godot ! Je vous fais signe, dès que les documents seront prêts !

De retour à Argenteuil, j'indique à Mathilde, que dans quelques temps je devrai m'absenter pour « raison d'état ». Ma future femme sait très bien, qu'il est inutile de me poser la moindre question. De mon côté, je me garde bien, de parler du danger extrême de ma mission.

Pendant que je me prépare psychologiquement à mon domicile, la guerre continue. Le 24 mars, les alliés organisent un coup de force pour traverser le Rhin. Il s'agit d'une entreprise à grande échelle, préparée depuis des semaines entre Montgomery et Patton. L'action se situe à la hauteur de Wesel. 1 250 000 hommes, anglais, canadien et américains franchissent le fleuve, avec 5500 pièces d'artillerie. Un bombardement la nuit précédente, a permis d'affaiblir considérablement la défense allemande, qui malgré toute sa bonne volonté, ne peut tenir que 24 heures.

Lundi 26 mars, Wybot se présente rue des Tourelles, avec ma parfaite tenue de faussaire. Une carte d'identité, au nom de René Godot complète des documents à en-tête du Reich, estampillés avec les cachets plus vrais que vrais. Une falsification d'autant facilitée, que les papiers vierges et les tampons authentiques, viennent d'un stock saisi pendant le repli des allemands.

- Voilà Pierre, vous avez tout pour intervenir dès demain ! Inutile de vous dire d'être d'une grande prudence, good luck !

Je sens à sa voix et à son regard, qu'il est encore moins rassuré que moi.

Plus je réfléchis, plus je me dis que c'est sans doute la mission la plus difficile et la plus dangereuse, que l'on m'ait confié à ce jour. Sans que je me sois étendu, sur ma tâche à venir, Frida semble au courant de tout. Elle s'efforce de me détendre :

- Je ne savais pas en voyant ces documents, que vous étiez aussi peu recommandable, mon capitaine !

- Eh oui, c'est le lot des agents doubles ! puis elle me prend par les deux poignets, me fixe d'un œil humide.

- Ne déconne pas Pierre ! N'oublie pas que tu as une famille ! flatté par le tutoiement, j'entre dans son jeu.

- Ne t'inquiète pas, j'ai aussi un sergent-chef, auquel je tiens !

Mardi 27 mars, vêtu d'oripeaux, trimbalant une valise remplie de maigres affaires je secoue la cloche de la porte d'entrée du couvent des Capucins. Un moine entrebâille la porte :

- S'il vous plaît mon frère, je suis recherché par la police, j'ai besoin de votre hospitalité !

- Qui êtes-vous ? pour quelle raison la police vous recherche-t-elle ? je prends un air apeuré.

- Je m'appelle René Godot, je suis recherché uniquement pour des motifs politiques ! le moine, finit par ouvrir la porte et m'invite à la suivre.

- Venez mon fils, je vais vous présenter à des amis sûrs !

Nous traversons les jardins parfaitement entretenus du couvent, pour nous retrouver dans un bâtiment annexe. Le moine converse avec deux hommes patibulaires, qui finissent par me rejoindre :

- Déclinez vôtre identité !

- René Godot, la police me recherche pour des faits de collaboration ! Les deux hommes me font entrer dans un local pour me faire subir un interrogatoire en règle.

- Pourquoi êtes-vous venu au couvent aujourd'hui ?

- Par hasard, je cherchais un refuge !

- Que faisiez-vous en 1940 ?

Je suis sur un terrain que je connais parfaitement. Je leur démontre que j'étais un agent infiltré de l'Ahbwer, avec une foule de détails. Je décris l'hôtel Lutétia, siège des services secrets allemands, parle de mes interlocuteurs l'Hauptmann Manfred von Riegsburg, de son successeur Friedrich Müller, je suis intarissable sur le sujet. Je sais que les deux sbires, connaissent le parfait fonctionnement des différents services du Reich. Puis finit par arriver la question qui tue. Ils me tendent un piège, en me parlant d'un parfait inconnu. J'évite l'écueil sans problème et la ficelle un peu trop grosse. Enfin, ils veulent voir le contenu de ma valise, qu'ils fouillent consciencieusement. Ils tombent naturellement sur les faux documents :

- Pourquoi transportez-vous ces papiers ?

- Voyez-vous-même, il s'agit de documents de travail !

- Vous auriez dû les détruire ! Vous risquiez gros, au cas où la police les découvrirait !

- Je pensais qu'à un moment ou à un autre, ils pourraient me servir de sauf conduit !

Je plaide ma cause, pour pouvoir passer la frontière en toute clandestinité. Les deux hommes finissent par être convaincus, que je suis un « super collaborateur pro-allemand ». Je me retrouve avec quatre fugitifs, anciens miliciens en transit, en attente de quitter le pays. Rajouté au groupe, l'un d'eux, me communique la date dissimulée supposée, destination l'Espagne.

Je suis retenu maintenant depuis quatre jours, sans pouvoir avoir le moindre contact avec l'extérieur. Devoir laisser Mathilde sans nouvelle me mine l'esprit, sans parler de Wybot. Puis me vient une idée. Malgré les consignes très strictes de la filière d'évasion, je demande s'il est possible que je fasse une ultime visite à ma famille, avant mon départ.

Après bien des palabres, je finis par obtenir gain de cause, tout en me recommandant la plus grande prudence et un retour rapide. En prime, j'ai le plaisir d'être rhabillé de la tête au pied, d'une tenue plus décente.

Je mets moins d'une heure pour débarquer rue des Saussaies. Wybot, tout heureux, constate que je suis bien sain et sauf. Je n'ai plus vraiment la notion du temps :

- Quel jour sommes-nous ?

- Lundi 2 avril !

- Mercredi prochain, mon convoi droit prendre la route ! Je crois savoir que nous devons prendre la direction de l'Espagne, mais sans certitude !

- Bon, il n'y a pas de temps à perdre ! Nous devons établir un flagrant délit, justifier notre action, détruire l'organisation à la source !

Le Directeur prend son téléphone, pour appeler le chef de la sûreté. Trente minutes plus tard, nous nous retrouvons dans le bureau d'Adrien Tixier, Ministre de l'Intérieur, en présence de François de Menthon Garde des Sceaux. Wybot me demande d'évoquer mon séjour au couvent des Capucins.

Les deux hommes écoutent « religieusement » mon récit, visiblement gênés aux entournures. Le gouvernement, repose sur une coalition tripartite socialistes, communistes et républicains populaires. Ce dernier parti, représente l'expression de l'électorat catholique « bien-pensant ». Une perquisition de la DST dans un couvent, ne pourrait s'identifier qu'à une provocation, une profanation anticléricale. Ne voulant pas prévenir De Gaulle, les deux ministres, préfèrent alerter « le vieux sage », Jules Jeanneney, vice-président du conseil.

Dans la foulée, nous obtenons toutes affaires cessantes, une audience auprès du procureur général au palais de justice, aussi discrète que possible. Wybot finit par obtenir une commission rogatoire, pendant qu'un juge d'instruction est désigné, pour s'occuper du dossier.

Le directeur de la DST voit plus grand. Il veut élargir la recherche à d'autres couvents de la région parisienne et de province, susceptibles de servir de cachettes, aux miliciens et autres collabos poursuivis. Néanmoins, les effectifs de la DST, pour ce vaste coup de filet sont insuffisants. Il faut donc trouver, des moyens complémentaires.

Suite à l'affaire Joanovici, la Préfecture de Police et la Sûreté Nationale, ne sont pas chauds pour prêter main forte. Finalement, les Renseignements Généraux sont mobilisés, bien que le service n'ait aucune compétence pour fonctionner sur Paris.

Je peux enfin rentrer chez moi. Wybot me demande simplement d'être le témoin de la perquisition qui doit se dérouler le lendemain au couvent des Capucins. À Argenteuil, Jacqueline aussi inquiète que sa belle-sœur est présente à l'appartement. J'ai droit à la sérénade habituelle, de la grande sœur qui reproche au « petit frère », d'être parti faire la java avec ses copains, sans en avertir les parents :

- Pierre, nous ne nous y ferons jamais ! Mathilde me fixe d'un air bizarre.

- Où as-tu trouvé ces vêtements ? heureusement, Marie vient à ma rescousse, en se précipitant dans mes bras.

- Mon papa ! son enthousiasme et sa joie de vivre, finissent par calmer « les deux furies ».

Mercredi 4 avril, dès l'heure légale, Wybot et moi renforcés par les RG, sonnons au couvent des capucins. À l'ouverture de la porte, le directeur de la DST, pointe son mandat sous le nez du frère portier :

- Je suis désolé, mais je ne peux vous laisser faire, sans l'accord et la présence du père supérieur !

- Aucun problème, veuillez nous conduire auprès de lui !

- Je crains que ce soit impossible en ce moment, il est justement en train de dire sa première messe, on ne peut pas le déranger !

- Nous l'attendrons ! répond Wybot, qui se tournant vers moi rajoute : « J'espère que ce ne sera pas trop long ! »

Nous nous postons devant la porte où se déroule l'office religieux. Le temps s'égrène, je sens le patron de plus en plus nerveux. Il finit par entrebâiller la porte de la chapelle. Au moment où l'huis grince, une clochette retentit dans le fond du sanctuaire. Je distingue le Père supérieur tenant le calice face à la croix.

Avec l'élévation, l'office semble toucher à sa fin. Tout penaud, Wybot referme doucement la porte, pour éviter un nouveau bruit intempestif.

Cinq longues minutes s'écoulent, même simulacre, Wybot entrebâille la porte et glisse un œil. Le Père supérieur renouvelle l'opération, tintement de clochette, calice porté aux cieux, élévation. Puis, la scène se déroule une troisième fois. Cette fois, Wybot se rend compte que nous sommes manipulés par les religieux et que nous avons perdu un temps précieux, effaçant tout effet de surprise.

Nous faisons irruption dans la chapelle, sous le regard majestueux de Dom Olphe Gaillard*, le Supérieur des Bénédictins. Comme au théâtre, la messe se termine au même moment. Le père, épluche longuement le mandat de perquisition présenté. Alors que Wybot commence à bouillir, Dom Olphe Gaillard très digne, demande des explications :

- Vous êtes soupçonné, d'abriter dans votre couvent des criminels cherchant à se soustraire à la loi !

- Je n'ai pas à vous répondre ! claque sèchement le père supérieur, avant d'ajouter aux moines l'entourant : Vous non plus mes frères ! Vous n'avez de comptes à rendre, qu'à dieu et à moi-même ! Puis, se tournant vers Wybot d'un regard méprisant : Nous ne pouvons nous opposer à la justice des hommes !

Le directeur, donne son feu vert pour fouiller le moindre recoin du couvent, mais les miliciens restent introuvables.

Stupéfait, Wybot se tourne vers moi :

- Ils n'ont pas pu disparaître ! Le couvent est cerné depuis des heures ! je lui confirme

- Normalement leurs départs étaient prévus dans la journée, pas à l'aube !

Chaque cellule est fouillée minutieusement, les fuyards ont laissé dans la précipitation, des traces incontestables, de leur passage.

Puis les policiers, finissent par mettre la main sur un passage souterrain, ayant servi sans aucun doute à la fuite des miliciens. Les religieux, ne montrent pas la moindre gène. Mis devant leurs responsabilités, ils ont simplement le sentiment d'avoir rempli un devoir impérieux.

La perquisition, permet de mettre la main sur un lot de fausses pièces d'identités. Une partie est déjà remplie, d'autres encore vierges. La fabrication sur place ne fait aucun doute, nous pouvons saisir tout le matériel nécessaire. Wybot, a beau les relancer sur la gravité des faits, intelligence avec l'ennemi, recel de malfaiteurs, les frères se terrent « dans un silence religieux ».

Curieusement, la saisie de livrets dans les cellules des moines, va débloquer la situation. Ces brochures, contiennent des estampes inspirées du Kamasoutra. Le patron, sourire aux lèvres, ne se prive pas de jeter les volumes ouverts sur une table. Le père supérieur et ses condisciples, changent brusquement d'attitude. L'idée que ces images polissonnes, à la limite de la pornographie, puissent être divulguées à l'extérieur du couvent, leur devient insupportable. Une négociation se profile, avec des tractations laborieuses et insolites, sous couvert d'un silence radio de la part des policiers.

Dans d'autres couvents, nos collègues se montent plus productifs à Issy les Moulineaux, Clamart et Bourges, en débusquant une bonne dizaine de miliciens, dont trois condamnés à mort par contumace.

Naturellement, les milieux catholiques, ne peuvent s'empêcher de réagir. La DST et son chef, deviennent une cible à abattre.

Le journal « La Croix », rappelle à travers la plume d'Albert Camus, le rôle incontestable et indéniable, joué par les communautés religieuses dans la résistance. Un tract, circule dans Paris publié par Michel Riquet *(prête jésuite et résistant déporté)* sous le titre « Complot des soutanes » : « Les couvents ont été pendant quatre ans les refuges des réfractaires, des communistes et des maquisards ». Ces vérités, justifient-elles l'existence de filières d'évasion de miliciens ? *(À noter que des hauts dignitaires nazis comme Adolf Eichmann et Walter Rauff, ont transité par ces canaux.)*

La déroute des troupes allemandes, n'est même plus niée par le presse nazie. Un numéro du « Schwarz Korps » daté du 5 avril, rapporte des propos d'Himmler sur un effondrement total, laissant entendre que les allemands, vont devoir accepter l'éventualité d'une défaite militaire. Mais de nombreux fanatiques, pensent encore qu'il ne faut pas cesser le combat, croyant encore dans une juste cause.

Le terrain, ne peut que confirmer les propos du Reich führer SS. Deux armées américaines, viennent de s'emparer de la région industrielle de la Ruhr, privant les troupes allemandes d'un approvisionnement vital en charbon et acier. 20 000 prisonniers sont faits par jour, les dernières poches de résistance du groupe armée du maréchal Walter Model, sont sur le point de céder.

Côté soviétique, l'armée rouge marche sur Vienne. À moins de deux kilomètres du centre-ville, La Wehrmacht, renforcée par des groupes de Vokssturm *(milice signifiant « assaut du peuple », composée uniquement de vieillards et de jeunes adolescents, garçons et filles.)* se bat avec les moyens du bord. La tour de la cathédrale de Saint Etienne et le château de Schönbrunn, sont touchés par des obus.

Alors que je m'apprête à passer un week-end tranquille en famille, une très mauvaise nouvelle nous parvient d'Epernay. La santé de Raymond Seigneur s'est brutalement dégradée.

Nous décidons de nous rendre sur place. Au centre de Saint Marthe, dans un état semi-comateux, Raymond Seigneur ne semble même pu reconnaître sa fille. Présent à son chevet, je prends Sylvain à l'écart, pour lui donner mon sentiment :

- Ce n'est plus la peine de se faire d'illusion, je suppose que ce n'est plus qu'une question de jours maintenant ?

- Oui, ma sœur est la mieux placée, pour le savoir !

Même si ce n'est ni le lieu, ni le moment, je ne peux m'empêcher de penser à notre mariage, dont la cérémonie doit se dérouler dans tout juste quatre semaines. Cette fois Mathilde craque, et vient sangloter dans mes bras. Elle articule :

- Inutile de rester plus longtemps… ! Allons-nous-en !

Chapitre 16 : La fin du Reich.

Nous retrouvons sur Gueux, Georgette Seigneur complètement livide. Mathilde, a retrouvé tous ses esprits et se transforme en véritable chef de famille. À l'écart de sa maman, elle discute avec Sylvain, pour lui demander que toutes les dispositions soient prises, devant une situation devenue fatale. Particulièrement gêné, j'essaye d'anticiper :

-   Veux-tu que nous décalions la date de notre mariage ?

-   Non, papa ne le voudrait pas !

Jeudi 12 avril, Raymond Seigneur s'éteint paisiblement. Néanmoins c'est une autre nouvelle qui occupe la une des journaux, avec la mort de Franklin Roosevelt. Le Président démocrate, à l'origine du New Deal mettant la fin de la crise économique de 1929, a tenu un rôle décisif dans cette seconde guerre mondiale, sans pouvoir en vivre son issue. Harry Truman, vice-Président prête serment et lui succède comme 33e Président des Etats-Unis.

Dans l'après-midi, je me rends rue des Saussaies, pour annoncer à Wybot que je dois prendre quelques jours :

-   Prenez le temps qu'il vous faudra, Pierre !

Soudain André Pélabon*, directeur de la Sûreté Nationale fait irruption dans son bureau.

Wybot semble surpris :

- Bonjour Monsieur le Directeur, vous m'avez habitué à une entrée plus discrète ! Le chef de la sûreté, blême, le teint blafard, a du mal à s'exprimer.

- Voilà … la DST, c'est fini…vous êtes révoqué ! comme Wybot, ne semble pas réagir, je prends la parole.

- Comment ça révoqué ?

- Oui, la décision vient de Tixier ! *(Adrien Tixier, Ministre de l'Intérieur).* Puis Pélabon, cherche à se justifier. Je lui ai dit que je n'étais pas d'accord et par solidarité j'ai démissionné ! cette fois Wybot veut en savoir plus.

- Mais pourquoi ? sans dire un mot Pélabon tend « l'humanité » du matin.

Un titre énorme barre la première page : « Wybot, chef de la DST, protège un agent de la Gestapo ». La Photo d'un certain Klein* illustre l'article. Roger Wybot, éclate de rire en lisant le texte. Pélabon et moi, le regardons d'un air interloqué.

- Ah oui ! ce n'est que pour ça ! Veuillez patienter deux minutes !

Toujours, ordonné et consciencieux, Wybot extrait d'un casier le dossier du dénommé Klein, puis il le commente :

- Il s'agit bien d'un agent très important de la Gestapo ! Nous l'avons arrêté et en l'interrogeant, nous nous sommes aperçus, qu'il était possible de le remettre dans le circuit, pour le retourner ! Un travail de base en somme !

Pélabon, prend le dossier et commence à l'éplucher. Puis Wybot, attire son attention sur un document :

- Regarder cette feuille, elle porte le paraphe de Texier, donnant son accord formel, pour libérer Klein ! Pélabon gêné par l'inattendu de la situation, ne dit plus rien.

- Dites-moi Monsieur Pélabon, pouvez-vous me dire où se trouve Klein à l'heure actuelle ? Le directeur de la Sûreté, se tasse un peu plus sur sa chaise et lâche d'une voix faible.

- Dans les locaux de la Préfecture de Police ! Wybot me prend alors à témoin.

- Le capitaine et moi, Monsieur le Chef de la Sûreté, pensons que nous sommes en pleine manipulation, de la part « de la grande maison » ! L'affaire Joanovici, n'y ait pas étrangère et en représente certainement le point de départ !

Pélabon, semble néanmoins satisfait. Il demande simplement un double du dossier pour pouvoir agir en interne. Une fois qu'il est sorti, Wybot me vide son sac :

- Vous voyez Grenelle, nous ne sommes jamais assez prudents ! Si je n'avais pas obtenu l'autorisation écrite, nous courrions à la catastrophe !

- Pour vous parler franchement, je ne comprends ni la manière d'agir de la Préfecture de Police, ni la réaction du Ministre !

- La Préfecture de Police, ne supporte pas la concurrence de la Surveillance du Territoire ! Ils ont vu l'occasion unique de mettre la DST à terre ! Quant à Texier, vu le nombre de dossiers qu'il traite, il a sans doute effacé celui-ci de sa mémoire !

- Si Klein, s'est mis à table devant la Préfecture de Police, les policiers auraient pu à minima, vérifier auprès de nous, les informations données !

- Sans doute, n'oubliez pas qu'à la Préfecture de Police, il existe quelques éléments très proches du PCF ! Dans ces conditions, une fuite organisée via « l'Huma », fait du sens ! De plus « ces collaborateurs » du Parti Communiste, s'inquiètent, sur le sort que nous pourrions réserver à des agents infiltrés venu de l'Est ! « L'œil de Moscou », nous surveille !

En sortant du bureau de Wybot je suis partagé.

Le patron baigne t'-il dans une forme de paranoïa, ou le « roman d'espionnage » fait-il vraiment partie de la réalité ? Avant de pouvoir en apporter une réponse définitive, je dois pour l'instant me consacrer à ma famille.

J'ai informé Raymond Landrieux du décès de mon beau-père. À ma grande surprise, il est présent à ses obsèques. Empathique, il se montre particulièrement attentionné vis-à-vis de Mathilde. Au point que Jacqueline, semble changer d'avis à son sujet : « Finalement ton pote, je ne le connaissais pas sous cet angle ! » Nous prenons un peu de temps, pour discuter ensemble des affaires courantes :

- Passy est revenu « aux affaires » ! Il m'a demandé de tes nouvelles !

- Bon, tu lui as dit que j'allais me marier et que pour moi, tout va bien ?

- Oui, mais il regrette que tu sois parti « dans le camp d'en face » !

- Écoute Raymond, au bout d'un moment, il faut arrêter cette guéguerre entre les services secrets !

- J'ai expliqué le pourquoi du comment et tes démêlés avec la justice !

- Tu lui as donné, les véritables raisons de ma venue à la DST ? Si je suis en poste aujourd'hui, je te le dois en grande partie ? Raymond se retient de pouffer de rire.

- Non, là franchement, pour l'explication, j'ai manqué de courage !

- Je suppose qu'André, prépare le changement ?

- Oui, en ma qualité de Trésorier, je suis bien placé pour le savoir ! D'ici le mois d'août 10 000 agents seront mis dehors, 4 immeubles sur les 120, seront conservés et 50 voitures sur les 1 400 ! *(Historique).*

- Eh bien, j'imagine parfaitement le titre des journaux, le jour où la presse sera au courant ! « La DGER, traduction : Direction Générale des Ennemis de la République » !

- Pas mal, tu devrais te faire engager comme pigiste à « l'huma » !

- D'un autre côté, Wybot ne sera plus la seule cible des communistes ! Pour une fois, il aura un point commun avec Passy !

Ironie du sort, la messe des funérailles de Raymond Seigneur, se déroule dans la petite église de Notre Dame de Gueux, qui doit accueillir notre mariage dans trois semaines. En ce moment, signe d'un hiver tardif, le plan d'eau attenant est couvert de givre.

La vie continue, la guerre aussi. Longtemps bloqué « au milieu de la botte italienne », les alliés lancent une offensive décisive. Trois groupes se coordonnent. La 5e armée US du général Truscott, attaque à l'ouest, à la hauteur de La Spezia, pendant que le Général Clark, ma vieille connaissance, se rue au centre sur Bologne et que le Général Mc Creery, de la 8e armée britannique part de Ravenne, pour conquérir Argenta.

Sur l'autre front européen, grâce à la percée de la 3e armée de Patton dans la forêt de Thuringe, américains et soviétiques, sont sur le point de faire leur jonction. Dernier symbole à conquérir pour les alliés, le nid d'Aigle de Berchtesgaden et son Berghof, résidence privée d'Adolf Hitler.

Mardi 17 avril, depuis hier, les soviétiques se lancent à l'assaut de Berlin. Le général Heinrici, reste le dernier rempart pour le Reich. Il tient pour l'instant, grâce à ses puissants canons qui paralysent sur l'Oder les chars de Joukov. Le 1er front ukrainien de Koniev remontant du sud et Rokossovki, plus au nord, vont pouvoir bientôt faire céder le blocus. Wybot, me demande de passer rue des Saussaies dans l'après-midi :

- Je vois avec plaisir, Monsieur le directeur, que vous êtes toujours en place ! il me tend un document.

- Vous qui êtes un expert, rien ne vous choque ?

Au premier regard, il s'agit d'une note de l'Abwehr, portant date, numéros et cachets d'apparence officielle. Néanmoins Wybot, ne peut pas me poser la question en toute innocence.

- En y regardant de plus près, je pense que la machine à écrire, qui a servi à taper le texte, provient d'un modèle français, plutôt récent ! Pour les cachets utilisés, il s'agit d'originaux provenant de la Gestapo, et non de l'Abwehr !

- J'en étais sûr ! Ce document est un faux, et nous en avons saisi plusieurs, conçus sur le même modèle !

- Connaissez-vous leurs provenances ?

- Oui, ils viennent de la prison de Fresnes ! je fixe Wybot d'un air consterné.

- Comment ça, de la prison de Fresnes ?

- L'affaire des couvents, n'est que la partie immergée de l'iceberg ! Il existe des ramifications un peu partout dans la région parisienne, pour fabriquer de faux papiers ! Ils sont destinés, soit à donner des certificats de virginité, soit à faire passer à l'étranger, d'anciens miliciens !

- Pour Fresnes, vous avez une piste ? un cerveau, un nom à donner ?

- Oui, j'en ai même deux ! Un certain Maillard, un gars plutôt hâbleur, qui a entretenu des relations avec des gros poissons de la collaboration, des miliciens, des gestapistes ! De l'intérieur de Fresnes, il se vante d'avoir de sérieux appuis à l'extérieur, des amis sûrs dans les ambassades !

- Tout est faux naturellement ?

- En partie seulement ! Il prétend que des hommes comme lui, sont appréciés par les services secrets Anglo-Saxons ! De plus « ses futurs employeurs », seraient preneurs d'organisations nazies encore existantes, des réseaux hitlériens disséminés dans toute l'Europe !

- Comment avez-vous réussi à récolter toutes ces informations ?

- J'ai une taupe dans la prison ! Un agent de la DST infiltré !

- Vous me parliez d'une deuxième personne impliquée ?

- André Cavailhé*, un officier de marine, au très lourd passé collaborationniste, intelligence avec l'ennemi, virtuellement bon pour le peloton d"exécution ! Je pense que « notre client », est prêt à faire n'importe quoi pour sortir de prison !

- Pour les faux papiers, il suffit d'agir comme nous l'avons fait pour les couvents, avec une commission rogatoire ?

- Oui, sauf que je considère qu'il est encore trop tôt ! J'ai envie « de dérouler la pelote », jusqu'au bout !

- Vous envisagez qu'une autre organisation, se cache derrière le réseau existant ?

- Le réseau a été baptisé « Fridental » ! Je cherche la personne qui se trouve à la tête ?

- Comment comptez-vous vous y prendre ?

- Le fameux Klein, qui comme vous le savez, m'a valu quelques algarades avec Tixier dernièrement, vient d'être incarcéré à Fresnes ! Je vais utiliser mon agent sur place, pour qu'il essaye de le manipuler, afin d'en savoir plus ! Compte tenu de nos récents démêlés avec le ministre de l'intérieur, il nous faut un dossier en béton, avant de pouvoir intervenir ! Je vous tiens au courant en cas de besoin !

Vendredi 20 avril, Adolf Hitler fête ses 56 ans dans son bunker berlinois, au son de l'artillerie soviétique. Les alliés ont décidé que la prise de la capitale allemande, revenait au maréchal Joukov. À l'Est de l'Oder, la 7e armée allemande est prise en tenailles entre les troupes de Joukov et celle de Koniev. Le Führer intraitable, refuse à ses troupes de se rendre.

Il s'offre une dernière sortie dans les jardins de la chancellerie, pour décorer quelques adolescents membres des jeunesses hitlériennes, épaulant les « volkssturms ».

Le 21, Les allemands décident de transférer Philippe Pétain de Sigmaringen jusqu'à la Bavière. Arrivé à la hauteur de Zeill, le vieux maréchal refuse d'aller plus loin. Il attend que les autorités suisses lui délivrent un visa.

Il réussit à l'obtenir le 22 au soir. Le 23, il franchit la frontière à Bregenz, puis rejoint Sainte Marguerite, escorté de sa petite troupe. Le gouvernement français demande son extradition, sans l'accord du général De Gaulle, qui préfère que Pétain termine ses jours en Suisse.

Jeudi 26 avril, L'aide de camp du général Koenig, vient au-devant de Philippe Pétain à Vallorbe. Ce dernier, ne réalise pas qu'il est en état d'arrestation. Drôle d'anniversaire pour le Maréchal, qui fête aujourd'hui ses 90 ans. À Pontarlier, dans le wagon de seconde classe, qui l'entraîne vers Paris, les crachats et les pierres, remplacent désormais les fleurs jalonnant traditionnellement son parcours.

Vendredi 27 avril, je reçois un coup de téléphone à mon bureau de la rue des Tourelles :

- Capitaine Fixin, André Dewavrin à l'appareil !

- Mes respects mon colonel !

- Seriez-vous libre, pour déjeuner lundi prochain au Cercle Interallié ? Ce genre de proposition de Passy, dans un endroit aussi prestigieux, ne se refuse pas.

- Oui, avec plaisir mon Colonel !

- Très bien, alors je vous dis à lundi !

Je passe mon week-end l'oreille collée à la TSF, au grand dam de Mathilde et de mes parents. Le général allemand Wenck, tente une dernière offensive pour pénétrer dans Berlin par l'Ouest. Peine perdue, il est bloqué à 20 km de la capitale.

Le reste de la 9ᵉ armée du général Busse, est seul pour défendre un corridor se limitant à 5 km sur 18. Les sacrifices des derniers défenseurs de Berlin paraissent bien inutiles, d'autant que les munitions et la nourriture, commencent à manquer.

Lundi 30 avril, alors que je m'apprête à rejoindre Passy pour déjeuner, la presse attire mon attention.

« L'Humanité » titre sur la mort de Mussolini, fusillé avec 17 de ses complices. Son corps, donné en pâture à une foule déchaînée, a été ensuite pendu à un croc de boucher. « L'Huma », s'interroge également sur le sort du Führer : « Mort de Hitler ou suprême trucage ? » L'information, de l'Agence France Presse, vient de la source suédoise du journal « Aftenbladet ». Néanmoins le quotidien émet des doutes, les photos produites seraient celle d'un sosie ? Hitler serait en réalité à Berchtesgaden.

Je retrouve André Dewavrin, tel que je l'avais laissé huit mois plus tôt, d'apparence joviale. Assis à une table, le colonel m'attend avec une bouteille de champagne reposant dans un seau à glace :

- Bonjour Grenelle, je vois que vous vous tenez au courant de l'actualité ! Vous prendrez bien une coupe, pour fêter la mort des deux dictateurs ?

- Bien volontiers mon colonel ! Maintenant que les choses se précipitent, comment voyez-vous la suite ?

- La fin du Reich, est programmée sous quinzaine, les japonais, vont faire durer le conflit encore quelques mois ! Mais il faut déjà, nous préparer pour l'après-guerre ! Nous allons devoir jouer une partie de poker à quatre, avec les anglais, les américains et les soviétiques ! Pour l'instant, nous sommes loin de posséder les meilleures cartes !

- Effectivement la donne, ne nous ait pas très favorable, mais nous avons De Gaulle dans la manche, comme atout majeur ! Je suppose que le problème de l'Indochine, sera un des premiers dossiers à traiter ?

- Oui, mais pas seulement ! Grenelle, je ne vais pas y aller par quatre chemins, j'ai besoin d'un homme comme vous ! La DGER, va devoir se battre sur tous les fronts, l'Indochine, l'Afrique du Nord, sans parler de l'Europe avec l'Allemagne !

- Mon colonel, je dois me marier samedi prochain à Reims, avec le capitaine Landrieux comme témoin ! Permettez-moi de vous y inviter officiellement !

- Pour le mariage, je regrette, mais je suis trop pris en ce moment ! Je comprends que votre famille soit votre priorité, mais il ne s'agit pas de partir du jour au lendemain !

- Vous semblez avoir besoin d'hommes, néanmoins j'ai cru comprendre que vous alliez vous séparer de 10 000 agents ! Passy, commence à monter dans les tours.

- Écoutez Pierre, je viens d'hériter d'une situation catastrophique ! La DGER a récupéré un ramassis d'incapables, d'anciens collabos devenus résistants, des agents de la France libre d'Afrique du Nord, d'abord pro-Darlan, puis giraudistes, avant de finir gaullistes ! Il devient urgent de se débarrasser, de tous ces profiteurs incompétents ! Sans parler des chefs, avec un Koenig « comme capitaine d'habillement (sic) ! »

- J'entends bien, mais comme vous devez le savoir, j'ai un statut bien particulier à la DST ! Étant toujours militaire, je dépends à la fois du Ministère des Armées et du Ministère de l'Intérieur ! Passy se radoucit un instant, puis se livre à une réflexion.

- J'ai bien compris, dans ce cadre, je ne vois qu'une personne capable de débloquer la situation, De Gaulle !

Le repas tire à sa fin, Dewavrin me souhaite un excellent mariage, me promettant de me tenir au courant, sur une éventuelle mutation. Je garde de mon entretien avec Passy la conviction suivante, le colonel souhaite autant me récupérer pour mes compétences, que pour expédier une pierre dans le jardin de Wybot...

Chapitre 17 : Au joli mois de mai

Comme un vent de liberté retrouvé, la C.G.T organise une manifestation, le 1er mai entre Bastille et Nation. Il s'agit d'une première depuis le début du conflit, avec pour thème, « la lutte contre les trusts antinationaux et le fascisme. »

Comme convenu Monique, a débarqué la veille au pavillon de mes parents, avec la robe de mariée de Mathilde. La journée est consacrée aux dernières retouches. Naturellement je ne suis pas invité, mais j'ai tout de même une petite idée sur la coupe, Marie, me présentant la sienne sous toutes les coutures.

Comme je m'y attendais, Wybot a décliné l'invitation à notre mariage, par contre Frida a confirmé sa présence. Dernier problème, nous allons nous retrouver pour la cérémonie, avec plus de femmes que d'hommes.

Même si Mathilde et moi, sommes dans notre bulle, il est impossible d'échapper à l'actualité brûlante du moment. L'Amiral Donitz, devient « le nouveau Führer », alors qu'à Berlin, les dernières troupes allemandes se rendent au maréchal Joukov. « L'Huma », fait ses choux gras sur un retour à la démocratie, en capitalisant sur les élections municipales qui viennent de se dérouler.

Sur Paris le PCF, décroche 27 conseillers municipaux. Le quotidien, insiste, sur le succès de leurs candidats dans les grandes villes de province, à Marseille, Toulouse Bordeaux, Orléans, mais aussi sur des localités plus petites, comme Louviers, Fourmies ou Saint Amand. Si le succès des communistes ne peut être contesté, comme d'habitude, « l'Humanité », démultiplie les chiffres en sa faveur.

Jeudi 3 mai, à 48 heures de notre mariage, loger nos invités sur Reims devient un véritable un casse-tête. Nous n'avons pu trouver que quatre chambres disponibles, dans les différents hôtels de la ville. Il faut faire des choix. Pour mes parents pas de problème, « les limougeauds », Sarah et son ami André, occupent une deuxième chambre, Jacqueline fait équipe avec Monique et Raymond va prendre la dernière. Reste Frida Dupire, Mathilde se fait un plaisir de l'expédier chez Sylvain et Edith, dans un confort plutôt précaire.

Veille de mariage, tous nos invités sont arrivés. Sylvie Sachy a abandonné son nom d'emprunt, pour retrouver son nom de baptême Sarah Zimmerman *(voir Nom de code Grenelle)*. Les retrouvailles avec Jacqueline 5 ans après sont un grand moment. Toujours infirmière, elle a rencontré son ami André, dans la résistance sur Limoges. Puis vient l'heure des cadeaux. Raymond mon témoin, crée la sensation, en nous offrant un service de table en porcelaine de Sèvres. Mathilde, les yeux grands ouverts n'en revient pas :

- Raymond, tu es complètement fou ! Ta solde de plusieurs mois a dû y passer ! très serein il rétorque

- Ne vous inquiétez pas, j'ai quelques économies ! puis la conversation dévie inévitablement sur nos activités.

- Tu sais que j'ai déjeuné avec André Dewavrin lundi dernier ?

- Oui, il m'en a parlé ! Je sais qu'il cherche à te recruter en passant par De Gaulle ! Si tu veux mon avis, je ne pense pas qu'il ira jusqu'au bout ! Le général à d'autres chats à fouetter, que d'ouvrir un nouveau conflit avec Wybot !

Au même moment, dans le Land Lüneburg, trois généraux et trois amiraux apposent leurs signature sur le premier acte de reddition, concernant toutes les armées du Nord-Ouest de l'Allemagne des Pays Bas et du Danemark. L'acte doit prendre effet, le lendemain à 8 heures du matin, 500 000 soldats sont concernés et se retrouvent prisonniers.

Samedi 5 mai, jour de cérémonie à Gueux. Nous apprenons que 12 km plus loin à Reims, une délégation présidée par Montgomery, arrive pour faire signer à Jodel une capitulation définitive de l'Allemagne. L'information tenue secrète, fuite par l'intermédiaire d'un journaliste américain Edward Kennedy*.

J'ai choisi finalement de me présenter à la mairie en uniforme. Raymond Landrieux et le chef Dupire font de même. Il fait beau, le givre a disparu du plan d'eau, bordant Notre Dame de Gueux, située à deux pas de la mairie. La tradition est respectée, j'entre dans la petite église au bras maman Greta, particulièrement fière de son Pierrot. Mathilde, clôt le défilé accompagnée de son frère Sylvain, suivie par Marie et Jean, le neveu d'Edith. Toutes les femmes, sont d'une élégance rare, Monique a particulièrement réussi la robe de la mariée, d'un ton écru, pour ne pas choquer les « bonnes âmes ».

Le repas de noce, se déroule à l'Auberge de La Garenne au Thillois tenue par les amis de Mathilde. Pour l'occasion, le restaurant nous est totalement acquis. Le champagne coule à flot et Raymond, joue au joli cœur, pris par l'ambiance coincé entre ma sœur, Monique et Frida. Jacqueline, finit par le trouver drôle, mais finalement le capitaine Landrieux parait jeter son dévolu sur mon ex. La soirée dansante, confirme la tendance. Je finis à un moment par me retrouver dans les bras de Frida, sous le regard inquisiteur de la jeune mariée :

- Votre épouse, ne semble guère m'apprécier Capitaine ?

- Disons, qu'elle se montre vigilante !

- À juste titre, peut-être ?

Je préfère ne pas répondre, Frida paraissant prendre un malin plaisir, à sentir le regard assassin jeté par Mathilde tout à sa surveillance. Puis observant Monique et Raymond, elle continue dans la provocation, en me faisant un signe de tête à leur égard :

- Les couples se forment, tu as des regrets concernant Monique ? je m'efforce de garder mes distances

- Non Sergent, aucun, même si Monique reste une amie !

Lendemain de fête, la jeune mariée dormant toujours du sommeil du juste, je me retrouve au petit déjeuner, seul en tête à tête avec Jacqueline. Ma sœur donne l'impression de s'être levée du pied gauche :

-   As-tu passé une bonne nuit avec Mathilde ?

-   Oui, pourquoi une telle question ?!?!

-   Parce que je t'ai trouvé hier… disons particulièrement amical avec Frida !

-   Ah non, tu ne vas pas t'y mettre, toi aussi !

-   Tiens, visiblement je ne suis pas la seule à l'avoir remarqué !

-   Est-ce que je demande moi, si tu as passé une bonne nuit avec Monique ! Jacqueline éclate de rire.

-   Tu peux, d'autant que j'ai dormi toute seule !

Au même moment, Monique et Raymond arrivent l'air de rien. Je me contente de faire un clin d'œil discret à l'intention de Raymond, qui me répond d'un sourire en coin. Puis c'est au tour de Maman Greta de se manifester, en s'adressant à ma sœur et moi :

-   Dites donc tous les deux, vous avez quel âge ? Avec vos chamailleries d'enfants, vous avez réveillé toute la maison !

Le groupe des invités se reforme petit à petit. Seuls Sarah et André, sont déjà à la gare, pour reprendre le train pour Limoges. Sylvain et Edith sont les derniers, toujours accompagnés du chef Dupire. Mathilde, cette fois bien réveillée, se croit obligée d'ouvrir les hostilités :

-   Bonjour Frida, pas trop mal dormi ?

-   Tu sais Mathilde, depuis le début du conflit, au niveau du couchage, j'ai été habituée à bien pire ! Il me manquait juste un militaire, pour me faire passer une douce nuit !

Afin d'éviter que la discussion ne dégénère, je décide de reprendre l'initiative et de me comporter en chef de famille :

- Malheureusement, la plupart d'entre vous doivent travailler demain ! Frida, je vous propose de rentrer avec nous en voiture, plutôt que de prendre le train ! chacun scrute le sergent, en attendant sa réponse.

- Si Mathilde, ni voit pas d'inconvénient, avec plaisir !

Mise au pied du mur, ma Mathoche acquiesce. Nous décidons pour plus de confort, de changer de véhicule avec mon père. Il va prendre la SIMCA 5, pendant que je récupère la 15 cv Citroën familiale. De ce fait, Jacqueline et Frida, sont assises à l'arrière avec Marie au milieu.

Contrairement à mes craintes, le voyage de retour se passe dans la plus parfaite sérénité. Les trois filles, semblent avoir enterré la hache de guerre. Marie qui joue avec Frida, s'étonne que le sergent, ne porte pas un uniforme de la même couleur que celui de son papa. Très observatrice, ma fille constate, que nos boutons, dorés sur mon uniforme, argentés sur celui de Frida, ne portent pas le même motif.

De retour à Colombes, Jacqueline propose à Frida, de dormir au pavillon de mes parents, son retour en transport en commun sur Pantin, se voyant compromis par l'heure tardive. Me voilà rassuré, par une situation enfin apaisée.

Lundi 7 mai, Wybot me relance sur l'affaire des faux-papiers à la prison de Fresnes. Il me demande d'être présent le lendemain matin, à son bureau de la rue des Saussaies. J'ai la confirmation que l'acte de reddition des allemands a été signé à Reims à 2h41 du matin, pour prendre effet le lendemain à 8 heures.

Une polémique s'engage. Signé dans la salle des cartes du Collège Technique (*devenu depuis, Lycée Franklin Roosevelt)*, L'acte de capitulation sans condition, rédigé en quatre langues, ne comporte pas de texte en français. Seul l'anglais fait foi. Walter Smith, chef d'état-major de Roosevelt, dirige les débats. Le Major Général Kenneth Strong, représente le Royaume Unis, le général Ivan Sousloparov l'URSS et le Généraloberst Alfred Jodl l'Allemagne. Le général François Sevez, second du général Juin, a été dépêché en catastrophe, pour représenter la France. Sa présence, n'est acceptée qu'à titre de témoin.

De ce fait, les alliés reçoivent une double protestation, d'une part du général De Gaulle, d'autre part de Joseph Staline. Ils exigent qu'une cérémonie plus solennelle, se déroule le lendemain à Berlin. De Lattre, pour la France et Joukov pour l'Union Soviétique, seront les signataires.

En arrivant rue des Saussaies, Wybot m'attire dans son bureau, dont il referme consciencieusement la porte.

- Pourquoi tant de précautions ?

- Je me méfie même ici, les murs ont des oreilles ! C'est pour cela que j'ai préféré vous faire venir, plutôt que de vous expliquer par téléphone ! Mon indicateur « Collin » (*Il s'agit d'un nom de code)*, a réussi à mettre en confiance André Cavailhé*, il est prêt à lui faire intégrer le réseau « Friedental » ! Pour l'appâter, Collin, a proposé à Cavailhé de le faire travailler pour les services anglo-saxons !

- Rien que ça ! Et Cavailhé, a mordu à l'hameçon ?

- Oui, je vous rappelle, que virtuellement, il est déjà condamné à mort ! Pour prouver qu'il a une valeur marchande, Cavailhé, accepte de fournir des pièces accusant de trahison certains hommes politiques !

- Mais ces documents, représentent une véritable bombe nucléaire !

- Oui, la difficulté consiste à bien localiser les pièces, qui circulent dans le plus grand secret de cellule en cellule, de manière totalement imprévisible !

- Je suppose, que vous envisagez déjà de faire une perquisition à la prison ?

- Bien entendu, sauf que nous avons besoin de certitudes ! Par crainte des fouilles, les documents sont déplacés et nous ne pouvons pas fouiller toute la prison en même temps !

- Vous êtes en train de me dire, que le problème est insoluble ?

- Pas du tout ! Collin a la certitude, que les pièces restent deux nuits consécutives au même endroit ! Je devrais avoir la confirmation demain de l'endroit où elles se cachent, pour une intervention mercredi prochain !

- Je présume que politiquement, vous vous êtes couvert !

- J'ai une commission rogatoire, signée d'un juge d'instruction, seuls le Ministre de l'Intérieur, le Garde des Sceaux et le Procureur Général, sont mis dans la confidence ! Je constitue une équipe d'une soixante d'hommes dont vous faites partie, pour une intervention après demain ! Inutile de vous dire que nous ne pourrons frapper qu'un seul coup, sans possibilité de deuxième chance !

Mardi 8 mai, je retrouve au bureau le sergent Dupire, la mine renfrognée :

- Quelque chose ne va pas Frida ! elle me regarde d'un air triste.

- Pierre j'ai été ridicule, le soir de votre mariage ! Je n'aurais pas dû me comporter ainsi !

- Ne vous inquiétez pas ! Tout le monde était un peu grisé par le champagne, Mathilde aussi, aurait pu faire la part des choses ! Je pense que tout est rentré dans l'ordre depuis !

Notre conversation est interrompue, par des bruits et des cris de joie venant de la rue. Alors que je m'approche de la fenêtre pour comprendre, Frida me tend des journaux :

- Vous n'avez pas pris connaissance de la presse du jour ?

« Résistance », publie dans son édition de 5 heures, « Victoire, l'Allemagne a capitulé ». Dans son édito, Pierre Favreau sous le titre « la liberté a triomphé du nazisme, explique la victoire en chantant en faisant le bilan de six années de guerre, tout en précisant que les cinq grandes puissances ont libéré le monde et que les jours du Japon sont comptés. « L'humanité », ne fait pas dans la demi- mesure. Sur 5 colonnes à la une, figure en gras « L'Allemagne Hitlérienne a capitulé sans conditions ».

Au-dessus, le portrait de Staline et celui de Roosevelt encadre le titre avec les légendes suivantes : « Gloire à nos soldats et à tous nos héros ! Gloire aux peuples insurgés pour la liberté ! Gloire aux armées de nos vaillants alliés ! Gloire à l'Armée Rouge et à son chef le Maréchal Staline ! » Il est bon de préciser, que cette dernière citation, figure en deux fois plus gros que les trois autres.

- Que faisons-nous ? dis-je à Frida.

- Je ne nous vois pas travailler dans ces conditions ! Allons-nous mêler à la foule !

Nous descendons dans la rue sans attendre, pour retrouver un petit groupe de manifestants, qui bientôt en rejoint un second, puis un troisième. Sous le slogan « Hitler Kaput, Allemagne Kaput » nous nous retrouvons place de l'Opéra. Des gens entonnent « la Marseillaise », les soldats américains, répliquent au son du « Star spangled Banner ». Bien que nous soyons tous deux en civil, deux aviateurs nous entourent pour nous crier dans les oreilles : « Finished the war, gay Paris ! » Puis un monsieur aux tempes grisonnantes, s'adresse à Frida : « Mademoiselle, permettez à un combattant des deux guerres de fêter la victoire ! », puis lui pose un baiser délicat sur la joue. Les cafés et les brasseries aux alentours sont bondés, les garçons de cafés slalomant entre les consommateurs, font parfois tomber leurs plateaux. Pris dans l'ambiance, je finis par prendre Frida aux épaules pour éviter la bousculade.

Nos regards se rejoignent un instant d'un air de dire : « Nous n'allons pas faire ça ! » Hé bien si, nous le faisons. Nos lèvres se rejoignent, pour un baiser fougueux au milieu de la foule.

Mercredi 9 mai, nos voitures arrivent à Fresnes vers une heure du matin. Pour éviter de donner l'alerte, nous stoppons nos véhicules 300 mètres avant la prison. La plupart de nos collègues sont armés de mitraillettes et nous avons tous chaussé des espadrilles, pour nous déplacer à pas feutrés. Wybot, s'adresse à nous à voix basse :

- Je ne veux pas le moindre bruit ! Pas un souffle, pas un seul murmure ! On ne doit pas nous attendre, sinon les documents vont disparaître, avec l'eau de la chasse des toilettes !

Je pense en moi-même, alors que nous nous déplaçons à pas de loup, sous un ciel constellé d'étoiles, que c'est la première fois qu'un service de police, prend d'assaut une prison comme celle de Fresnes. Visiblement notre directeur, n'a pas trouvé d'autres moyens, pour découvrir « la cache du trésor ». Avant l'opération, le plan des lieux a été scrupuleusement étudié, notre point de chute est parfaitement identifié. Wybot a fait sortir la veille « Collin » son indic, sous prétexte de l'interroger. Il doit nous guider dans le dédale des couloirs de la prison. Accompagné de Boursicot* *(directeur de la sûreté),* nous brandissons à la sentinelle nos cartes de police.

- Je suis le directeur de la DST, accompagné par le directeur général de la Sûreté nationale, nous avons besoin d'entrer !

Au même moment, je sors de l'ombre, pistolet au poing, flanqué de deux inspecteurs mitraillettes menaçantes.

- Pas un cri ! Pas une geste ! dis-je tout en désarmant la sentinelle. Tu vas gentiment, sans esclandre, téléphoner à tes collègues, pour leur demander d'ouvrir la porte en grand ! L'homme s'exécute, nous pouvons pénétrer dans le calme et en toute discrétion, pour maîtriser l'ensemble des gardiens.

Nous finissons par découvrir le directeur de la prison, encore à moitié somnolent, vêtu d'un pyjama et d'une robe de chambre. Les policiers se déploient dans les différents bâtiments, nous attendons avec une certaine anxiété, les résultats de la fouille. Wybot, ne quitte pas de l'œil Boursicot, pour déceler d'éventuelles signes d'inquiétude. Ce dernier semble s'en amuser, il nous évoque ses aventures rocambolesques dans la résistance à Limoges. Le côté des gendarmes jouant aux voleurs, visiblement l'enchante.

Un événement inattendu, va troubler notre tranquillité. Alors que les hommes de la DST, viennent de confisquer une masse importante de documents, le préfet de police a été prévenu et « envoie la cavalerie », pour cerner à son tour la prison. Un imbroglio s'en suit, d'autant qu'aucun des policiers, ne veut croire que nous faisons partie de la DST. Wybot, commence à monter dans les tours :

- Mais enfin, il vous suffit de téléphoner au ministre de l'intérieur, il vous dira que nous sommes en service commandé ! les hommes de la Préfecture de Police, se montrent toujours aussi bornés, bien que le ministre ait donné son feu vert.

- Ce n'est pas suffisant, nous ne dépendons que du préfet de police !

Après avoir parlementé par téléphone avec le préfet, nous obtenons gain de cause, les membres de la P.P finissent par évacuer Fresnes. Wybot ne parait qu'à demi satisfait. Il fait embarquer en plus des documents, quelques détenus. Ma montre indique 3h00 du matin.

- Vous ne semblez pas entièrement content ! lui dis-je

- Non, nous ne savons toujours pas, de quel atelier clandestin sortent les faux papiers ! Rejoignez-moi vendredi matin rue des Saussaies !...

Chapitre 18 : Cérémonie avec « le Grand Charles »

M'étant couché à pas d'heure, je profite du jeudi pour faire la grasse matinée. Je me plonge ensuite dans la presse, qui revient presque entièrement sur la libération. « Libres » évoque Prague, ultime capitale européenne libérée. Sur le territoire national, les allemands ont rendu les armes dans les dernières villes encore occupées, La Rochelle, Lorient et Saint Nazaire. Ces trois bases sous-marines, offraient d'impressionnantes constructions en béton comme protections de défense. « L'Express » préfère titrer « sur le monde entier célébrant la victoire alliée en Europe ». La Une, est illustrée par des reportages et des photos sur des scènes d'allégresse, venant de Londres et Paris.

Vendredi 11 mai, enfin reposé je me présente comme prévu rue des Saussaies. Wybot m'attire dans une pièce comportant une glace sans tain. Un homme est assis à une table derrière la vitre :

- Qui est ce ? je demande.

- Le capitaine Cavailhé, je vais l'interroger en tête à tête, je voudrais que vous vous concentriez, sur ses réactions, ses réponses, afin qu'ensuite nous puissions débriefer ! Je considère, qu'il s'agit de l'âme du complot !

Wybot, rejoint ensuite tranquillement l'homme dans l'autre pièce.

Cavailhé, pense sans doute qu'il a été dupé par Collin, sa mise en confiance par Wybot, va être d'autant plus délicate :

- Je voudrais que vous m'expliquiez, le cheminement de cette organisation qui s'est montée en prison ! (*Wybot évoque le réseau « Friedenthal » sans le citer)* Quels sont ses moyens de correspondre avec l'extérieur ?

- Écoutez, Monsieur le Directeur, si vous voulez bien comprendre, il faut que je commence par le début, en revenant un peu en arrière !

Cavailhé se lance dans une longue tirade, qui n'a probablement qu'un seul but, gagner du temps. Wybot le laisse parler pensant qu'il va finir par s'épuiser, puis l'interrompt brutalement :

- Inutile de revenir trop en arrière ! je connais parfaitement toute votre histoire ! Nous n'allons pas discuter pendant des heures, pour ne rien dire ! Seul le présent m'intéresse ! Je veux récupérer la totalité des documents en votre possession et connaître les contacts que vous avez avec l'extérieur !

Le temps s'écoule, au bout d'une demi-heure, la situation semble se débloquer :

- Il n'y a pas d'organisation secrète ! J'ai tout inventé, même mes codétenus ne sont pas au courant !

- Admettons, par contre les documents, eux, sont bien réels ! Nous en avons trouvé non seulement sur vous, mais dans d'autres cellules !

- Ils proviennent de Suisse !

- Pensez-vous qu'ils soient authentiques ? naturellement Wybot sait déjà qu'il s'agit de faux.

- Authentiques ? Personnellement, je n'en sais rien ! Ce n'est pas à moi de les analyser ! À partir du moment où je les possède j'essaye de m'en servir ! Franchement, Monsieur le Directeur, à ma place vous ne feriez pas la même chose ?

Cavailhé, joue les anguilles, au moment où l'on croit le tenir, il vous glisse dans les doigts.

- J'avoue que je préfère être à ma place qu'à la vôtre ! Le problème n'est pas là, pour conserver un document de ce type, il vaut mieux connaître son histoire, pour pouvoir affirmer son authenticité…ou pas !

- Oui…peut-être…je ne sais pas ! Si les allemands cherchent à faire des documents de ce genre, je n'ai pas à en connaître les raisons !

- Très bien, abordons le problème par l'autre bout ! Si vous me disiez que ces documents sont faux, fabriqués par untel ou untel, nous pourrions peut-être trouver un terrain d'entente ! Il s'agit de l'unique raison, de votre présence devant moi aujourd'hui !

- Les noms ? Je ne les connais pas !

- Ah bon ? Vous essayez de mettre en circulation des papiers sensibles auprès d'une puissance étrangère, sans en connaître les contacts ?

- Je peux simplement vous dire, qu'ils ont été tapés en dehors de la prison !

- J'ai vraiment l'impression capitaine Cavailhé, que vous me faites perdre mon temps ! Je vais être dans l'obligation d'aller chercher ailleurs, les informations qui me manquent aujourd'hui…tant pis pour vous !

- Je ne suis pas une balance !

- Il ne s'agit pas de balancer… mais simplement d'évoquer !

Cavailhé finit par craquer, il livre un nom, les faux sont bien fabriqués à Fresnes, par des détenus en passe d'être condamnés à mort. Le capitaine demande simplement que son nom ne soit pas cité. Wybot, confirme que ce n'est pas dans son attention, d'autant que cela ne lui serait d'aucune utilité.

175

Notre débriefing avec le patron n'a pu lieu d'être, une seconde perquisition a lieu dans les locaux de la prison.

Le matériel des faussaires se compose d'une simple imprimerie d'écolier. Les détenus, travaillent pour Cavailhé, ce dernier a tout imaginé du début à la fin, pour discréditer des hautes personnalités, dans une sorte de piège diabolique.

Mardi 17 mai, 10 jours après la capitulation de l'Allemagne à Reims, les derniers combats en Europe, cessent à Belgrade. La dernière poche de résistance, se rend près de Slovenjgradec, en Yougoslavie. Les jours qui suivent, voient l'arrestation des principaux chefs Nazis et le procès de la collaboration redevient d'actualité en France.

Tournant décisif, le 23 mai en Allemagne mais aussi en Grande Bretagne. 48 heures plus tôt, le parti travailliste, retire son soutien au gouvernement de coalition, la démission de Winston Churchill devient inévitable. Les parlementaires de gauche anglais, ont-ils la mémoire courte, après l'investissement sans retenu et décisif « du vieux lion », pendant les cinq années de guerre ?

À Flensburg, une autre pièce se joue, l'amiral Donitz, successeur d'Hitler et Albert Speer sont arrêtés. Heinrich Himmler, 44 ans, lui ne verra pas son procès, il s'est suicidé en avalant une fiole de cyanure. D'autres allemands connaissent un sort plus heureux. Werner von Braun, l'inventeur des terribles fusées V1 et V2 est embarqué pour les États-Unis avec son équipe de scientifiques. Dans un autre registre, Reinhard Gehlen, un des rares généraux à avoir échappé à l'épuration de l'opération Walkyrie (*attentat contre Hitler),* trouve également refuge auprès des américains, grâce aux dossiers qu'il a pu conserver sur des agents allemands, opérant en Union soviétique.

Vendredi 25 mai, en prenant mon courrier, une lettre en provenance du Ministère de la Guerre, attire plus particulièrement mon attention. Il s'agit d'une invitation à participer à la cérémonie de l'appel du 18 juin du Général De Gaulle, devant se dérouler place de la Concorde.

Le carton d'invitation, est accompagné d'une lettre à mon attention avec l'entête suivant : « Décret portant attribution de la Croix de la Libération ».

Sur proposition du ministre de la Guerre et du Ministre de l'Intérieur, vu l'ordonnance N°7 du 16 novembre 1940, créant l'Ordre de la Libération, vu l'ordonnance du 7 janvier 1944, relative à l'attribution de la Croix de la Libération, vu l'avis du conseil de l'Ordre de la libération du 2 mai 1944, décrète :

Article 1er, la Croix de la Libération est décernée au : Capitaine Fixin Malet, qui devient Compagnon de la Libération pour le motif suivant : S'est illustré sur la période de septembre 1941 à juin 1944, sur les différentes missions qui lui ont été confiées en France et au Royaume-Uni. Le capitaine, a toujours manifesté dans ses fonctions, des qualités de dévouement, de courage, avec un sens aigu des responsabilités. Article 2, Le ministre de la Guerre et le Ministre de l'Intérieur, sont chargés, chacun en ce qui le concerne, de l'exécution du présent décret qui sera enregistré et communiqué partout où besoin sera. Paris, le 21 mai 1944, signé Charles de Gaulle.

Lorsque j'annonce la nouvelle à Mathilde, mon épouse semble plus heureuse que moi. Je n'ai jamais couru après les honneurs et mes deux précédentes distinctions, m'ont laissé un souvenir mitigé. J'ai connu le pire, en recevant par la poste sur mon lit d'hôpital à Compiègne, la Croix de Guerre, alors que l'on attendait le bruit des bottes allemandes sous nos fenêtres *(voir les sacrifiés de l'an 40)* puis le meilleur, avec la remise de la Médaille Militaire à Londres par le Général De Gaulle *(voir La grande invasion)*.

Mercredi 30 mai, le général De Gaulle remanie son gouvernement. Pierre Henri Teigen, devient Garde des Sceaux, pendant que Jacques Soustelle, prend le portefeuille de Ministre de l'information. Le lendemain en Autriche, l'ancien chef des SS et de la police du district Odilo Globocñik, se suicide par absorption d'une capsule de cyanure lors de son arrestation par une patrouille britannique.

Nous sommes le 6 juin, outre le jour anniversaire du débarquement, ma fille Marie, fête ses deux ans, pour l'occasion nous avons prévu une grande réunion de famille à Colombes, pour le week-end prochain. Sa Marraine Marie Thérèse, sera bien présente avec son parrain Sylvain et sa deuxième mamie Georgette.

Comme prévu lors de la conférence de Yalta, la commission de contrôle interalliée chargée d'administrer l'Allemagne, s'est réunie à Berlin pour rédiger sa première proclamation. Le « partage du pays » divisé en quatre zones d'occupation, tout comme la capitale Berlin, sera administré par des représentants, américains, anglais, français et soviétiques. Le texte, réaffirme la défaite complète de l'Allemagne, portant l'entière responsabilité du conflit et revendique le contrôle du pays sous tous ses aspects. Les limites des zones d'occupation par les Alliés, restent à définir. Néanmoins les grandes lignes sont déjà dessinées. L'URSS occupera la zone Est, pendant que la Grande Bretagne profitera du Nord-Ouest, les États-Unis et « le parent pauvre » la France la zone Ouest. Les limites des frontières allemandes, reviendront à celles existantes au 31 décembre 1937, amputées de la Prusse Orientale.

5 ans après, je réponds à l'appel du 18 juin, pour cette fois sur les Champs Elysées. Terminés les uniformes « feldgrau » défilant au pas cadencé. Une tribune a été dressée devant l'Obélisque de la place de la Concorde. Je suis assis au deuxième rang avec les récipiendaires, dont Daniel Cordier « Alain », fait partie. Les membres des familles présentes, sont assis tout en haut de la tribune. Entre les deux, nous retrouvons différentes personnalités, hauts fonctionnaires, membres DGER, comme Passy, Manuel et mon ami Raymond Landrieux. Pour une fois, « ils cohabitent » avec mon directeur. J'imagine bien Wybot « le Rebelle », contraint et forcé, de représenter la DST aujourd'hui. Le premier rang est occupé par plusieurs ministres, ainsi que des ambassadeurs de plusieurs pays. La voiture officielle, escortée par des motards se range au pied de la tribune.

Le Général, apparaît tel que je l'avais quitté deux ans auparavant à Londres. Il est toujours vêtu de son éternel uniforme de général de brigade et coiffé d'un « képi de campagne » portant les deux étoiles. Il descend d'un pas lent du véhicule, suivi par le sultan du Maroc, pour se diriger vers les fauteuils dorés du premier rang. Puis il se tourne solennellement vers l'Arc de Triomphe, la cérémonie peut commencer.

Si ma mémoire ne me fait pas défaut, la météo du jour de la cérémonie de 1945, rejoint celui de la défaite de 1940.

Il fait un soleil radieux. La musique de l'armée, joue des marches militaires, dont je n'ai plus entendu le son depuis bien longtemps. Au même moment descendent des Champs Elysées, troupes à pied, fantassins, chasseurs, marins et aviateurs, représentant des trois armes. Les troupes motorisées de la deuxième D.B, Leclerc en tête sur son char « Tailly » clôt le défilé. Un brin de nostalgie m'envahit, en pensant aux quelques compagnons « de ma campagne d'Alsace » figurant dans le cortège.

La pression monte en moi, des personnes du protocole, nous font mettre en ligne pour la remise des décorations, je me retrouve au milieu de la file. Je pense que ce n'est pas la plus mauvaise place. Être situé au début ou à la fin, m'angoisserait j'ai envie de passer inaperçu. D'ailleurs le général me reconnaîtra-t-il ? Le faste de la cérémonie n'a rien à voir, avec celle que j'ai vécue au 4 Carlton Gardens en février 43. La foule nombreuse et les personnalités, vont bientôt tendre leurs regards vers moi. Je ne sais si c'est la chaleur, ou l'émotion, mais j'ai les mains moites et une perle de sueur, commence de dégouliner de mon front.

Le général, garde toujours le même rituel répétitif. D'abord un salut, puis il accroche la médaille, avant de donner une poignée de main suivie de cette phrase laconique : « Heureux de vous avoir connu ! » Cette fois il arrive à ma hauteur, j'ai l'impression qu'avec moi, il prend un temps infini. Je ferme les yeux, je sens la décoration qui s'accroche à mon uniforme.

J'ouvre les paupières, je devine son regard narquois se poser sur moi : « Ah, capitaine Fixin... je vois que vous avez appris à coudre ! » *(Voir la Grande Invasion).* Puis le Général passe au suivant.

La Cérémonie se conclut ensuite par un vin d'honneur à Matignon. Wybot en profite pour s'éclipser, après m'avoir félicité. Nous nous retrouvons avec Raymond, Mathilde et moi à discuter. « Ma chère et tendre » y va de sa perfidie :

- Alors Raymond, comment va Monique ? L'as-tu revue ? Landrieux sourit.

- Oui je me suis rendu à Sedan, la semaine dernière ! Son appartement sous les toits est très sympa ! Mathilde explose de rire, sous le regard étonné des invités nous entourant.

- Ah oui et son lit très intime ! Raymond passe par toutes les couleurs, puis il s'efforce de changer de sujet.

- Dis donc Pierre, dans la tribune, Passy et Wybot ne parlaient que de ta petite personne ! Tes oreilles ont dû siffler !

- Ah bon ! Qu'est-ce qu'ils se sont dit ?

- André est revenu à la charge, pour essayer de te récupérer à La DGER ! Naturellement Wybot, n'a rien voulu entendre ! De Gaulle est là, tu pourrais lui en toucher un mot ! je goûte très moyennement, le deuxième degré de Raymond.

- Je n'ai pas envie d'être en conflit avec les uns et les autres ! Qu'ils se débrouillent entre eux !

Puis Daniel Cordier nous rejoint. Bien que nous ne nous soyons rencontrés que deux fois, « Alain », garde un souvenir très précis de nos échanges. Il est vrai que la réunification des réseaux de résistances du 27 mai 1943, sous la présidence Jean Moulin ne peut s'oublier. Je trouve l'ancien secrétaire de Moulin terriblement sombre.

- Je vous ai senti particulièrement ému, pendant la cérémonie ?

- Je ne peux m'empêcher de penser aux personnes disparues, qui auraient du être présentes pour cette cérémonie ! ... À « Max », en particulier !

Sa voix se brise en prononçant son nom. Pour Alain, Jean Moulin, reste éternellement « Max » ou « Rex ». Ensuite il ajoute :

- Je suis au supplice, en même temps que défile dans ma tête, les déportés... les morts !

Puis il s'éloigne en se mouchant discrètement, sans doute par pudeur et pour éviter que nous sentions un peu plus son désarroi. Landrieux en profite pour revenir sur l'actualité.

- Les tribunaux ne vont pas manquer de travail, entre les procès de Pétain de Laval, sans parler de tous les autres !

- J'espère que nous allons parler de justice et non de vengeance ! Je crains que nous confondions vitesse et précipitation, avec des jugements expéditifs ! Mathilde goûte peu notre conversation.

- Dites les garçons, vous ne voulez pas parler d'autres choses ! Nous sommes censés, être dans un moment festif non ?

Notre entretien s'arrête net, le général du Gaulle intervient pour un discours. Il revient sur le rôle essentiel de la résistance française dans la victoire des alliés et sur la nécessité de retrouver une France unie et apaisée. Dans un tel contexte, le général passe totalement sous silence la collaboration.

La deuxième partie du mois de juin, en dehors de la guerre qui fait toujours rage en Asie, est consacrée à la politique française intérieure. François Mitterrand, crée l'Union Démocratique et Socialiste de la Résistance (UDSR). Le mouvement, comprend des résistants excluant les communistes. Lors du Xe congrès du PCF, Maurice Thorez réagit, en proposant la fusion des partis Communiste et Socialiste. De son côté, Léon Blum rejette l'offre d'unité du parti Communiste.

Si la guerre est finie, les problèmes subsistent toujours. Une ordonnance sur le blocage des prix et la lutte contre le marché noir, voit le jour.

Mercredi 4 juillet, l'armée d'occupation arrive à Berlin. Devant des milliers de berlinois, venus en curieux assister au spectacle, les troupes anglaises sont les premières à s'installer. Il a fallu naturellement l'autorisation des soviétiques, pour que le 11e régiment de hussard et la 7e division blindée, puissent pénétrer dans l'ex capitale du Reich.

De notre côté, la DST est confrontée à un afflux de collabos réfugiés en Allemagne et rapatriés en France pour pouvoir être jugés.

Certains soupçonnés, de détenir encore des secrets d'état, doivent d'abord passer entre nos mains, avant d'être présentés devant une cours de justice...

Chapitre 19 : Le tortionnaire amical.

Lundi 9 juillet, je suis présent rue des Saussaies à la demande de Wybot. Les différents bureaux et salles d'interrogatoire, sont pris d'assaut par des policiers interrogeant différents suspects. Le directeur m'attire dans son bureau. Sur une table en retrait, j'aperçois une montagne phénoménale de liasses, de coupures de banques. On y voit de tout, des Francs, Livres Sterling, Lires, Pesetas et même des Dollars. L'ensemble, voisine avec des lingots et des pièces d'or, ainsi que des bijoux de valeur. J'interroge Wybot :

- Nous sommes ici, dans la caverne d'Ali Baba ! D'où vient tout cet argent ?

- De la saisie sur les suspects, que nous interrogeons actuellement ! L'objectif, est de remettre tous ces trésors dans les mains de magistrats qualifiés !

- Oui sans aucun doute ! Où est le problème ?

- J'ai appelé le parquet qui n'en veut pas, au prétexte qu'on ne peut rattacher ces fortunes à aucune affaire précise ! De ce fait, j'ai demandé à Mangin, d'entreprendre des démarches pour retrouver les propriétaires de ces biens ! Nous devons trouver avec les Finances, un service qui veuille bien accepter ces richesses, et en attendant, il faut bien les stocker !

- Effectivement, mais vous possédez bien des coffres ici ?

- Je préfère éloigner le butin, du lieu la saisie ! Donc, nous allons évacuer le trésor dans les coffres de la rue des Tourelles ! Comme je veux le faire dans la discrétion la plus absolue, pas question de demander à des convoyeurs de fonds de réaliser l'opération !

- Je suppose que vous m'avez fait venir à cet effet ?

- Tout à fait ! J'ai fait enregistrer soigneusement, toutes les pièces confisquées, qui font l'objet d'un procès-verbal régulier ! Désormais, une voiture patientera à l'arrière du bâtiment, avec chauffeur et deux policiers en armes ! Je vous attends demain matin, pour que vous me fassiez un compte rendu de votre action !

Une fois la 15 cv Citroën familiale chargée, nous prenons la route. Comme il s'agit de ne pas se faire remarquer, nous n'avons pas d'escorte de motards et le chauffeur, s'efforce de respecter le code de la route. 10 à 15 minutes tout au plus, nous séparent de notre destination. Tout se passe bien, jusqu'à ce que nous soyons bloqués à un feu rouge, alors qu'un car de gardes mobiles stationne à proximité. Un des agents, qui a du apercevoir une de nos mitraillettes, s'approche et en quelques secondes notre véhicule se voit cerné, sous la menace des armes des gardes mobiles. Je m'adresse au plus proche d'entre eux, qui se trouve être le plus gradé :

- Tous doux ! Nous sommes de la DST, Capitaine Fixin Mallet, je vais sortir doucement ma carte de police et vous allez nous laisser passer tranquillement ! L'homme regarde mes papiers d'une manière suspecte, comme s'ils s'agissaient de faux documents.

- Que faite vous là ? Pourquoi êtes-vous armés jusqu'aux dents ? le ton monte.

- Je n'ai pas à vous répondre !

- Veuillez sortir du véhicule, en laissant vos armes et m'ouvrir le coffre !

J'entends distinctement, le bruit de culasses que l'on arme. J'ai peur que nous ne soyons au bord de la fusillade et que mes gars dans la voiture, réagissent violemment.

- Il n'en est pas question ! Vous savez très bien que vous n'avez pas le pouvoir de me demander cela, sans une commission rogatoire, signée en bonne et due forme, par un juge !

- Si c'est nécessaire, je vais m'en procurer une !

- Ah bon ! Vous vous sentez les épaules assez larges, pour faire une telle demande envers des policiers de la DST ? l'homme bredouille.

- Vous profitez de votre position !

- Dites, vous n'allez pas me la jouer à l'envers ! Si vous insistez, je vous fais muter aux Kerguelen !

Cette fois, le sous-officier a compris qu'il risque gros. Il fait baisser les armes à ses collègues et nous fait signe de circuler, sans plus de commentaire. La suite de notre déplacement, se passe sans anicroche. Une fois sur place rue des Tourelles, Frida nous aide à décharger le butin, pour le ranger dans les coffres. Elle aperçoit les bijoux et soudain son visage s'éclaire. L'opération terminée, mes trois escortes prennent congés. Le chef Dupire, en profite pour s'adresser à moi, en prenant sa voix de minette :

- Capitaiiine, je pourrais juste avoir une petite bague ? je rentre dans son jeu.

- Mais enfin sergent, vous ne voudriez pas que mon épouse Mathilde, soit jalouse ! Frida reprend sa voix normale, tout en jouant du premier et du second degré.

- Non, vu sous cet angle, c'est déjà le cas ! Et puis, nous ne sommes pas obligés de le lui dire ! N'est-ce pas ?

- Bon pour amortir le choc, je pourrais aussi offrir un bijou à Mathilde, si nous n'étions pas dans du détournement de biens et de l'abus de confiance !

- Oui, je plaisante naturellement ! Je sais, que nous risquons 10 ans de prison, sans parler de l'amende qui va avec ! D'un autre côté capitaine, si vous passez place Vendôme, n'hésitez pas à me faire un petit plaisir !

- Je ne vous cache pas, que la question ne se pose même pas, vu ma modeste solde de capitaine !

- Vous savez que le capitaine Landrieux, à votre mariage, m'a fait des avances, il était prêt à me couvrir d'or !

- Vous plaisantez toujours, je suppose ?

- Pas du tout ! Le capitaine est drôle et gentil, mais ce n'est pas mon genre ! Il est beaucoup trop petit ! Moi, j'aime les grands bruns, athlétique ! me dit-elle avec un regard de biche. Je m'efforce de donner le change.

- Sacré Raymond ! Décidément, il a le désir d'être cajolé par toutes les femmes !

De retour à Argenteuil, j'ai besoin d'éclaircir toute cette histoire. Non pas par jalousie, mais je trouve que Landrieux dépense beaucoup d'argent, alors que je ne pense pas qu'il possède une fortune personnelle considérable. Marie, se précipite dans mes bras avant sa maman, comme tous les soirs, dans une sorte de petit jeu, de celle qui arrivera la première, pour le premier bisou de la soirée.

- Dis donc ma chérie, tu n'as pas eu de nouvelles de Monique depuis notre mariage ?

- Tu sais très bien que non ! Pourquoi, cette question ?

- J'aimerais que tu te renseignes discrètement, pour savoir si Raymond a offert à Monique, un bijou de grande valeur ? Mathilde éclate de rire.

- Pourquoi ? Tu es de la police ?

- Non, non ! Je suis très sérieux, je t'expliquerai plus tard !

- Très bien, je me renseigne dès que je peux !

- Oui sans vouloir te bousculer, c'est très important ! Je ne voudrais pas que Raymond, se mette dans une situation délicate ! Je te rassure, ça n'a rien à voir avec Monique !

Mardi 10 juillet, il règne rue des Saussaies, une activité tout aussi intense que la veille. Wybot, épluche dans son bureau, un certain nombre de compte- rendus rédigés par les policiers, sur les suspects mis en garde à vue :

- Bonjour Grenelle ! Mission accomplie, je suppose ?

- Oui ! J'ai eu simplement quelques mots, avec un sous-officier des gardes mobiles, qui voulait s'interposer en fouillant notre véhicule ! Wybot sourit.

- Je suis déjà au courant ! La Préfecture de Police m'a appelé ! Le gars pensait réellement, que vos papiers étaient faux ! Visiblement, vous l'avez traumatisé ! Dites-moi, avez-vous déjà procédé à des interrogatoires serrés ?

- Disons qu'en 41, j'en ai plutôt subi que donnés ! (*Voir Nom de Code Grenelle*).

- Je dois confondre un cas intéressant, l'avocat André Weil-Curiel* ! Son nom vous dit quelque chose ?

- Vaguement ! Je dois l'avoir croisé au cours d'une soirée, organisée par Otto Abetz (*Ambassadeur d'Allemagne en France pendant le conflit),* lorsque je travaillais pour le BMA sur Paris en 1940 !

- Je ne suis pas surpris ! Il tutoyait Otto Abetz, qui l'avait invité pour les jeux Olympiques de Berlin en 1936, dans le cadre du comité d'amitié France-Allemagne ! D'obédience juive, en 1941, il a été arrêté par la Gestapo, puis libéré dans des conditions troublantes !

- Sur intervention d'Otto Abetz, je suppose ?

- Peut-être, mais avec une contrepartie certainement ! Les allemands, lui ont confié de remplir une mission de liaison avec la zone sud ! Weil-Curiel a ensuite rejoint Londres ! De là à penser, qu'il ait pu jouer les agents doubles en faveur de l'Allemagne, il n'y a qu'un pas à franchir !

- Je suppose, que vous comptez l'interroger rapidement ? Wybot, semble gêné aux entournures et met quelques secondes avant de me répondre.

- Le problème c'est que De Gaulle a eu vent de l'affaire ! Il m'a demandé, de ne pas lui mettre une nouvelle affaire Dreyfus sur les bras !

- Dans ces conditions, que comptez-vous faire ?

- J'ai sous le coude, un certain « Rocher », que Weil-Curiel a côtoyé de très près ! Je compte qu'il m'apporte, les réponses que j'attends !

- Je ne pense pas, vous être d'une quelconque utilité sur le sujet ? Wybot se décontracte.

- Vous connaissez ma réputation ? je feins de ne pas comprendre

- Vous savez très bien que je ne m'occupe pas des commérages, je m'en tiens uniquement aux faits !

- Je suis soi-disant, « la terreur de Duke Street » ! L'homme qui passait à tabac, les suspects pendant les interrogatoires ! De ce fait, j'ai besoin de vous comme témoin ! Je vous demande simplement de ne pas intervenir ! Ensuite, vous pourrez toujours me faire part de vos impressions

Nous voilà tous les trois réunis dans une salle d'interrogatoire. Le fameux Rocher, se retrouve, assis, à la table face à Wybot, pendant que comme un fait exprès, de côté sur une chaise, je suis tapi dans l'ombre. La pièce close, ne dispose pas de fenêtre et se voit faiblement éclairée, d' une simple lampe de bureau, alors que le plafonnier reste éteint. Je sens que le suspect, s'inquiète plus de ma présence, que celle de « l'inquisiteur à l'œil froid », représenté par Wybot.

La mise en confiance commence. Mon cher directeur, sans le moindre pense bête, énumère le parcours de Laroche, opérateur radio dans la résistance. Il le presse de questions sur son réseau, les habitudes de ses camarades, l'arrestation de ses amis de la « Confrérie Notre Dame ». Wybot, débite toujours ses paroles sur le même ton neutre, sans jamais évoquer le nom de Weil-Curiel. J'ai la nette impression, que l'interrogatoire ronronne sans but précis.

Le directeur ne conteste rien de son récit, il acquiesce souvent, opine régulièrement du chef pour confirmer. Tout d'un coup, Rocher sort une phrase en contradiction avec son récit précédent. Je sens que le poisson vient de mordre à l'hameçon, le directeur de la DST, n'a plus qu'à le ferrer. Au contraire, Wybot, ne bronche pas. Je me dis que ce n'est pas possible, de laisser passer une occasion pareille, je me mors la langue pour ne pas intervenir. Je suis prêt à bondir en clamant « Vous venez de vous contredire ! »

Au contraire, mon directeur, toujours aussi amical, continue de le rassurer, feignant de ne rien avoir entendu. Paradoxalement, Rocher a dû se rendre compte de sa bourde et montre des signes de nervosité. De mon côté, je me contente de prendre des notes sur le bloc que j'ai posé sur les genoux. Je me dis, qu'il sera toujours temps de les soumettre à Wybot, après l'interrogatoire.

L'entretien perdure durant plus de deux heures. Le bavardage continue, à aucun moment Wybot ne cherche à le brusquer. Rocher, continue de détailler son évasion rocambolesque, alors que 90% des membres de son réseau, ont été fusillés ou déportés. Pour moi, il n'y a plus aucun doute, ce type a travaillé pour les allemands. L'interrogatoire surréaliste continue :

- Voulez-vous faire une pause ? Vous avez l'air fatigué ! même Rocher, semble surpris par la question.

- Euh...non ! Ça va aller !

- Mais si ! Grenelle, faites donc monter de la bière et des sandwichs !

Je m'exécute le plus rapidement possible, en passant les consignes à l'accueil, je ne veux rien perdre de la suite. Wybot, qui ne fume que la pipe, propose une cigarette à Rocher, qui l'accepte et la prend dans le paquet, tout en tremblant. Le garçon de la brasserie proche, arrive avec un plateau comprenant trois sandwichs, autant de bière et des tartelettes.

-   Choisissez ! lance Wybot à Rocher.

Chacun se tait, nous n'entendons plus que le bruit de nos mastications. Je continue d'observer Rocher. Tout à sa réflexion ce dernier ne semble pas manger de bon appétit. Il finit par briser le silence :

-   Avec ce que je viens de vous dire, je risque de ne pas rentrer ce soir chez moi ?

Wybot ne répond pas, il fait un signe de la tête comme s'il n'avait pas saisi la question. Je viens de comprendre, depuis le début, « le gros matou », joue avec « la toute petite souris ». Rocher, essaye de s'accrocher à son histoire, s'embrouillant un peu plus au fil des phrases. Il nous parle d'un lieu, où il n'était pas censé être présent. Son teint devient livide, Rocher vient de se piéger lui-même. Wybot, caustique lui lance :

-   Vous reprendrez bien un peu de café, pour vous remettre ? cette fois Rocher essaye de rentrer en négociation.

-   Là, j'ai aggravé mon cas, n'est-ce pas ? je risque peut-être deux mois de prison ?

Imperturbable, Wybot ne réagit pas. D'une voix toujours égale, sans cri, sans menace, il l'invite à poursuivre ses explications. Le suspect, finit par lâcher une partie de la vérité, puis s'interrompt :

-   Dites-moi, cette fois je risque gros ? pour une fois Wybot lui répond directement.

-   Au point où vous en êtes, vous feriez mieux de tout nous dire !

Nous sommes en fin d'après-midi, Rocher, répond sans réserve à toutes les questions, même les plus gênantes. Ce héros supposé, depuis la libération de Paris, est bien un agent double, qui a trahi en donnant l'ensemble de son réseau. Wybot, prend son téléphone, pour demander sa mise sous écrou provisoire à la Santé. Nous débriefons ensemble, je reste perplexe :

- Vous avez eu plusieurs fois, l'occasion de le confondre ! Pourquoi avoir fait durer autant de temps, cet interrogatoire ?

- À la base, je n'ai rien contre lui dans le dossier, juste des soupçons ! Si je l'attaque d'entrée sur sa première contradiction, il va se cabrer et se fermer ! Ensuite tout devient plus compliqué, pour le faire parler !

- Au début, nous sommes bien d'accord, l'interrogatoire consiste à faire tomber Weil-Curiel ? Wybot sourit.

- Comme quoi, il ne faut jamais partir avec des préjugés ! Je vous confirme, que je me suis trompé sur ce point ! Weil-Curiel est blanchi !

Lundi 16 juillet, la face du monde est en train de changer. Une immense explosion d'une intensité inimaginable, déchire le ciel du désert d'Alamogordo au Nouveau-Mexique. Robert Oppenheimer, directeur du laboratoire responsable du projet « Manhattan Project », vient de réussir le premier tir nucléaire de la bombe atomique. Cette première charge au plutonium, correspond à l'explosion de 20 000 tonnes de TNT. Le sable se vitrifie, et un nuage en forme de champignon, s'élève à une altitude de 12 000 m. Ce succès scientifique à un coût, deux milliards de dollars au total, ont été dépensés depuis le début du projet.

Au même moment, les alliés se réunissent à Potsdam, dans la banlieue Nord Est de Berlin. Le palais le Cecilienhof, devient lieu de rencontre et comme en février dernier à Yalta, les français ne sont pas conviés. Avec pour ordre du jour, la paix dans les pays d'Europe et comment finir la guerre contre le Japon. Truman et Churchill, tombent rapidement d'accord, pour larguer la nouvelle bombe atomique sur les japonais, au cas où le « Pays du Soleil levant » refuserait de capituler sans condition. Staline se montre beaucoup plus mesuré, non pas par charité, mais simplement parce que l'URSS, n'est toujours pas entrée en guerre contre le Japon.

De retour à Argenteuil, Mathilde m'interpelle sur le couple Monique Raymond, ce qui m'était totalement sorti de l'esprit :

- Pierre, je te confirme que Raymond a bien acheté un bijou à Monique ! Il s'agit d'un magnifique bracelet de chez Van Cleef et Arpels !

- J'en étais sûr !

- Je ne comprends pas, tu as l'air furieux ? Tu devrais être content pour Monique, non ?

- Tu ne te rends pas compte, ce bracelet doit valoir une fortune ! Déjà notre cadeau de mariage, a dû lui coûter une blinde ! Je me demande, où il peut trouver tout cet argent !

En fait, j'ai déjà ma petite idée. En sa qualité de trésorier de la DGER, Raymond, manipule beaucoup d'argent, mais je me refuse de croire à une malversation de sa part. Il va falloir, que j'aie une petite explication avec lui...

Chapitre 20 : Haro sur le BCRA.

Mon premier réflexe, est d'inviter Raymond Landrieux pour un déjeuner en tête à tête au restaurant. Je lui propose pour plus de simplicité, une petite auberge discrète à proximité de la Rue des Tourelles et de la Caserne Mortier. L'endroit, se veut plus intimiste que notre brasserie habituelle. De plus en plus grand seigneur, Raymond, m'invite à « La chère et la chair ». Un resto gastronomique, réputé non seulement pour sa cuisine, mais également pour ses serveuses sulfureuses, toujours vêtues en petites tenues. Je refuse poliment, en lui expliquant qu'en ce moment, mon temps est compté. Nous convenons, de nous retrouver jeudi prochain à midi.

Mercredi 18 juillet, pendant que les policiers de la DST, continuent de chasser les traîtres et les collabos, la justice, s'occupe de faire le procès des pontes vichyssois. Nous sommes à une semaine du début du procès du Maréchal Pétain, une campagne de presse bien orchestrée, met la pression sur les juges. Sur les murs de Paris, est placardée une affiche détournée, montrant Pétain serrant la main d'Hitler, en lui offrant un amas de cadavres français. Le tout étayé par des articles, dénonçant le confort dont jouit « le traître et sa femme ». Sous un intitulé « Montrouge Palace », un journal décrit les deux prisonniers faisant bombance.

Devant ce torrent de fiel, l'Assemblée Consultative s'émeut et désigne, six membres, trois hommes et trois femmes, pour confirmer ces dires. En se rendant au fort de Montrouge, les parlementaires peuvent constater, que le confort trois étoiles, pour le Maréchal et son épouse, se limite à un grabat composé d'une paillasse, reposant sur des planches de bois.

Jeudi 19 juillet, j'arrive le premier à la petite auberge, sous la chaleur de l'été je décide de commander un pastis pour patienter. Landrieux tout guilleret arrive peu après. Je demande à l'aubergiste de nous servir un deuxième verre.

- Ah oui Pierre, il me faut au moins ça !

- Pourquoi ? Nous devons fêter quelque chose de particulier ?

- Non, mais je ne me suis jamais senti aussi bien ! Je vis sur un petit nuage ! Je regrette, que tu n'aies pu te rendre disponible, pour que nous puissions passer un moment agréable à « la chère et la chair » !

- Raymond, je te rappelle que je suis jeune marié ! Je suppose que tu as revu Monique ?

- Oui, je lui ai fait profiter de ses vacances scolaires ! Elle est venue passer trois jours sur Paris, le week-end dernier !

- Je vois ! Et à part, le tour des joailliers, qu'est-ce que vous avez fait de beau ? Raymond perd de sa bonne humeur, et commence à s'interroger.

- Je ne vois pas où tu veux en venir ? Nous avons pris une chambre au Georges V, et nous avons passé d'excellents moments ensemble !

- Je suppose, que tu continues à lire la presse ?

- Oui bien sûr, où est le problème ?

- Pour l'instant, les journaux font une fixation sur le procès de Philippe Pétain, je ne voudrais pas que le procès de la collaboration, dérive par la suite sur le procès de la résistance en général et celui du BCRA en particulier !

- Qu'est ce qui te fait penser, que nous pourrions assister à une telle dérive ?

- « L'humanité », dénonce régulièrement, les soi-disant pratiques du BCRA à Londres pendant la guerre ! Mais c'est beaucoup plus grave ! La DST a pu identifier, des proches du PCF, s'infiltrant dans des parties comme le M.L.N ! *(Mouvement de Libération Nationale) (Historique).*

- À qui penses-tu en particulier ?

- Plus particulièrement à Pierre Hervé*, à Maurice Krigel-Valmiront* et à Victor Leduc* ! Bien sûr ils s'en défendent tous ! Sauf que Pierre Hervé, depuis, est devenu éditorialiste à « l'Huma » ! Bref tous ces élus, qui balancent entre deux tendances, ne peuvent apporter que la discorde, au milieu de la solidarité nationale !

- Oui, j'entends bien, mais quel est le rapport avec le BCRA ?

- Du BCRA à la DGER, il n'y a qu'un pas, qui peut être franchi facilement ! Imagine que les élus du PCF et ses « nouveaux affinitaires », réussissent à dégager une majorité à l'assemblée, pour faire diligenter une enquête interne sur le BCRA ! Dans ce cas, ils vont tout éplucher, non seulement les actions du BCRA et de la DGER, mais aussi tous les comptes ! Je tiens à te mettre en garde ! Landrieux pâlit et baisse la tête, comme un gamin pris en faute.

- Pierre, j'ai bien saisi le message ! Je vais faire attention !

- Peux-tu me dire, qui est au courant de tes tripatouillages ? Raymond jusque-là calme, élève le ton.

- Personne Pierre !... Je te jure !... Même pas Passy, ni Manuel !

- Encore heureux ! Et à part, notre cadeau de mariage, le bracelet de Monique et tes nuits au Georges V, quelles autres dépenses, dois-je connaître ?

- Non... enfin si, ... un manteau de fourrure, pour Monique, quelques bricoles, des restos... des cadeaux plus modestes pour la famille !

- Je suppose, que tu n'as pas les moyens de rembourser ?

- Tu es trop bien placé, pour savoir le montant de la solde d'un capitaine !

- Bon, comment t'arranges-tu pour les écritures ?

- Avec les déplacements à l'étranger de Passy, entre autres, un volume d'argent important circule ! Je noie le tout dans la masse !

- Inutile de te dire, que ce petit jeu est désormais terminé !

Raymond ne répond pas, mais j'ai compris qu'il a bien capté le message. La fin de notre repas, que je règle sans état d'âme, se poursuit dans la plus grande tristesse. Au moment de le quitter, pour lui montrer que je ne lui en veux pas. Je l'embrasse sur les deux joues, en lui glissant à l'oreille : « Plus de connerie Raymond, prend soin de toi...et de Monique ! »

Le soir à Argenteuil, Mathilde, me demande naturellement des nouvelles de ma journée et des précisions concernant Raymond. Ne voulant pas l'alarmer, je passe rapidement sur le sujet : « Pour l'argent, je me suis inquiété pour rien ! Raymond, a touché un petit héritage, qu'il a simplement croqué un peu trop rapidement ! »

Paris 23 juillet, le procès Pétain s'ouvre devant la Haute Cour de justice. Elle se compose de 5 magistrats, sous la présidence de Pierre Mongibeaux, de douze jurés parlementaires, ayant voté contre les pleins pouvoir à Pétain le 11 juillet 1940. Douze autres membres, issus de la Résistance sont désignés par l'Assemblée Consultative. Dès le lendemain, le « Figaro » rend compte des premiers débats. Le Maréchal en grand uniforme, a lu une déclaration en partie dictée par ses avocats, énonçant « que l'Armistice de juin 1940 a sauvé la France ». Il indique ensuite, qu'il ne s'exprimera plus pendant le procès. Paul Reynaud, dépose le premier.

Si l'ancien président du conseil, ne ménage pas l'accusé, sur les responsabilités de l'ancien chef de l'État, il dénonce également, l'incapacité du Général Weygand, dans l'organisation de la défense du territoire.

Avec cette actualité brûlante, les obsèques du poète Paul Valéry passent au second plan. Ce n'est pas le cas de la Conférence de Postdam. Avec la défaite surprise de Winston Churchill aux élections en Angleterre, le travailliste Clément Attlee 62 ans, lui succède et se présente désormais aux côtés de Staline et de Truman. Un désaccord naît, sur le partage des « dépouilles » de l'Allemagne. Les soviétiques, revendiquent 56% du contrôle du territoire dont toute la zone qu'ils occupent actuellement, la Grande Bretagne et les États-Unis se partageraient à hauteur de 22% chacun, le reste. Quid de la France, dans ce scénario ?

Mardi 31 juillet, à Baden-Baden en fin de matinée, un Junker 88 atterrit en provenance de Barcelone. Le passager qui en descend accompagné de son épouse, se livre aux troupes américaines. Il s'agit de Pierre Laval. L'homme « à la cravate blanche », bronzé par le soleil catalan, apparaît terriblement amaigri, conséquence probable d'un cancer de l'estomac. L'ancien chef de gouvernement, a quitté Sigmaringen fin avril, avec l'espoir de passer en Suisse mais a trouvé finalement refuge en Espagne, où il est assigné à Résidence le 2 mai au fort de Montjuich. L'ancien châtelain de Châteldon, devient rapidement un locataire bien gênant, pour le Général Franco. Ce dernier, déjà mis au banc des nations, prie Laval de quitter le pays. Après avoir envisagé de gagner l'Irlande, Laval décide de se rendre aux autorités françaises.

Dans un communiqué, le 3 août, le gouvernement français regrette de ne pas avoir été associé aux travaux de Postdam. Néanmoins, il accepte de participer à la future conférence de Londres.

Mes dernières vacances, remontent au mois d'août 1939 à Dieppe *(voir Les sacrifiés de l'an 40)*. Six ans plus tard, je réussis à obtenir deux semaines de congés, avec pour objectif de faire découvrir la mer à la petite Marie. Parmi les quelques offres de location proposées par les journaux, une petite maison au loyer modéré, près de la plage au Touquet, retient notre attention.

Une fois sur place, nous déchantons bien vite. Si la maisonnette à 200 m de la plage, se montre bien agréable, les stigmates des bombardements de juin 1944, sont encore bien présents. Le Royal Picardy, hôtel de grand luxe construit en 1929, fierté de la ville avec plus de 200 chambres, se voit condamné par un danger d'éboulement. Pire, seule une petite partie de la plage est ouverte, aux rares vacanciers. La partie la plus importante, reste interdite et des chevaux de frise en indiquent les limites *(Barrières métalliques, constituées d'éléments en X)* et de barbelés.

Le lendemain de notre arrivée, je décide de me pointer au syndicat d'initiatives, pour prendre connaissance des activités que nous pouvons effectuer. Le préposé, me confirme que l'accès à la plage, ainsi que la baignade, ne sont autorisés que sur le petit périmètre délimité. Le reste est en cours de « déminage ». Il m'indique que le Musée vient de rouvrir et qu'une location de vélos reste possible, pour découvrir Le Touquet et son parc des Pins.

Dans un premier temps, nous décidons de louer deux vélos. Le loueur me propose un triporteur, permettant d'embarquer Marie dans la caisse à l'avant. Si la gamine se montre ravie, le plus compliqué consiste à l'obliger de rester assise, pendant nos déplacements. Notre promenade est aussi gâchée, par le triste spectacle d'une ville qui se relève petit à petit de ses blessures. Dans le parc des Pins, tout aussi inaccessible que la place, nous apercevons des militaires, qui s'affairent pour dégager déchets et arbres abattus, lors des bombardements.

La maisonnette, comporte une TSF qui me permet de ne pas être coupé de l'actualité. Nous sommes le 6 août, le B 29 « Enola Gay », à 9000 m d'altitude, vient de larguer sur Hiroshima « Little Boy », la bombe au plutonium équivalente à 20 000 tonnes de TNT. 100 000 des 280 000 civils, sont tués en un instant. Les corps sont carbonisés, des empruntes noircies sur les murs, restent parfois les seules traces de leur passage.

Malgré les nombreux inconvénients, nous décidons de descendre à la plage. Marie, se montre parfaitement heureuse de son premier bain, toujours sous le regard attentif de sa mère.

Notre quiétude, se voit parfois troublée au loin, par le bruit intempestif d'une explosion, les démineurs effectuant leur travail. Au bout d'un moment, à chaque détonation Marie sursaute de terreur. Mathilde, finit par craquer : « Pierre je n'en peux plus, nous rentrons ! »

Jeudi 9 août, alors que l'URSS finit par déclarer la guerre au Japon, nous apprenons par la radio, que « Fat Man », deuxième bombe nucléaire, vient d'être larguée sur le port militaire de Nagasaki. La cathédrale Sainte Marie d'Urakami, principal lieu de culte catholique de la ville, reçoit l'impact de plein fouet. La zone urbanisée est détruite à 70%, provoquant dans un premier temps au moins 40 000 morts. Devant l'horreur, Tokyo annonce à la radio, une demande d'ouverture de négociations de paix.

Ce vendredi, nous décidons de découvrir, le musée Edouard Champion. Situé à la villa « Way Side », la construction de style anglo-normand a été transformée en musée en 1932. Si les peintures représentent un intérêt pour les adultes, Marie s'y ennuie profondément. Au bout d'une semaine, avec Mathilde, nous commençons à envisager la fin de nos vacances. Finalement nous les abrégeons. Pour Marie il s'agit d'un crève-cœur, devant ses caprices, nous lui offrons un dernier bain de mer.

Lundi 13 août, les français ont fini par obtenir une zone d'occupation, et s'installent dans la partie Nord-Ouest de Berlin. Le lendemain le monde retrouve la paix. Le Japon, vient de capituler sans condition, l'empereur Hirohito, s'adresse à ses sujets. Il s'agit d'une première. L'Empereur d'essence divine, n'a jamais parlé directement au peuple japonais. Les parisiens profitent du 15 août, jour férié, pour se masser devant le palais Garnier et les Champs Elysées. La foule en liesse, fête la liberté enfin retrouvée. Il en est de même dans toutes les grandes villes des pays alliés, de New York à Washington en passant par Londres.

Les lendemains de fête déchantent. À Londres, le 16 août, l'ancien Premier Ministre, Winston Churchill déclare : « Un rideau de fer, vient de tomber sur l'Europe ! » Churchill, fait allusion aux sort réservé aux allemands, expulsés de leurs anciens territoires.

Les polonais en ont pris possession, dans une sorte d'échange, imposé par les soviétiques.

Je suis de nouveau la tête dans le guidon, pour ma reprise de travail. Mon directeur vient de me convoquer, pour me charger d'instruire, un des nombreux dossiers en souffrance, celui d'un certain Yves de Kergorlay*. Ce personnage, de vieille noblesse bretonne, servait de radio aux frères Joel et Yves Le Tac*, chefs d'un important réseau pendant la guerre.

Le directeur de la DST, m'a confié ce dossier, pour éplucher d'anciens messages codés ou non codés, afin de les recouper, pour exploiter leurs sens et leurs pertinences. Je finis par me rendre compte, que les différents télégrammes, sonnent faux entre eux. Kergorlay, semble avoir été manipulé. Je fais un rapport écrit dans ce sens à Wybot, sa réponse ne tarde pas :

- J'ai lu votre compte rendu, qui me conforte dans mes soupçons ! Je vais le transmettre au juge d'instruction et au procureur de la république et je m'attends à une convocation prochaine en bonne et due forme !

- Ah bon ! pour quelles raisons ? Nous sommes convaincus pratiquement à 90%, que Kergorlay s'est fait « retourner » par l'Ahbwer !

- Sans aucun doute ! D'autant, que son passé ne plaide pas en sa faveur ! Nous savons qu'un de ses parents, intime du maréchal Pétain, a plaidé sa cause auprès des allemands !

- C'est clair ! Avec les temps qui courent, il ne vaut mieux pas être proche de Pétain ! Je ne vois toujours pas, pourquoi nous devrions être convoqués par un juge, sur ce dossier ?

- Wladimir d'Ormesson*, l'ambassadeur de France au Vatican, a eu vent de l'affaire ! Kergorlay, est le neveu de d'Ormesson, qui fait pression pour étouffer l'affaire !

- Vous n'allez tout de même pas laisser tomber ?

- Bien sûr que non ! Vous me connaissez !

La réponse du parquet ne tarde pas. Nous voilà Wybot et moi, en présence du juge d'instruction, de de Kergorlay flanqué de son avocat. Ce dernier, m'attaque bille en tête :

- Capitaine, vous avez interprété des messages envoyés par mon client ! Qu'est-ce qui vous fait dire, que Monsieur de Kergorlay, était sous contrôle des allemands, puisqu'il n'y a pas eu finalement de conséquences, pas d'agents arrêtés par sa faute ! En gros, votre dossier est vide !

- D'abord maître, au service du chiffre, « nous n'interprétons pas » ! Nous déchiffrons des messages, suivant un code bien établi, mis en place en amont ! Par ailleurs, si vous avez des doutes sur mon travail, rien ne vous empêche de demander une contre-expertise ! Si ce n'est déjà fait… ? Je sens Wybot, bouillir de l'intérieur.

- Il n'y 'a peut-être pas eu de suites fâcheuses, mais on ne peut pas dire que ce soit grâce à votre client ! le magistrat instructeur, jusque-là silencieux, intervient.

- J'ai devant moi, outre celui du capitaine, des rapports en provenance de Londres ! Comment a pu se forger dans vos esprits, d'une manière aussi frappante, la conviction de la trahison de Kergorlay ? Aucun de vous deux, n'était présent en France, au moment des faits ! Comment pouvez-vous connaître, avec certitude, le déroulement des événements ? le magistrat va vite comprendre « qui est Roger ! »

- Mais enfin, la traduction des télégrammes, vous l'avez sous le nez comme moi ! Ils sont bien authentiques et envoyés à Londres, par Kergorlay !

- Certes ! confirme le juge, visiblement déstabilisé. Mais personnellement dans ces messages, je ne décèle rien d'inquiétant !

- La différence entre vous, Monsieur le Juge, le capitaine et moi, c'est que nous, nous faisons partie de la DST, service de contre-espionnage par excellence ! Notre travail est de

confondre les traîtres ! Le vôtre, est instruire à décharge...
mais aussi à charge !

S'en suit un long silence, le juge semble tétanisé. Puis il finit par
reprendre ses esprits :

- Très bien Messieurs, je vais poursuivre l'instruction ! En
attendant Monsieur de Kergorlay, reste en liberté provisoire,
sous contrôle judiciaire !...

Chapitre 21 : Gouvernance en eau trouble.

Dès la rentrée de septembre, la tendance balance entre épuration et tambouille politique. À Nuremberg, parmi les 24 plus hauts dignitaires nazis encore vivants, nous retrouvons dans un procès hors norme, la « brute joviale » du parti Hermann Göring, en tête d'affiche avec à ses côtés, Rudolf Hess, l'ancien héritier d'un Reich de 1000 ans, Martin Bormann, jugé par contumace, des plus hauts gradés comme Alfred Jodel et Wilhem Keitel, mais également des civils comme le baron Konstantin von Neurath (ministre des affaires étrangères) Gustav Krupp, le magnat de l'industrie, Hjalmar Schacht, financier de génie du Führer, ou encore Franz von Papen, vice chancelier, à la prise de pouvoir d'Hitler.

En France, nous donnons dans plus modeste. La sentence de mort par 14 voix contre 13, a été retenue le 15 août dernier contre Philippe Pétain. Mais il échappe à la peine capitale, par la grâce du général de Gaulle. Interné dans un premier temps au fort du Pourtalet à Pau, le Maréchal, va finir ses jours sur l'île d'Yeu. D'autres, voient leurs verdicts s'accomplir jusqu'au bout. Pierre Laval, condamné à mort le 9 octobre, sera exécuté une semaine plus tard. Pour Joseph Darnand, sinistre chef de la Milice, le problème de la grâce ne se pose même pas. Condamné le 3 octobre, à l'issue d'un procès d'une journée, il ne sollicite pas le moindre recours, avant d'être fusillé le 10 octobre au fort de Chatillon.

Et puis, il y'a les autres, tous les autres. Paul Chack, officier de Marine écrivain. Le rédacteur « d'Aujourd'hui », a le malheur d'être un des premiers jugés en décembre 1944. Comme Brasillach, il fait partie, des intellectuels exécutés, pour « intelligence avec l'Allemagne nazie. » D'autres ont plus de chance comme Henri Béraud, le pamphlétaire éditorialiste de « Gringoire », passé de l'extrême gauche, à l'extrême droite au moment de la guerre, avec des thèses antisémites et antibolcheviques. Pour certains, Béraud ne doit sa grâce, qu'à la médiocrité de sa réputation. Plus intéressant, concerne le cas de l'Amiral Jean Pierre Esteva, l'homme de confiance de Pétain, promu résident général de France en Tunisie, dès juillet 1940. Condamné à mort dans un premier temps par contumace, en 1944, une fois arrêté, il fait l'objet d'un second procès devant la Haute Cour, pour haute trahison. Finalement Esteva, écope « des travaux forcés à perpétuité » avant d'être libéré six ans plus tard. Devant toutes ces condamnations, je ne ressens, ni haine, ni esprit de vengeance, j'ai simplement la conviction que dans la vie, il existe deux poids deux mesures.

Le processus démocratique, engagé par le général de Gaulle, doit se poursuivre. Les élections cantonales des 23 et 30 septembre, ne retiennent pas l'attention. Chaque électeur, se fixe sur les législatives et le référendum du 21 octobre, où l'Assemblée Constituante pour la 4e République, va succéder à l'Assemblée Consultative. Mais le véritable événement, le plus important pour notre société n'est-il pas le vote des femmes, entériné le 20 avril dernier ?

En qualité de militaire, je n'ai pas mon mot à dire, ce qui ne m'empêche pas de suivre de près l'évolution de cette campagne. Ce dimanche à Colombes, nos échanges politiques repartent comme avant le conflit, au grand dam de Maman Greta. Je n'ai pas le moindre doute sur les intentions de mon père, prônant une SFIO forte, pour je cite : « faire une alliance majoritaire avec le MRP *(héritage du MLN)*, afin de lutter contre les communistes ! » Si maman ne se prononce pas, je suis plus partagé sur les convictions, de Jacqueline et Mathilde.

J'ai au moins la certitude, qu'aucune de leur voix n'ira au PCF. Comme je le craignais, le système électoral, ne permet pas de dégager une majorité claire. Le MRP, proche du général de Gaulle, remporte 24% des adhésions (152 députés), devant une alliance PCF MURF *(composée de de dissidents du MLN)* avec 22,3% (160 députés) et la SFIO 18 % (146 députés). L'UDSR, issu des différents mouvements de résistance, ne fait 7,1% des voix, mettant ainsi un terme au prolongement d'un rêve politique. Sur un total de 586 députés, 53 femmes vont siéger dans l'hémicycle.

Lundi 22 octobre, je retrouve une Frida, plutôt grognonne en arrivant rue des Tourelles :

- Quelque chose ne va pas sergent ?

- Non rien ne va ! Je suis femme et militaire et je n'ai pas le droit de vote ! Sans parler du score des communistes !

- Vous ne trouvez pas que notre directeur, ne nous manifeste pas beaucoup d'intérêt, ces deniers temps ?

- Surtout aujourd'hui ! Il doit mal digérer le résultat des élections !

Le 2 novembre marque la fin du premier gouvernement de Charles de Gaulle. Nous rentrons tout au long de ce mois, dans un long processus, où les arrières cuisines des partis, nous présentent « le plat du jour ». Je dis bien « le plat du jour », je pourrais aussi bien vous parler du « menu à la carte ». Félix Gouin, fraîchement élu Président de l'Assemblée, pousse pour que de Gaulle reste le « Chef de cuisine ». Le parti Communiste le parti Radical, et une fraction minoritaire de la SFIO, souhaitent son départ. Par contre Leon Blum, avec la majorité des socialistes, le MRP et l'UDSR font bloc pour qu'il reste. Le 13 novembre, 555 élus se portent sur le Général de Gaulle comme chef de gouvernement, la trentaine de voix restantes se contentant de s'abstenir. Ce résultat, est loin de calmer les ardeurs des communistes. Ces derniers exigent, un des trois postes clefs *(Intérieur, Défense Nationale, Affaires Étrangères)* dans un gouvernement de Front populaire.

Conditions inacceptables pour le Chef du Gouvernement, qui s'adresse à la TSF aux français : « Devant l'exigence spécifique d'un seul parti, je suis dans l'incapacité de former, comme je l'aurais voulu un gouvernement d'unité nationale ! De ce fait, je me retourne vers la représentation nationale et je remets à sa disposition, le mandat qu'elle m'a confié ! »

Une fois la crise ouverte, de Gaulle gagne son bras de fer contre le PCF, l'Assemblée Nationale, le confirme dans sa mission. Le 21 novembre, il peut enfin composer son nouveau gouvernement. D'un équilibre particulièrement précaire à trouver, quatre ministres d'état, représentent les différentes tendances politiques du moment. Vincent Auriol (SFIO) et Maurice Thorez (PCF) occupent son aile gauche, pendant que Francisque Gay (MRP) et Louis Jacquinot (DVD), couvrent son flanc droit.

En famille, les commentaires continuent. Mon père semble avoir tout compris en s'adressant à moi :

- Heureusement, que Léon (*Blum*) est là, pour soutenir « ton grand Charles ! » Ma douce Mathilde, lui répond avant que je ne prononce le moindre mot.

- Auriez-vous préféré, voir les communistes au pouvoir, beau-papa ? Jacqueline, semble prendre la mesure du problème.

- Je ne suis pas sûre que le mariage de la carpe et du lapin, soit la solution ! Comme à son habitude, maman Greta, met un terme à nos discussions.

- Ne pourriez-vous pas arrêter de parler politique, pendant que nous déjeunons ? Finalement, je ne regrette pas d'avoir voté blanc à ces élections !

Effectivement, la trêve n'est que de courte durée. Le PCF et « l'Huma », ne tarde pas à redéterrer la hache de guerre. Face à la crise monétaire, le chef du gouvernement, décide le 2 décembre la nationalisation de la banque de France et des grandes banques de dépôt.

Le facteur déclencheur, fait suite à la conférence de Bretton Woods, sur un accord économique, destiné à dessiner les grandes lignes du système financier international. Avec une inflation galopante de 48% dans l'hexagone, la seule parade possible pour l'endiguer, est de dévaluer le Franc français, opération entérinée le 26 décembre.

Le « cadeau de Noël » est trop beau pour le PCF. Via « l'Humanité », il s'engouffre dans la brèche, dénonçant une politique de profit pour le grand capital, au détriment des masses laborieuses et des petits épargnants. La position de Charles de Gaulle, s'en trouve d'autant plus fragilisée et la plupart des cercles politiques, s'en réjouissent. Ils tiennent leur revanche, hier tout dépendait du général, aujourd'hui tout dépend d'eux.

Mercredi 2 janvier 1946, je fête mon premier anniversaire à la DST. Néanmoins je ne pense que mon directeur, me fasse déplacer rue des Saussaies pour me le souhaiter :

- Avez-vous une nouvelle mission, pour moi ?

- Oui ! ...Enfin non ! Je voudrais que nous nous préparions à un prochain départ du Chef de l'État ! je laisse passer un instant avant de répondre.

- Avez-vous reçu des informations à ce sujet ?

- Pas plus que celles portées à votre connaissance ! Mais je sens bien, que la situation n'est plus tenable ! Je ne donne pas deux mois, avant que le gouvernement ne soit minoritaire à l'Assemblée !

- Dans ces conditions, comment devons-nous nous y préparer ?

- Vous êtes bien placé, pour savoir les divergences qui m'opposent au Général, depuis toujours ! Néanmoins, je lui suis toujours fidèle ! Il serait quand même pitoyable et inquiétant, que demain l'inconsistance d'un Cuttoli *(Paul Cuttoli, parti Radical 81 ans, doyen de l'Assemblée,)* ou d'un Gouin, succède à un homme d'une telle stature !

- J'entends bien, mais que craignez-vous ?

- Qu'une chasse aux sorcières, soit ouverte tout simplement ! Avec le soutien de la presse de gauche, tous les anciens du BCRA vont se retrouver dans le collimateur ! Comme vous le savez déjà, avec le retour de Passy, depuis le 28 décembre la DGER est devenue le SDECE *(Service de Documentation Extérieure et de Contre-Espionnage !),* avec une sérieuse sélection dans les effectifs ! Sur le fond, cela ne change pas grand-chose, à part attiser un peu plus les haines !

- À priori, la DST est moins exposée ?

- Sans doute ! Heureusement, que pour l'argent et les bijoux que nous avons saisis, j'ai tout fait dans les règles, avec un dépôt de procès-verbal systématique ! Je ne suis pas sûr que ce soit le cas pour le BCRA et la DGER, avec les fonds secrets ! tout d'un coup je me mets à penser à Landrieux.

- Pensez-vous qu'un audit, soit possible dans les Services Secrets ?

- Si une majorité de parlementaires le demandent, sans aucun doute ! De mon côté je m'assure, que mes collaborateurs sont parfaitement « clean » !

- Si vous pensez à moi, je pense que vous disposez de toutes les informations possibles me concernant, dans votre fichier ! Je ne manipule pas d'argent et le seul reproche que l'on pourrait me faire, remonterait à mon embrouille avec le juge Bascou !... Wybot me coupe.

- De ce côté-là nous sommes tranquilles ! Le justice, a tout intérêt à ne pas ressortir un dossier, qui ne la grandit pas ! Non, il faut simplement faire le dos rond ! À la moindre erreur, nos amis de la Préfecture de Police, nous présenteront l'addition !

Je sors de notre entretien, pas franchement rassuré. Wybot, dans son style « chevalier Bayard », n'a en général peur de rien ni de personne, pour qu'il s'inquiète à ce point, montre sans nul doute que l'heure est grave. Mon premier réflexe, revient à prévenir Landrieux, le plus discrètement possible.

J'ai l'impression de revenir quelques mois en arrière, lorsque j'avais la Gestapo sur le dos. Précaution maxima, je vais donner un rendez-vous à Raymond, via « ma boite à lettre » chez Léa. Au comble de la paranoïa, je décide de faire passer le message par Frida : « Sergent, veuillez appeler le capitaine Landrieux, pour lui donner rendez-vous « chez Léa », vendredi prochain à 17h00 tapantes ! Vous lui préciserez, que ni la date du rendez-vous, ni l'heure, ne sont négociables ! » Frida me fixe d'un regard interrogatif de ses grands yeux bleus, mais voyant que je ne suis pas d'humeur, ne me pose pas la moindre question.

Vendredi 4 janvier, j'arrive boulevard de Bel Air à l'heure convenue. J'ai volontairement donné cet horaire, tout en sachant que la fréquentation du bistrot, se veut moindre à ce moment de la journée. Raymond, discute au bar avec Léa, alors que des clients occupent deux tables à proximité. Je fais signe à Léa, que je vais dans l'arrière salle. Raymond, me rejoint un verre de cognac à la main, situation inhabituelle pour lui, à cette heure de la journée. Je m'en inquiète :

- Quelque chose ne va pas ? Tu fais une drôle de tête !

- L'ambiance dans le nouveau SDECE est exécrable ! Avec la coupe dans les effectifs, nous recevons des insultes et des lettres de menaces tous les jours ! Pas besoin de te dire, que Passy, n'est pas à prendre avec des pincettes ! J'ai eu un mal fou pour me libérer, prétextant la maladie d'une vieille tante ! J'espère, que tu ne me fais pas venir pour rien ?

- Je préférerais ! Wybot estime, que les jours du gouvernement sont comptés et je le rejoins sur ce point… ! Raymond me coupe d'un rire nerveux.

- Et alors… ! Je ne pense pas que le futur Président du Conseil, m'appelle pour faire partie de son nouveau cabinet ?

- Ne rigole pas ! Wybot estime que le départ de De Gaulle, va entraîner une véritable épuration dans les rangs des anciens du BCRA ! Raymond commence à comprendre.

- Si je te suis bien, André *(Dewavrin)* et ses proches, vont se retrouver rapidement en première ligne ?

- Exactement ! Où en es-tu de la falsification de tes comptes ?

- Depuis notre dernière rencontre, avec tous ces changements de structure, je n'ai pas beaucoup avancé !

- Bon, inutile de te préciser qu'à partir de maintenant, c'est la priorité des priorités ! Même si tu dois y passer jour et nuit ! Je n'ose pas imaginer le résultat, si quelqu'un met son nez dans ta comptabilité !

- Tu sais c'est facile à dire ! Beaucoup de mouvements, beaucoup de transfert d'argent, ont eu lieu entre l'Angleterre, la France, l'Afrique du Nord, pendant la guerre ! Et puis il s'agit de fonds secrets !

- Pourvu qu'ils le restent !

- De plus, je ne t'ai pas tout dit ! Passy, depuis la libération de Paris, m'a demandé de constituer un trésor de guerre !

- Pourquoi faire ?!?!

- Je suppose, qu'il s'agit d'une directive du Général, en vue d'un nouveau conflit à venir avec l'Union Soviétique ! je reste bouche bée, avant de reprendre.

- Mais... il ne peut s'agir que de spéculations ?

- Peut-être ! Sauf que Passy n'a pas envie de se retrouver dans la situation de 1940 et d'être obligé de faire la manche, auprès des anglais, pour faire tourner le service ! cette fois, je suis à court d'argument.

- Peux-tu me donner un ordre d'idée, sur le montant de ce trésor de guerre ?

- Sur Londres nous disposons de 14 millions de Francs, et en France, plus de 60 millions dans différentes caisses ! devant ces sommes vertigineuses, la tête me tourne.

- Bon pour les comptes, ... fais pour le mieux...dans l'intérêt de tous !

Nous nous séparons sur ces bonnes paroles.

Je suis désormais conscient, que les petits tripatouillages de Landrieux, ne sont que la partie immergée de l'iceberg. Sous audit, Raymond, pourrait au milieu de la forêt des relevés, masquer ses propre détournements. Mais en aucun cas, il ne pourra se justifier sur l'ensemble des comptes.

Dimanche 20 janvier, je termine tranquillement mon week-end en famille, tout en écoutant la TSF. La radio, annonce la démission fracassante du général De Gaulle. J'avais beau m'y attendre, je ne pensais pas qu'elle pourrait arriver aussi vite. Ma mine, doit être décomposée, pour que Mathilde me pose la question :

- Des ennuis en perspective, mon chéri ?

- Oh que oui ! ...et ce n'est que le début !

Dans un premier réflexe le lendemain, avant d'arriver au bureau, je me jette sur la presse du jour. « Le Monde » titre pleine page « Le Général de Gaulle se démet de ses fonctions, la crise politique revêt une exceptionnelle gravité ». Pour « Paris Presse », « De Gaulle démissionnaire, décision motivée par la reprise de la lutte des partis. » Les journaux de province sont tout aussi dithyrambiques, pour le populaire du centre : « Grave crise politique, De Gaulle se retire décision irrévocable. » Au milieu de ces cris du cœur, allant tous dans le même sens, « L'Humanité », « la bouche en cœur », ne peut qu'apporter sa voix dissonante : Le titre de « l'Huma » est encarté par : « Brusquement, sans explication du mécanisme constitutionnel prévu, De Gaulle démissionne. » « Dans une lettre à Félix Gouin, il affirme que sa tâche est finie, sans donner aucun éclaircissement sur les raisons de sa détermination soudaine. » Comme le quotidien ne perd pas le nord, en plus gros s'étale : « Notre parti, demande un gouvernement présidé par Maurice Thorez ! »

Pour les explications de l'ancien chef du gouvernement, il suffit de se reporter aux pages intérieures du Monde.

« Ma mission est terminée, le régime exclusif des partis a reparu, je le réprouve, mais à moins d'établir par la force une dictature dont je ne veux pas et qui sans doute tournerait mal, je n'ai pas les moyens d'empêcher cette expérience. »

Me voyant arriver la presse sous le bras, Frida me questionne :

- Je suppose, que nous allons assister à du changement ?

- Plus que vous ne pouvez l'imaginer, sergent !...

Chapitre 22 : Week-end à Colombey.

Dès le lendemain, les négociations reprennent à l'intérieur des trois partis majoritaires, à droite avec le MRP et à gauche entre la SFIO et le PCF, pour une forme de tripartisme gouvernemental. De la SFIO, placée au centre de l'échiquier, doit sortir le nouveau Président du Conseil. Vincent Auriol, un moment pressenti par son parti, reçoit un droit de veto du groupe Communiste et se fait griller la politesse par Felix Gouin. Ce dernier obtient la confiance de l'Assemblée le 23 janvier, avec 497 voix contre 35 à Michel Clemenceau *(leader du PRL de fils de Georges)*. 17 autres voix, vont à Jacques Bardoux et Charles De Gaulle, non candidat, obtient 3 scrutins. Auriol, dans un premier temps, devra se contenter « du perchoir », en attendant mieux.

Gouin, perd d'entrée l'occasion d'asseoir une autorité, qu'il n'a décidément pas. Après avoir divisé le nombre de portefeuilles entre les trois partis de la coalition, il confie la composition de son gouvernement à Maurice Thorez pour le PC et à Georges Bidault, pour le MRP, à la seule condition de se réserver le ministère de la Défense. Le 29 janvier, une liste de 23 ministres, présentée à l'Assemblée sans aucun gaulliste, obtient la confiance avec 503 voix contre 44.

Mercredi 20 février, je suis convoqué rue des Saussaies par Wybot. Depuis un mois, mon directeur ne s'est guère manifesté, je m'attends donc, à une annonce importante :

-    Hier, André Dewavrin, a donné sa démission à Félix Gouin !

-    Je suppose que c'est contraint et forcé ?

-    La question ne se pose même pas ! Bon cela dit, Passy a fait une connerie ! Vous connaissez sa souplesse, il n'a même pas daigné interrompre ses vacances, à la prise de pouvoir de Gouin pour le rencontrer ! *(Historique)*

-    Qui va lui succéder, à la tête de la SDECE ?

- Henri Ribière ! *(Ancien résistant, député de l'Allier, apparenté SFIO)*. je m'en étonne.

- Un choix plutôt curieux, vous ne trouvez pas ?

- Oui et je n'aime pas ça du tout ! Avoir un politique, à la tête d'un service aussi sensible que le contre-espionnage, ne peut apporter que des désagréments !

- Que deviennent les autres ? je pense à Raymond Landrieux sans le citer.

- André Manuel, devient Secrétaire Général et Pierre Sudreau *(Haut fonctionnaire, ancien membre du réseau de résistance « Brutus »)*, passe N°2 ! je reste sur ma faim.

- Comment devons-nous réagir ? Wybot, hausse le ton.

- Justement, je vous ai fait venir à cet effet ! Désormais jusqu'à nouvel ordre, je ne veux plus aucun contact du personnel de la DST, avec les membres, anciens ou nouveaux de la SDECE ! Et surtout pas vous, avec Landrieux ! Dans le cas contraire, je veux être prévenu sur le champ ! Nous aurons des ennuis, à un moment où à un autre, ce n'est pas la peine d'aller les chercher tout de suite ! J'espère que vous m'avez bien compris ?

- Parfaitement ! Vous avez été très clair !

De retour rue des Tourelles, je m'empresse de passer la consigne au Chef Dupire.

J'ai juste le temps de finir, mes explications que le téléphone sonne déjà. Frida décroche :

- Oui bonjour, capitaine Landrieux !... Le Capitaine Fixin !... Non je ne l'ai pas vu de la journée !... Certainement mon capitaine, je lui passe le message !... Frida raccroche.

- Je suppose, qu'il veut que je le rappelle ?

- Vous avez tout compris ! Il bien insisté, en disant le plus rapidement possible !

214

De retour à Argenteuil, j'ai droit à la même sérénade, de la part de Mathilde :

- Pierre, Raymond à chercher à te joindre toute la journée ! machinalement je décroche le téléphone et pose le combiné sur le guéridon. Qu'est-ce que tu fais ?

- Pour l'instant je ne peux pas lui parler !

- Comment ça, tu ne peux pas lui parler ? Je te rappelle que Raymond est ton témoin de mariage…notre ami !

- Écoute Mathilde, Raymond s'est mis dans de sales draps ! J'ai reçu pour consigne de la DST, de faire un black-out absolu sur sa personne ! Mathilde se fige.

- Tu ne vas pas me dire, qu'il a trahi ? Que les « cocos » l'ont retourné…comme vous dites dans votre jargon !

- Non pas du tout !... Mais la situation dans laquelle il se trouve, est tout aussi grave !

Nous ne parlons plus, Marie semble saisir notre désarroi et vient se blottir dans les jupe de sa mère. Après mûre réflexion, je reprends la parole :

- Écoute Mathilde, demain je te demande d'appeler Raymond, tu lui préciseras que j'ai reçu des ordres pour ne pas lui parler ! …Il comprendra ! … Tu lui diras que je reste…que nous restons… de tout cœur avec lui ! Et que nous espérons, pouvoir le rencontrer rapidement !

- Bon, si tu estimes qu'il n'y a pas d'autres solutions ! je pense également à Monique ! Crois-tu, qu'elle soit au courant de la situation ?

- J'espère bien que non ! De son côté, si nous pouvons également éviter les contacts, ce n'est pas plus mal ! Crois- moi, je ne suis pas particulièrement fier de cet événement et je le vis très mal !

Les semaines suivantes, tout semble rentrer dans l'ordre. Je continue de respecter les consignes concernant Landrieux et les bribes d'informations que je peux recevoir, m'indiquent que la passation de pouvoir au SDECE, s'effectue sans difficulté majeure. Changement de décor début avril, lorsque le colonel Fourcaud*, responsable de la petite antenne que le SDECE, conservée sur Londres, signale à Paris, une possible malversation dans les comptes. Aussitôt, Henri Ribière dépêche sur place Pierre Sudreau son bras droit et François Thierry-Mieg* *(Directeur Général)*.

Vendredi 12 avril, la journée tire à sa fin et je m'apprête à passer un week-end tranquille. Le téléphone sonne, depuis quelques temps, Frida s'occupe de filtrer mes appels :

- Oui, ne quittez-pas, je vous le passe !

- Qui est ce ?

- Le patron ! je prends le combiné.

- Landrieux a été arrêté ce matin ! Il est incarcéré au Fort de Montrouge et mis à l'isolement !

- Je vois ! « La bombe » va nous péter à la gueule !

- Pas de panique ! Comme beaucoup d'entre nous, je pense que vous allez être convoqué prochainement, en qualité de témoin ! Jouez la transparence et gardez uniquement pour vous l'inavouable !

Ma convocation ne tarde pas, signée par Henri Ribière, elle arrive moins d'une semaine plus tard. Curieusement, je suis attendu au palais Bourbon, le lundi 22 avril à 14 heures.

J'avoue qu'être convoqué à la chambre des députés pour un interrogatoire, ne manque pas de sel et je m'interroge sur sa finalité. En arrivant, un greffier m'escorte, nous traversons la salle des quatre colonnes, comprenant les quatre célèbres statues à chaque angle., pour arriver enfin dans un bureau. Trois hommes m'y attendent.

Les présentations sont faites rapidement, Pierre Sudreau préside, accompagné de François Thierry-Mieg, la troisième personne sert de secrétaire de séance. Nous entrons immédiatement dans le vif du sujet :

- Capitaine, nous tenons à vous dire, que vous êtes entendu aujourd'hui, uniquement en qualité de témoin !

- Très bien, je vous écoute messieurs !

- Lors de vos séjours à Londres, pendant la guerre, avez-vous utilisé des fonds secrets !

- Pas sur place en Angleterre ! Mais comme tous les agents en déplacement pendant la guerre, dans les missions qui m'étaient confiées, en Algérie, au Maroc, mais également en France !

- Quels étaient vos rapports avec le capitaine Landrieux ?

- Au 10 Duke Street, je n'ai fait que le croiser ! Nous avons commencé à sympathiser, lors de notre retour en France sur HMS Glasgow ! Puis pendant le peu de temps que j'ai passé à DGSS, d'août à septembre 44 !

- Pouvons-nous considérer, que le capitaine Landrieux, ne représente pas une simple relation pour vous, mais un véritable ami ! je me remémore, les recommandations de Wybot, jouer la transparence…autant que possible.

- Oui tout à fait, d'autant comme vous devez le savoir, il a été mon témoin de mariage en mai dernier !

- Avez-vous profité de sa part, d'un certain nombres de largesses ?

- Le capitaine, nous a offert pour notre mariage, un service de table d'une grande valeur ! Sinon, c'est tout.

- Vous n'avez pas été étonné sur le moment ?

- Si, mais j'ai cru comprendre, que le capitaine venait de toucher un héritage, selon ses dires !

- Connaissez-vous une certaine Monique Marcy ? nous y voilà.

- Parfaitement ! Nous nous sommes fréquentés, au début de la guerre ! Monique était invitée à notre mariage et je lui ai présenté le capitaine Landrieux !

- Donc, Mlle Marcy et le capitaine Landrieux, ne se connaissaient pas avant votre mariage !

- Non, sur ce point je suis formel !

- Il semble que depuis, le capitaine Landrieux et Mlle Marcy, entretiennent des relations intimes ? que répondre, l'écran de fumée s'impose.

- Là, je serais moins formel ! Disons qu'il s'agit d'une possibilité !

- Vos amis, n'ont pas fait état de leurs relations devant vous ! Étonnant non ? sur ce point, j'ai une réponse toute faite.

- Non, par pudeur sans doute ! Je vous rappelle, que Monique Marcy et moi, avons passé quelques temps ensemble !

- Dans ce cas, vous n'êtes pas au courant non plus, des généreux cadeaux que le capitaine Landrieux, aurait pu faire à Mlle Marcy ? là, je me vois dans l'obligation de mentir.

- Non, et même si je l'avais su, j'aurais pu faire le rapprochement avec l'héritage du capitaine Landrieux !

- Très bien Capitaine Fixin, merci pour votre sincérité ! Vous restez à notre disposition, nous vous recontacterons en cas de besoin !

Je sors plutôt rassuré de mon interrogatoire. Par contre, je suis de plus en plus inquiet concernant le devenir de Raymond et sur une éventuellement mise en cause de Monique. J'apprends, dans les jours qui suivent, qu'une soixante d'anciens collègues du BCRA, sont aussi convoqués pour l'enquête, avec plusieurs confrontations entre eux. Par contre Wybot, pour l'instant, n'est pas mis sur le gril. « Ces Messieurs », craindraient-ils, que d'autres vieux dossiers gênants ressortissent ?

Une fois leur enquête suffisamment étayée, Ribière et Sudreau convoquent, les anciens patrons du BCRA et de la DGSS, André Dewavrin, alias Passy et André Manuel. Fin avril, Manuel est révoqué de son poste de Secrétaire Général SDECE. Pire, alors que le projet de constitution, va être rejeté par 53% des électeurs, dans la nuit du 4 au 5 mai, Dewavrin est arrêté et emmené dans le plus grand secret, pour une destination inconnue.

Mardi 7 mai, je suis à mon poste rue des Tourelles. Le Chef Dupire et moi commentons l'actualité, sans motivation particulière pour travailler. Le téléphone sonne, Frida décroche :

- Mes respects mon Général ! Oui je vous le passe !

- Qui est-ce ?

- Le Général De Gaulle ! sur le moment je pense à une plaisanterie, mais soit l'imitation est parfaite, soit il s'agit bien du Général.

- Capitaine Fixin, seriez-vous disponible, pour venir passer le week-end prochain chez moi, à Colombey les deux Églises ?

- Pour vous mon Général, je suis toujours disponible !

- Très bien, dans ce cas, je vous attends samedi au déjeuner !

Je n'en reviens pas. Frida s'esclaffe devant ma mine déconfite et me lance : « Je suppose que l'invitation ne me concerne pas ! ». Je reprends mes esprits pour organiser mon déplacement. Sur une carte un peu plus de 250 km, me sépare de la résidence du Général. Je considère qu'il me faut environ 4 heures avec une voiture rapide, pour effectuer le trajet.

Je passe au garage de mon père, pour lui demander de me prêter sa « 15 » familiale. La Citroën « du père Malet », trafiquée à culasse rabotée par ses soins, se tape le 150 km/h en vitesse de pointe. « Très bien fils, pour éviter tout problème, je te rajoute une deuxième roue de secours et un jerrycan de 20 litres d'essence ! » *(L'essence est toujours rationnée)*.

Me voilà fin prêt, la seule finalement à faire la tête, c'est Mathilde, qui va devoir passer son week-end en tête à tête avec Marie.

Samedi 11 mai, mon déplacement se passe sans encombre, je suis habillé en civil et je pénètre à la Boisserie, lorsque sonne les douze coups de midi. J'ai prévu un beau bouquet pour Madame De Gaulle, alors que l'employé de maison m'accueille. Je découvre pour la première fois le général sans uniforme. Yvonne de Gaulle se montre ravie pour les fleurs, pendant que son mari me fait la remarque : « Il n'y a rien pour moi ? » Je sors d'un sac en papier, une bouteille de vin. J'ai choisi naturellement « un Fixin », tout en sachant que le général, appréciera le trait d'humour.

Nous passons ensuite à table. L'ambiance est particulièrement familiale sans chichi. Le général, se montre très prévenant avec Anne, sa plus jeune fille handicapée. Je trouve le poulet servi un peu dur et je pense en moi-même, « un poulet résistant chez De Gaulle » doit avoir du sens. Il n'est nullement question de politique, Madame de Gaulle, me questionne sur ma famille, ma fille Marie. Je n'ose aborder les sujets d'actualité. Puis vient l'heure du café, le général se tourne vers moi : « Je vous propose capitaine, d'aller faire une promenade digestive ! » Nous voilà dans le parc de deux hectares couvrant la propriété :

- Vous êtes naturellement au courant, pour l'arrestation du Colonel Passy ?

- Oui mon général, elle fait suite sans aucun doute, à l'emprisonnement, du capitaine Landrieux ! le général fait une moue réprobatrice.

- Landrieux, n'est qu'un pion et le facteur déclenchant de toute l'histoire ! D'après mes informations, le capitaine aurait détourné 8000 dollars, auxquels il faut rajouter un trafic d'or et de fourrures, entre l'Angleterre et la France ! tient, Raymond ne m'aurait donc pas tout dit. Une somme dérisoire, dans l'océan des comptes du BCRA !

- Pourquoi mon général, dans ces conditions, s'acharner sur le Colonel Dewavrin ? le ton monte.

- Passy, n'avait pas à démissionner ! Il aurait dû laisser au gouvernement, l'infamie de mettre à la porte un combattant et un résistant de la première heure !

- Je ne comprends toujours pas la finalité ? le général retrouve son calme.

- En s'offrant « le scalp » de Passy, mes opposants pensent pouvoir me tuer politiquement… définitivement ! Dites-moi capitaine, quels sont vos rapports avec Warin *(Wybot)* ?

- Les rapports que peut entretenir un collaborateur avec son directeur ! Par ailleurs, lorsque l'on s'appelle Roger Wybot, je ne pense pas que l'on puisse avoir des amis, mais simplement des relations ! De Gaulle sourit.

- Ah Warin, si j'étais Napoléon, il serait mon Talleyrand ! Capitaine, je vous ai fait venir, dans un but bien précis ! Néanmoins avant de l'évoquer, je voudrai vous parler de votre avenir !

- De mon avenir, mon général ?!?!

- Oui, je sais très bien que vous n'avez rien à voir dans l'affaire Passy ! Néanmoins en votre qualité d'ancien du BCRA et actuel membre de la DST, vous êtes l'angle idéal, pour pouvoir attaquer Warin !

- Pensez-vous sérieusement, que quelqu'un oserait s'attaquer au patron de la DST ?

- De face, sûrement pas ! Mais dans un jeu de billard, je vous verrais bien faire la boule rouge ! je suis dépité.

- Que proposez-vous ?

- De vous faire oublier ! Il suffit de vous trouver une mutation au loin ! Ce n'est pas les endroits qui manquent, l'Indochine, l'Algérie où encore, dans les troupes d'occupation en Allemagne !

- Mais j'ai femme et enfant, je ne peux partir comme ça... à l'aventure !

- Je le conçois, dans ce cas Berlin ou Baden Baden serait plus indiqué ! Je n'ai qu'un simple coup de fil à donner au général Koenig, pour qu'il fasse le nécessaire !

- Cette proposition, demande réflexion ! De Gaulle insiste.

- Je ne vous demande pas une réponse immédiate, mais simplement d'y réfléchir sérieusement !

- Très bien mon général, je vous promets de vous tenir au courant rapidement ! Vous me parliez du but de mon déplacement ?

- Oui ! Connaissez-vous l'épouse d'André Dewavrin ?

- J'ai eu l'occasion de croiser sa première femme Jeanne Marie, mais je ne connais pas la seconde !

- Je voudrais que vous rencontriez Pascale Dewavrin, pour lui porter ce courrier, à l'attention de son mari ! Il me tend le pli, je le regarde d'un air étonné.

- Ne serait-il pas plus simple, de l'expédier par la poste ?

- Sans doute, mais je veux avoir la certitude que Passy en prenne connaissance ! Il est actuellement retenu prisonnier, à la forteresse de Metz !

- Je vois, effectivement la poste n'est pas le meilleur moyen ! D'un autre côté la mission, s'annonce périlleuse !

- Je vous ai choisi, justement pour les difficultés à venir ! Rentrons voulez-vous, c'est l'heure du thé ! Nous pourrons évoquer, la nostalgie de notre période londonienne.

Madame De Gaulle me laisse le choix, entre passer la nuit à la Boisserie, ou retrouver ma famille un peu plus tôt que prévu. Je penche pour la deuxième solution en la remerciant pour son hospitalité. Avant de partir, j'ai droit aux dernières recommandations paternalistes du général...

Chapitre 23 : Ich bin ein berliner !

Lundi 15 mai, du bureau j'appelle au domicile de Passy. L'employée de maison me passe rapidement Pascale Dewavrin :

- Bonjour Madame, Capitaine Fixin Malet de la DST à l'appareil, j'ai une lettre très importante du général De Gaulle, à vous remettre en main propre ! la réponse ne vient pas immédiatement.

- Très bien capitaine, je ne suis pas disponible avant mercredi ! Vous serait-il possible de vous rendre à mon domicile de Neuilly sur Seine, mercredi prochain à 10 heures ?

- Je ferai le nécessaire pour être présent ! Je vous souhaite une excellente journée, Madame Dewavrin !

Toute la journée, je réfléchis sur les conseils du général et face à une situation de plus en plus difficile, je pense que « mon expatriation » reste la meilleure solution. Il me faut donc préparer Mathilde à cette éventualité. Le soir à Argenteuil, j'aborde le sujet :

- Mon cœur, j'ai peur que nous soyons obligés de partir en Allemagne d'ici peu de temps !

- Ah bon ! Pourquoi ?

- Tu sais l'affaire Passy-Landrieux, prend une très mauvaise tournure ! J'ai peur d'être impliqué, pour la suite !

- As-tu des nouvelles de Raymond ?

- Non, il est toujours au secret ! Mais il m'a caché beaucoup de chose sur sa situation ! Le général De Gaulle m'a éclairé, en me conseillant de prendre mes distances ! Mathilde vient se blottir contre moi.

- Nous partirions à quel moment ?

- Je n'ai pas encore de date, cet été je pense !

Mercredi 17 mai, je suis à l'heure convenue au domicile des Dewavrin. L'employée de maison, m'introduit dans l'appartement très cossu et me dirige vers le salon. Madame Dewavrin se tient debout, pendant qu'un homme reste assis dans le canapé. Je reconnais Pierre Sudreau. Pascale Dewavrin s'exprime la première :

- Bonjour Capitaine ! Bon, je vous laisse discuter entre vous ! Sudreau se lève.

- Ne vous inquiétez pas capitaine, je ne suis pas là pour vous tendre un piège !

- J'ai une lettre du Général de Gaulle, pour le Colonel Passy, je ne pense pas qu'elle vous soit destinée ! Sudreau gêné.

- Oui, je suis au courant pour la lettre ! Comme vous devez le savoir, le Colonel est actuellement assigné à résidence à Metz et je suis son seul contact avec l'extérieur ! quel que soit le pouvoir de Sudreau, je ne suis pas décidé à me laisser faire.

- Assigné à résidence ? Vous voulez dire, que vous l'avez jeté en prison ! Et vous pensez, que je vais vous faire confiance pour lui remettre la lettre ? Pour mémoire, je vous rappelle que je fais partie « des services intérieurs » et vous « des services extérieurs » ! Ne mélangeons pas les rôles !

- Le problème n'est pas là ! Nous avons un autre souci, beaucoup plus préoccupant !

- Ah oui ! Lequel ? Sudreau, de plus en plus nerveux, montre des signes d'inquiétude.

- Passy, a entamé une grève de la faim !

- Je vois, effectivement s'il lui arrivait malheur, vous seriez le premier responsable ! Le SDECE, a t'il une proposition à faire à la DST ?

- Je sais que Passy vous fait confiance ! Vous devez pouvoir le convaincre de revenir à la raison ! Je vous propose de porter le courrier vous-même !

- Effectivement, nous pourrions faire ainsi, d'une pierre deux coups ! L'idée me séduit !

- Wybot, est-il au courant de votre démarche auprès de Madame Dewavrin ?

- Non, pas du tout !

- Dans ce cas je m'occupe de tout ! Je vous fais donner toutes les autorisations nécessaires, pour rencontrer Passy !

Affaire rondement mené, je suis le vendredi à 6 heures pétantes gare de l'Est, pour prendre le train direction Metz. À mon arrivée, un chauffeur m'attend. J'ai un doute sur la direction que nous prenons.

- Dites-moi, en ce moment, nous ne nous dirigeons pas vers la forteresse de Metz ?

- Non mon capitaine, j'ai pour consigne de vous conduire à l'hôpital !

Arrivé sur place, j'ai droit à un contrôle de mes papiers et de mon accréditation, signée par Henri Ribière. Dernière étape, un toubib vient à ma rencontre : « Je vous laisse avec mon patient vingt minutes, pas plus ! » Dewavrin, se retrouve dans une chambre seul à l'isolement, gardé par un homme en arme. En pénétrant, dans la pièce, je distingue son visage pâle, éclairé d'un faible sourire :

- Ah, enfin une présence amie ! Bonjour Grenelle !

- Bonjour mon Colonel, je suis heureux de vous retrouver ! J'ai un courrier du général De Gaulle, à votre attention !

Pendant que je lui tends la lettre, j'observe ses réactions. Passy, saisit le pli d'un geste lent, sa silhouette porte déjà les stigmates d'un régime forcé. Il prend un temps infini, pour la lire.

Puis laisse tomber ses bras sur les draps :

- Le général me présente toute sa sympathie et me confirme qu'il me conserve sa confiance !

- Je n'en doutais pas ! Vous ne pouvez pas continuer à ne pas vous alimenter ! sa réponse me désarme.

- Je suis persuadé, que l'on cherche à m'empoisonner !

- Mais enfin, c'est ridicule, qui aurait intérêt à vous faire disparaître ? Machinalement, je grignote dans un plat resté intact, placé sur le chevet près du lit. Vous êtes jeune marié, vous ne pouvez pas laisser tomber votre famille !

- Je ne sais pas ! je ne sais plus !...

- Vous avez traversé, suffisamment d'épreuves dans des périodes troubles depuis cinq ans, pour ne pas continuer à vous battre !

- Peut-être qu'un procès...serait le meilleur moyen de faire éclater la vérité ?

- Sûrement ! exigez d'avoir un avocat ! Vous ne pouvez pas être retenu indéfiniment, sans pouvoir vous défendre !

Les vingt minutes sont passées très vite, une infirmière me prie de sortir. J'échange une dernière poignée de main avec Dewavrin, il pose sa main gauche sur mon poignet en signe de reconnaissance, son regard en dit long.

Lundi 22 mai, je suis au bureau à discuter avec le Sergent Dupire, et je lui fais comprendre que je vais devoir bientôt quitter le service, pour rejoindre les troupes d'occupation en Allemagne :

- Emmenez-moi avec vous, capitaine ! Son cri du cœur me surprend, et me désarme.

- Comment-ça, que je vous emmène avec moi ?

- Oui si vous partez, je vais réintégrer la rue des Saussaies, à supporter Wybot et surtout Mangin toute la journée ! Et puis je parle couramment allemand et russe très correctement ! Autant de choses qui pourraient vous être utiles, si vous êtes muté à Berlin !

Il est déjà difficile de résister au charme de Frida en temps normal, si en plus elle rajoute des arguments pertinents, cela devient mission impossible. Je prends mon téléphone pour appeler à La Boisserie. Le général à son bureau, rédige ses mémoires de guerre.

- Mission accomplie, mon général ! J'ai pu remettre votre courrier en main propre au colonel Passy, il vous en est très reconnaissant !

- Je ne vous demande pas comment vous avez fait, mais je savais que je pouvais avoir confiance en vous ! Avez-vous pensé à ma proposition ?

- Oui, mon général, je serais partant pour Berlin, mais j'aurais une faveur supplémentaire à vous demander ?

- Je vous écoute ?

- Je voudrais pouvoir être accompagné, par le sergent-chef Dupire, mon adjointe !

- Je le note et je vous tiens au courant !

Fin mai, je reçois la confirmation de ma nouvelle affectation. Je dois rejoindre le 46e bataillon d'infanterie, situé « au quartier Napoléon » de Berlin Wedding le 1er juillet prochain. Le général De Gaulle a tenu parole, le Chef Dupire, promue au grade d'adjudante, doit me rejoindre une semaine plus tard. En apprenant la nouvelle, Frida me saute sur les cuisses et m'embrasse sur le front : « Un peu de tenue adjudante, je vous rappelle, que je suis toujours votre supérieur ! »

Tout naturellement, je dois annoncer la nouvelle à Wybot. Mon directeur, possède des antennes un peu partout et détient déjà l'information : « Je vais vous regretter Grenelle ! Par contre je vous en veux, d'emporter dans vos bagages le chef Dupire ! Ah oui pardons, j'oubliais l'adjudante Dupire ! Pour la lutte contre « les cocos », vous n'aurez jamais été aussi bien placé !

Il me reste un mois pour préparer toute ma logistique. Mon épouse, doit me rejoindre avec Marie, dans le courant du mois de juillet. Mathilde, peut continuer d'exercer son métier d'infirmière, dans le cadre d'un contrat service public, service des armées. « Mathoche », semble soulagée de ne pas devoir rester inactive :

- Tu es prête pour le grand saut, mon cœur ?

- Plus que jamais ! D'autant, que je n'ai pas l'intention de te laisser trop longtemps en tête à tête, avec Frida !

Lundi 1er juillet, un C 54 Skymaster chargé de fret, m'attend sur le tarmac du Bourget. Je suis le seul passager et le commandant de bord m'invite à m'asseoir en cabine.

- Je ne savais pas que l'armée de l'air française, possédait ce type d'appareil ? le pilote me répond.

- Par un prêt « des ricains », c'est le seul que nous possédons, hélas ! la plupart de nos gros porteurs, sont mobilisés pour l'Indochine ou l'Afrique du Nord !

- Nous sommes chargés au maximum !

- Nous n'avons pas le choix, Berlin est une enclave au milieu « des Ruscofs » ! Nous n'arrêtons pas les navettes, pour alimenter nos troupes dans la capitale allemande ! Nous allons effectuer un vol d'un peu plus de 2 heures, avant de nous poser à Berlin Gatow !

- Gatow, mais il s'agit de la zone d'occupation anglaise, non ?

- Oui, sur l'aérodrome de Tegel, la piste est trop courte pour accueillir notre appareil !

Le vol se passe sans encombre. Pendant que je remercie l'équipage, un chauffeur vient à ma rencontre :

-   Mes respects, mon capitaine ! Vous êtes attendu par le Général Ganeval* pour déjeuner !

-   Très bien caporal, je vous suis !

Depuis la fin du conflit, j'ai découvert des villes aux immeubles décapités, ouvertes à la pluie et aux intempéries, à Berlin j'ai la conviction, de rentrer dans une autre dimension. Au milieu de ce château de cartes disloqué, les façades tiennent miraculeusement en équilibre, prêtes à tomber. Les gens errent dans les rues, se rencontrent au détour d'un moellon, sous la menace de charpentes tordues, rongées par l'oxydation.

La population se composent de vieillards, d'adultes estropiés, mais surtout de femmes et de jeunes adolescents travaillant au milieu des gravats, à récupérer des restes de mortier et de briques pouvant être réutilisés. J'aperçois un gamin sale, portant un uniforme troué.

-   Dites-moi caporal, le gosse là, il porte bien un uniforme de soldat de la Wehrmacht ?

-   Oui, il a dû le récupérer ! Sûrement un « Hitlerjugend », nostalgique, ou n'ayant rien d'autre à se mettre sur le dos !

Nous sommes retardés au détour d'un croisement, un camion chargé de charbon pile devant nous. Des enfants, se précipitent pour récupérer les quelques boulets tombés d'un sac.

-   C'est effrayant toute cette misère !

-   Vous voyez mon capitaine, les deux filles sous ce porche ? Ce ne sont pas des prostituées ! Par contre, elles sont prêtes à faire la p… pour une paire de bas nylon et quelques cigarettes américaines !

Nous arrivons enfin au quartier Napoléon :

-   Les gars du génie, ont dû faire un sacré travail, pour remettre la caserne en état ?

- En août dernier, à notre arrivée sur 80 hectares, 20% des bâtiments étaient habitables, depuis 40% sont plus au moins rénovés, le reste doit être rasé !

Je suis conduit directement au mess, pour être présenté « au patron », le Général Jean Ganeval, un homme énergique, sortant d'incarcération à Buchenwald.

- Ah, capitaine Fixin, vous êtes enfin l'officier de transmission, que je réclame depuis mon arrivée, depuis deux mois ! Je vous présente à ma droite le chef de bataillon Dufour* et à ma gauche, votre adjoint le lieutenant Parmentier !

- Je suis enchanté mon général ! Mais je vous avouerai que depuis ma mutation, je n'ai aucune idée sur la mission qui m'attend à Berlin ?

- Bienvenue chez les fous ! Officiellement nous rééduquons, nous dénazifions, pour essayer de rétablir une démocratie ! Officieusement, nous espionnons, surtout « les Popoffs », afin d'essayer de prendre des documents, des plans, ayant appartenu aux nazis ! Les américains et les soviétiques se sont déjà accaparés, des inventeurs et des ingénieurs ! De notre côté avec les britanniques, nous nous efforçons de récupérer les brevets ! Pour obtenir un résultat, les anglais ont un peu d'argent et beaucoup de persuasion, pour soudoyer les corrompus ! Nous français, nous n'avons souvent, que notre charme et nos combines !

- J'ai vu, que nous avons également un problème de logistique avec le terrain de Tegel ?

- Oui, les Soviets ont installé dessus, deux tours d'émission de Radio, pour leur propagande, avant notre arrivée !

- Je suppose, que nous ne pouvons rien y faire ? le général change de ton.

- Je viens de faire un courrier officiel à l'état-major soviétique, pour demander l'autorisation de les démonter ! Sans réponse, ou en cas de réponse négative de leur part, je la fais péter !

(Ganeval, met son projet à exécution le 16 décembre 1948. Son homologue soviétique, le général Kotitov*, s'insurge : « Comment avez-vous pu faire une chose pareille ? » En toute transparence, Ganeval répond : « Mais avec de la dynamite, mon cher ! J'ai cru comprendre qu'un sous-officier devrait nous rejoindre ?

- Oui l'adjudante Dupire, qui parle parfaitement l'allemand et très correctement le russe !

- Très bien, elle ne sera pas de trop ! Surtout, pour les traductions, nous perdrons certainement moins de temps ! Dernière recommandation capitaine ! Je suis votre interlocuteur direct, je veux être au courant de tout ! Pour le reste, je vous laisse prendre vos marques avec le lieutenant Parmentier ! nous terminons ainsi notre repas.

En début d'après-midi, mon adjoint me fait faire le tour du service :

- Mon capitaine, vous avez bien compris, que vous êtes le véritable patron des transmissions ?

- Effectivement, sur le sujet je n'ai pas de doute ! Par contre j'ai trouvé que le général, court-circuitait un peu le commandant Dufour ?

- Ce n'est pas faux ! Lorsque le général est arrivé, le bataillon ronronnait dans une certaine routine ! Les vrais décisions étaient prises à Baden Baden, par le Général Koenig ! Aujourd'hui tout a changé, il a fallu une sérieuse reprise en main, pour que nous puissions exister !

- Sur place, comment fonctionne la relation avec nos alliés ? Très tendue et très hypocrite avec les soviétiques, qui pensent qu'ils sont toujours les maîtres de Berlin ! Nous échangeons, de par notre position géographique, plus facilement avec les britanniques, qu'avec les américains !

- Et avec les allemands, quels sont nos rapports ?

- Französischer charme ! Les Popoffs, « les Ivan », comme les nomment les allemands, sont détestés, haïs, à cause de leurs exactions à la fin de la guerre ! Nous les français, pendus aux basques des vainqueurs, nous ne faisons pas très sérieux ! De ce fait, notre occupation est moins ressentie ! Nous en profitons, pour avoir des renseignements plus facilement !

- Effectivement, je trouve notre structure un peu légère ?

- Ne m'en parlez pas ! Sur le « quartier Napoléon », en dehors du 46e R.I dont nous faisons partie, il n'y a que le 11e Régiment de chasseurs ! Une antenne de la 110e Compagnie du génie, pour les travaux et un détachement pour le médical, du 357e hôpital des armées.

- Oui, je suis au courant ! Mon épouse Mathilde, va bientôt nous rejoindre, pour en faire partie !

Parmentier, me présente ensuite le service, les trois chiffreurs, les radios et les administratifs.

- Que font ces soldats ?

- Ils contrôlent des « Frageboden », des questionnaires rentrant dans le processus de dénazification !

Il me tend un exemplaire, que je compulse attentivement. Le document présenté sur deux colonnes est rédigé en allemand, avec une traduction en français. Le questionnaire, comprend trois parties. Des renseignements généraux sur la personne, un chapitre sur son appartenance éventuelle « aux organisations du parti nazi » et une dernière partie sur « l'activité dans les organisations nazies auxiliaires », que l'individu aurait pu exercer. Le tout comprend 131 questions.

- Dites-moi, lieutenant, beaucoup de ces réponses, peuvent être falsifiées par les intéressés ?

- Bien-sûr ! De ce fait, nos hommes épluchent le questionnaire et le recoupent avec d'autres documents que nous avons saisis ! Nous interrogeons ensuite la personne, pour vérification ! Dernière étape, nous échangeons sur le sujet avec nos homologues américains et anglais, au quartier général de la commission, située en ZOB *(Zone d'Occupation Britannique)*, sur Fehrbelliner Platz !

- Qu'en ressort-il, à la fin du processus ?

- Les personnes, sont classées en trois groupes ! « Les totalement disculpés », ont la possibilité d'accéder à toutes les fonctions de l'administration, sous le contrôle d'un Bürgermeister *(un Bourgmestre, des 4 zones d'occupation)*. « Les douteux », peuvent exercer dans le civil, toujours sous contrôle, enfin les derniers sont totalement « blacklistés » et ne trouvent en général aucun emploi !

- Si je comprends bien, toute cette gestion, dépend uniquement des transmissions !

- Oui mon capitaine ! Je vous propose de vous laisser vous installer dans vos quartiers et demain je vous ferai faire le tour de la ZOF *(Zone d'Occupation Française)* !

Mardi 2 juillet, l'été berlinois, n'est guère clément. Le plafond nuageux, rajoute de la tristesse sur le décor sinistre de la métropole allemande, lui donnant des airs de Pompéi des temps modernes. Le tour du propriétaire, commence par le jardin zoologique de Berlin. Mon guide me précise, qu'en avril 1945, seul 91 pensionnaires sur près de 4 000 animaux, ont survécu aux combats. Le célèbre hippopotame « Knautschke », n'a dû son salut, qu'en s'immergeant dans son bassin. L'hippo, partage désormais des jours heureux, avec sa compagne « Bulette ».

En arrière-plan, nous distinguons les restes du Reichtag, dont la coupole créée par l'architecte Speer, n'est plus qu'un amas de ferraille tordue. Parmentier, m'affirme qu'il est possible de le visiter, avec une autorisation spéciale. Nous arrivons ensuite, par le haut du Kurfürstendamm, les « champs Élysées » de Berlin. L'église du souvenir de l'Empereur Guillaume, n'est plus qu'un vestige, dont subsiste le mur d'enceinte de l'abside, la tour arrière et les ruines du clocher avec ses 63 mètres. Les berlinois, lui ont trouvé un surnom « Hohler Zahn » *(dent creuse)*.

Au fur et à mesure que nous descendons l'avenue, le paysage change. La rénovation commencée, les commerces sont de nouveau ouverts, des femmes bien mises, sont attablées à la terrasse des cafés.

Le tramway, circule normalement au centre du macadam et il suffit de ne plus lever la tête, pour se croire dans une ville, épargnée par les affres de la mort.

Nous poursuivons notre périple par les quais de la rivière Sprée. Sur l'autre rive, un autre monde existe. Un rideau de fer est tendu, par des soviétiques en armes, pour bien montrer qu'ils sont toujours les maîtres de ces lieux.

Nous finissons par la porte de Brandebourg, au fronton mutilé. De l'autre côté de la porte, trône un portrait géant de Staline, prônant à l'occident, les bienfaits du communisme.

- Dites-moi Lieutenant, est-t-il possible de passer de l'autre côté ?

- Sans problème avec, ou sans autorisation ! À pied, en voiture et surtout avec le Metro Ubahn ! Beaucoup sont déjà passés ! Le problème, c'est que quelques-uns, ne sont jamais revenus !...

Chapitre 24 : Qui êtes-vous l'ombre rouge ?

Lundi 8 juillet, nous devons récupérer l'adjudante Dupire, arrivant par une ligne régulière et se posant sur l'aéroport de Tempelhof en ZOA *(Zone Occupation Américaine)* Sud. La bonne humeur de Frida, se transforme bientôt en tragédie à la hauteur de Checkpoint Charlie, devant le spectacle de désolation s'offrant à ses yeux : « Je ne reconnais plus rien de la ville, où j'ai passé les vacances pendant mon enfance ! »

Dès notre arrivée au quartier Napoléon, Frida est accaparée par le service. J'essaye, d'y mettre un bémol.

- Vous avez un problème lieutenant ?

- Nous venons d'intercepter un message crypté des russes ! Nous sommes toujours en galère, avec le problème d'écriture cyrillique ! Nous avons réussi à adapter nos machines Hagelin *(appareil servant à décrypter)*, mais maintenant, il s'agit de traduire le message en français ! Frida, toujours en civil intervient

- Ne vous inquiétez pas, je vais m'y mettre ! J'espère, ne pas avoir trop perdu la main !

- Très bien je vous laisse ! Dans la mesure du possible, nous nous retrouvons au mess, pour le déjeuner !

L'heure du repas arrive. Frida et le lieutenant Parmentier, nous rejoignent à table :

- Désolée, mon général, mais je n'ai pas eu le temps de me changer !

- Vous êtes tout excusée adjudante ! Dites-moi lieutenant, au sujet du message, de quoi s'agit-il ?

- De mouvements d'agents soviétiques, en zone occidentale ! ... et il est signé « L'Ombre Rouge » ! je me tourne vers le général.

- Qui est l'Ombre Rouge !

- Justement, nous aimerions bien le savoir ! Nous avons peu d'informations à son sujet ! Nous savons qu'il a été en contact avec Richard Sorge* ! *(Ancien agent double du NKVD, exécuté par les japonais, le 7 novembre 1944.)*. Depuis la disparition de ce dernier, nous n'avons plus d'informations ! C'est un peu l'homme invisible, son surnom vient de nos confrères américains qui l'ont baptisé « Red Shadow » ! je réfléchis, quelques secondes.

- Mon général, pouvons-nous imaginer seulement un instant, qu'il s'agisse d'un mythe ? Une sorte de leurre, fabriqué par les soviétiques, pour nous embrouiller !

- Effectivement, avec le NKVD nous pouvons nous attendre à tout ! Même qu'il fasse preuve...d'intelligence ! Dans ce cas je vous charge de le découvrir ! À propos Capitaine, j'ai reçu une invitation des russes, pour participer mercredi prochain, à la première de la projection « La Fleur de pierre » ! Le premier film en couleur soviétique ! Comme, je n'ai pas l'intention de cautionner leur propagande et qu'il faut bien que nous soyons présents diplomatiquement, je vous charge de me représenter !

- Bien mon général ! Comme il s'agit de soviétiques, puis-je être accompagné de l'adjudante Dupire !

- Sans aucun problème !

Le soir, je retrouve Frida dans « sa carré » :

- Alors adjudante, bilan de cette première journée ?

- Longue et fatigante ! Merci de m'avoir demandé mon avis pour le film et en plus Parmentier, n'arrête pas de me tourner autour !

- Ah ah, vous avez une ouverture « avec le beau Maurice » !

- Tu parles, il est moche et en plus, je n'aime pas les « rouquemoutes ! »

- Oui j'oubliais, votre style d'homme, c'est la quarantaine, genre d'Astier de la Vigerie ! Frida minaude

- Pas seulement, j'aime bien les grands bruns de mon âge aussi !

- Si vous pensez à moi, je vous rappelle que Mathilde, arrive dans moins d'une semaine !

- Justement, si je n'essaye pas maintenant, après il sera trop tard !

Mercredi 10 juillet, pour honorer notre invitation nous testons l'Ubhan. Effectivement, les soviétiques n'exercent aucun contrôle dans le métro, sur les militaires en uniforme. Il n'en est pas de même, en arrivant au cinéma où les invités sont triés sur le volet. Puis nous sommes présentés à Sergueï Tioulpanov*, directeur de l'Administration de propagande militaire soviétique et à son adjoint à la Culture Venjamin Dymshitz*. Tioulpanov, le crâne rasé a l'allure d'un ours mongol, s'exprime dans un allemand parfait. Son côté jovial feint, laisse à penser qu'il a reçu des cours d'Hermann Goering. Tioulpanov, nous fait l'apologie du procédé couleur du film, soi-disant, très supérieur au Technicolor d'Hollywood. Pour Tioulpanov, il s'agit du nouveau chef-d'œuvre de l'art soviétique. Frida répond en russe, au grand étonnement de nos hôtes.

Puis vient la projection. Le dialogue des acteurs, est évidemment en russe, sous-titré en allemand. Les couleurs sont horribles et j'ai du mal à suivre le texte. Je me tourne, tout naturellement vers Frida :

- Qu'en pensez-vous ?

- C'est une véritable daube ! Sommes-nous obligés de rester jusqu'au bout ?

- Je pense que diplomatiquement, nous ne pouvons pas faire autrement !

Notre calvaire, se termine au bout d'une heure trente. Nous essayons de nous éclipser discrètement, sans pouvoir échapper aux russes, hélas. Tioulpanov, m'interpelle le premier :

- Alors capitaine, comment avez-vous trouver notre « Fleur de pierre ? »

- Très bien ! Parfaitement dans l'esprit de l'art soviétique !

- Vraiment ? Ne vous sentez pas obligé, de faire une réponse diplomatique ! puis se tournant vers Tioulpanov, il rajoute : Personnellement, je l'ai trouvé très ennuyeux et je ne suis certainement pas le seul ! son adjoint baisse la tête, rouge de confusion.

Jeudi 11 juillet, Frida se précipite vers moi au petit déjeuner :

- Que vous arrive-t-il ?

- Quelqu'un a glissé cette enveloppe dans ma poche hier, sans doute pendant, ou après la projection du film !

Je regarde le document écrit en allemand, joint d'un plan désignant une pièce comprenant des toilettes et une photo d'identité d'un homme, la quarantaine, de type caucasien.

- Pouvez-vous me traduire le texte, s'il vous plaît ?

- En gros, la personne de la photo voudrait un passeport français, en échange de quoi, elle nous remettrait des enregistrements magnétiques, concernant des secrets sur des fusées soviétiques !

- Ah oui et à quel endroit se ferait l'échange ?

- Au cours d'un concert à l'Opéra, nous devrions recevoir des invitations d'ici quelques jours !

- Très bien adjudante ! Allons voir le général ! aussitôt dit aussitôt fait.

- Vous auriez des informations à me communiquer, capitaine ?

- Oui mon général ! Ces documents, ont été glissés hier dans la poche de l'adjudante ! Ganeval en prend connaissance.

- Vous savez capitaine, dans les temps qui courent, les informateurs sont un vrai casse-tête ! Comme sous Vichy, la dénonciation est un véritable sport ! Au bon vieux temps de la Gestapo, les allemands dénonçaient, les juifs et les cocos, aujourd'hui ce sont les nazis ou les trafiquants au marché noir ! La plupart du temps, ils agissent par jalousie, ou par esprit de vengeance ! Mais comment savoir ?

- Dans ce cas précis, ne pensez-vous pas, que le deal pourrait être intéressant ? Frida en rajoute.

- Avez-vous remarqué la signature, mon général ?

- Oui un signe cabalistique, le chiffre 0 et la lettre P ! Voulez-vous que nous soumettions le rébus au service du chiffre ? Le capitaine est bien placé, non !

- Le signe cabalistique en écriture cyrillique est le L de lambda, le zéro représente la lettre O et le P n'en est pas un, mais vient d'une déformation de la lettre grec *Rhô* pour R ! L.O.R, pourrait faire penser à « L'Ombre Rouge » !

- Belle imagination adjudante ! Mais avouez que c'est un peu léger ! Pourquoi un texte en allemand, avec une signature Cyrillique ? je reprends l'initiative.

- Alors que faisons-nous ? On méprise, ou on se déplace ?

- Pour l'instant, faites confectionner le faux passeport, avec un nom bien franchouillard ! Ensuite en fonction de l'invitation, nous aviserons !

Nous quittons le bureau du général et je reste muet. Frida finit par briser la glace :

- Que ce passe-t-il capitaine, vous avez l'air contrarié ?

- Le général a raison, votre théorie fumeuse sur l'écriture Cyrillique, ne passe pas et me fait penser à un mauvais roman d'espionnage !

- Bon en attendant, nous n'avons rien d'autre ! Avez-vous une meilleure explication ?

- Non ! Mais je n'ai pas envie, que nous passions pour des guignols dans le service, restons discrets sur le sujet ! Merci de vous occuper des faux papiers !

Lundi 15 juillet, je commence à connaître suffisamment, la partie occidentale de Berlin, pour aller chercher seul en voiture, Mathilde et ma fille à Tempelhof. Marie, me tombe la première dans les bras, tout en me racontant son baptême de l'air. Puis Mathilde vient aux nouvelles :

- Comment te sens tu mon chéri ?

- Fatigué ! La vie à Berlin est très spéciale, nous sommes en vase clos et le travail ne manque pas !

- Tu regrettes ta mutation ?

- Non parce que je pense que nous n'avions pas le choix ! Après, une fois que l'affaire Passy sera terminée, je demanderai notre retour en France !

- Et avec Frida, comment se passent vos relations ?

- Elles sont aussi plus difficiles, que celles que nous entretenions sur Paris ! Frida est la seule femme du service, submergée par les traductions en russe !

- As-tu rencontré mes futurs collègues ?

- Non pas vraiment ! Tout ce que je peux te dire concernant l'hôpital, c'est que l'endroit n'est pas réservé exclusivement aux militaires ! Il sert aussi de dispensaire, aux autochtones les plus démunis !

- Sommes-nous encore loin ?

- Non, nous arriverons dans deux ou trois minutes !

- Quel est ce beau bâtiment sur notre gauche ?

- *L'Olympiastadion Berlin*, où les Jeux Olympiques se sont déroulés en 1936 ! C'est pratiquement le seul monument à ne pas avoir été touché par les bombardements !

À peine arrivé, je suis demandé par le Général Ganeval :

- Nous avons reçu l'invitation pour samedi prochain au « *Komische Oper Berlin* » où il présente un récital de Prokofiev avec sa 5e symphonie, dirigée par Fürtwängler ! Qu'est-ce qui vous fait sourire capitaine ?

- Je trouve qu'une ode à la gloire de la victoire des soviétiques, dirigée par un ancien protégé d'Hitler, le tout à l'opéra-comique, ne manque pas de sel !

- Vous ne voudriez pas qu'il passe du Wagner, tout de même ?

- Avez-vous pris une décision définitive, mon général ?

- On ne change pas une équipe qui gagne, donc vous vous rendrez au rendez-vous avec l'adjudante Dupire ! Mais attention, je veux que vous preniez un maximum de précautions ! Assurez-vous d'avoir une photographie des lieux ! D'après le plan fourni, les bandes magnétiques se trouveraient dans des toilettes !

Je retrouve le lieutenant Parmentier, pour prendre les dispositions.

- Pouvons-nous, nous procurer les plans de l'Opéra-Comique ?

- Nous les avons, sauf qu'il s'agit des originaux, avant que les soviétiques, ne fassent les travaux de rénovation !

- Bon je vais m'en contenter, vous me les passerez, pour que je puisse les mémoriser avec l'adjudante !

Peu après je retrouve Frida et Mathilde en grande discussion :

- Tout va bien, les filles ? Mathilde me répond la première.

- Oui j'ai été très bien accueillie, par mes collègues, et elles m'ont trouvé une nounou pour Marie ! Elle s'appelle Heidi, elle vient d'avoir 15 ans et parle un peu le français !

- Adjudante, il va falloir que nous nous penchions sérieusement sur le plan de l'Opéra ! Mathilde réplique

- Je vois, vous allez encore sortir tous les deux en amoureux ! Frida fait une moue dubitative !

- Tu parles, la dernière fois, nous avons vu un film nul et là, il va falloir se goinfrer du Prokofiev, pendant plus de deux heures ! Mathilde toujours curieuse.

- Pourquoi, toutes ces sorties ? je réponds

- Pour des raisons diplomatiques et aussi et surtout, pour les intérêts économiques et militaires de la France !

- Je suppose que je n'en saurai pas plus ?

- Comme d'habitude, tu as tout compris !

Tout le reste de la semaine, nous passons notre temps à mémoriser le plan dans ses moindres détails. Frida s'impatiente :

- Je souhaite, que nous ne fassions pas tout ça pour rien !

- Regardez, si nous recoupons le schéma fourni avec les plans, nous devrons nous trouver à cet endroit, pour récupérer la bande !

Samedi 20 juillet, Frida a abandonné l'uniforme pour une splendide robe du soir et des talons hauts, la mettant particulièrement en valeur :

- J'espère, que vous n'allez pas vous présenter devant le lieutenant Parmentier dans cette tenue, sinon il va falloir l'attacher ! Mathilde s'étonne

- Ah oui… Parmentier ! C'est ton genre d'homme ? Frida nous tire la langue.

- Sûrement pas ! Plutôt rester vieille fille, ou rentrer dans les ordres !

Compte tenu du standing de la soirée, nous avons droit à la Packard de l'état-major. Notre chauffeur s'appelle Boris Le Bihan. Ce caporal, d'origine bretonne par son père et géorgien pas sa mère, mesure près de deux mètres et dépasse allègrement les 100 kg.

- Dites-moi caporal, parlez-vous le russe ?

- Très peu mon capitaine, mais j'arrive à le comprendre !

Nous arrivons au 55/57 Behrenstrasse. Un service d'ordre impressionnant, fait la circulation et nous indique un endroit pour nous garer. Puis un soldat, nous accompagne à notre loge au premier étage, côté « jardin ». Deux officiers soviétiques, sont déjà présents. Après les saluts de rigueur, Frida fait les présentations en russe. Il s'agit du Major Général Alexandre Kotikov*, commandant militaire du secteur soviétique à Berlin et de son aide de camp.

L'adjudante a le réflexe de tester nos hôtes, d'abord en allemand puis en français. Si la langue de Goethe, semble les inspirer plus ou moins, celle de Molière leur est totalement étrangère. Kotikov, s'étonne de l'absence de son homologue le Général Ganeval. Frida reprend la conversation en russe, en indiquant simplement, qu'il a été victime d'un malaise vagal et a dû renoncer en dernière minute.

De notre côté nous échangeons discrètement, avant que le spectacle ne commence :

- Je crois avoir repéré, les toilettes que nous cherchons !

- Moi aussi capitaine, elles sont au premier étage ! Je vais simuler une envie pressente, avant l'entracte pour m'y rendre !

Puis Wilhem Furtwängler, le chef d'orchestre, arrive sur scène sous un tonnerre d'applaudissement. Le concert peut commencer.

Je ne sais pas si vous avez déjà entendu du Prokofiev, mais c'est assez inaudible pour des non-initiés. Je sens Frida, s'ennuyer profondément. Puis vient le moment d'agir. L'adjudante, indique qu'il est indispensable qu'elle se rende aux toilettes rapidement. L'aide de camp soviétique, propose de l'accompagner. Frida décline poliment. Me voilà à prendre mon mal en patiente, avec les deux Popoffs, décorés comme des arbres de Noel. Nous arrivons à l'entracte. Les deux gradés, se lèvent pour sortir de la loge et m'invitent à faire de même. Je profite qu'ils soient accaparés par d'autres personnalités, pour m'éclipser discrètement.

Me voilà à la recherche de Frida. Je descends d'un étage pour arriver aux fameuses toilettes. J'attends patiemment que les spectateurs regagnent leur places, pour pouvoir inspecter le lieu. Je finis par mettre la main sur la bande magnétique, enveloppée dans un sac hermétique, à l'intérieur du réservoir d'une chasse d'eau.

Toujours aucune trace de Frida, je sens monter l'angoisse. Le concert a repris, je regagne ma loge. Les deux officiers sont assis tranquillement. J'essaye de leur expliquer en anglais, que mon adjudante a disparu. Ils finissent par comprendre et l'aide de camp donne l'alerte. Le concert se termine, les militaires soviétiques me font comprendre qu'elle reste introuvable. L'Opéra se vide, les deux officiers supérieurs ont pris congé et je me retrouve seul avec des gardes, qui m'invitent fermement à regagner mon véhicule.

- L'adjudante, n'est pas avec vous mon capitaine ? Questionne Le Bihan.

- Non elle a disparu ! Je pense qu'ils l'ont enlevée ! Rentrons, pour l'instant, il n'y a rien d'autre à faire !...

Épilogue : À la rescousse de Frida.

Dimanche 21 juillet, je n'ai pas dormi de la nuit. Mathilde essaye tant bien que mal de me rassurer et je me rends à la première heure au rapport, dans le bureau de Ganeval. Le général est dans une rage folle. Il demande à un soldat, de taper une note de protestation à l'intention de Konikov et de la faire porter immédiatement au QG soviétique par motocycliste.

- Je ne comprends pas mon général, pourquoi s'en prendre à l'adjudante, plutôt qu'à ma propre personne ?

- Je ne sais pas ! ou alors …comme elle parle quatre langues, ils l'ont prise pour une espionne ! En attendant, comme vous avez la bande magnétique, procédez à son analyse !

- C'est en cours mon général ! les gars des transmissions, sont dessus !

- Dès que vous avez un résultat, prévenez-moi ! Et restons attentifs, à une demande éventuelle de rançon !

La réponse des soviétiques, arrive dès le lendemain. Leur administration à l'opéra, n'a naturellement, rien vu, rien entendu, niant toute participation à un quelconque enlèvement. De notre côté, la bande magnétique enregistrée en allemand, a donné son verdict.

Il s'agit du positionnement de Fusées allemandes V2, récupérées par les soviétiques et disséminées un peu partout, sur un territoire allant de Berlin à la frontière française.

Mardi 23 juillet, nous recevons un message radio, demandant d'échanger la bande magnétique, contre l'adjudante. Une réunion de crise est organisée par le chef de bataillon Dufour. Mais comme à son habitude le général Ganeval mène les débats :

- À quelle date et à quel endroit doit se tenir le lieu d'échange ? Parmentier répond.

- Jeudi prochain à minuit, sur une passerelle située sur la Sprée à la hauteur de Spandau ! Le message précise qu'une personne seule et sans arme, doit se présenter, avec la bande magnétique, pour pouvoir récupérer l'adjudante ! Ganeval monte en puissance.

- Ben voyons ! Pour commencer, vous me faites une copie de la bande ! Ensuite il me faut un volontaire pour cette mission ? Dufour, pour une fois, met son gain de sel.

- Sauf votre respect mon général, les personnes qui détiennent l'adjudante, doivent bien se douter que nous allons faire une copie de l'enregistrement ! Le général énervé.

- Ce n'est pas le sujet commandant ! Ils veulent la bande, nous allons la leur remettre ! Bon pour le volontaire ? je réponds :

- C'est à moi d'y aller, mon général ! Je suis parti avec l'adjudante, je dois rentrer avec elle !

- Très bien, mais il est hors de question de vous déplacer seul ! Vous prendrez un chauffeur et un garde du corps en arme avec vous ! Pas besoin de vous préciser, que je veux également que vous soyez armé ! Dufour revient à la charge.

- Vous n'avez pas peur, mon général, que si ça défouraille, nous soyons contraints de gérer un incident diplomatique ?

- Et alors ? Le Q.G soviétique, nous a bien écrit, qu'il n'était au courant de rien ! Dans ces conditions, je ne les vois pas se manifester ! Comment pourrait-il se justifier ?

Le soir, je dois faire face à toute l'appréhension et à l'angoisse de Mathilde :

- Pierre, je t'en supplie, n'y va pas !

- Écoute en 40, j'ai perdu François, Fabrizio, Julien et René ! En 46, je n'ai pas envie de perdre Frida !

Jeudi 27 juillet, nous sommes en pleins préparatifs. Pour nous déplacer, nous avons prévu une voiture banalisée. Il s'agit de la 11 légère Citroën personnelle, du commandant Dufour. Le véhicule rapide à la tenue de route irréprochable, permet de décrocher rapidement en cas de rixe. Le Bihan, au physique rassurant, s'est proposé spontanément en garde du corps. Il m'a dégoté comme chauffeur, le 2e classe Serge Lioran, un as du volant, ayant participé au rallye de Monte Carlo. De mon côté, j'ai la bande magnétique dans une poche et mon MAS 35 dans son étui.

23h30, nous embarquons tous les trois dans le véhicule. Le Bihan, s'est armé d'un mitraillette Thompson et de plusieurs chargeurs. Comme je m'en étonne, il me précise : « Cadeau des Ricains ! » Nous arrivons sur les lieux quinze minutes plus tard. Les rives de la Sprée déjà tristes de jour, se dévoilent sinistrement de nuit, avec des grues fantomatiques, se dressant dans la pénombre. Lioran à la demande de Le Bihan, coupe le contact à une cinquantaine de mètres de la passerelle. Le breton, estime qu'il s'agit du meilleur angle de tir.

Tout est calme, puis nous distinguons deux voitures particulières, s'approchant de l'autre côté de la rive. L'une d'elle, s'aligne face à la passerelle en faisant des appels de phare. Je demande à mon chauffeur de ne pas répondre, pour éviter que les ravisseurs, ne repèrent notre position avec précision. Je sors dans le noir, uniquement muni d'une torche électrique, pour envoyer un signal lumineux, qu'après avoir parcouru une trentaine de mètres.

Je remarque deux silhouettes, sortant du deuxième véhicule. L'une d'elle, les mains liées dans le dos, pourrait être Frida. La première voiture désormais plein phare, m'aveugle lorsque je mets les pieds sur la passerelle. Les deux personnes, s'avancent dans ma direction.

Nous ne sommes plus, qu'à une dizaine de mètres les uns des autres. L'homme tient un pistolet à la main. Soudain la femme, d'un violent coup d'épaule, fait basculer l'homme dans la rivière et sans réfléchir, plonge dans la Sprée. Instantanément, Le Bihan arrose de sa mitraillette, les phares de la voiture qui s'éteignent en un instant. Les balles sifflent et ricochent, provoquant des étincelles sur les parties métalliques de la passerelle. Je plonge à mon tour, en apercevant une crinière blonde.

Je suis bien en contact avec Frida, qui se débat uniquement avec ses jambes, pour ne pas couler. Je l'accroche sous les aisselles, pour la ramener sur la rive. Dans le même temps, Lioran rapproche la traction, pendant que Le Bihan continue de vider ses chargeurs. Puis Boris, vient nous donner un coup de main, pour nous sortir de l'eau. Il extrait Frida du bouillon, avec une facilité déconcertante, avant de m'agripper d'une main ferme. Je suis étonné, par le silence soudain, avant que Lioran ne démarre en trombe :

- Visiblement, Ils n'ont pas riposté à nos coups de feu ?

- Non ! J'ai tellement arrosé, la première voiture, qu'à mon avis, ils l'ont abandonnée, pour se réfugier dans la seconde ! J'ai ensuite entendu un bruit de moteur ! Je suppose qu'ils ont déguerpi, sans demander leur reste ! Après lui avoir détaché ses liens, je m'inquiète de la santé de Frida, qui se blottit contre moi.

- Comment vous sentez-vous adjudante ?

- J'ai dû me déboîter l'épaule, en poussant le gars à la baille ! Il a coulé comme une pierre ! Avant j'ai été torturée, pendant de longues minutes ! À part ça, tout va bien !

Nous mettons dix minutes à peine, pour arriver au quartier Napoléon. Tout le comité d'accueil est là. Les gars des transmissions applaudissent Frida, pendant que Dufour, vérifie que nous n'avons pas abîmé sa voiture.

- Avez-vous constaté de la casse ?

- De notre côté, mon commandant rien à signaler ! Par contre dans le camp d'en face, j'en suis moins sûr ! Je vais accompagner l'adjudante pour qu'elle soit soignée ! Elle a été martyrisée !

Ganeval « en père du régiment », envoie tout le monde se coucher, puis s'adresse à moi « Demain, je vous veux vous voir à huit heures et demi dans mon bureau, avec l'adjudante ! » Nous nous dirigeons vers le service d'urgence, où Mathilde nous attend. Je m'aperçois que Frida n'a plus de chaussure.

- Voulez-vous, que je vous porte adjudante ?

- Non, non, nous sommes presque arrivés ! Pierre, je voulais te dire…merci d'être venu me chercher !

J'avoue que je suis un peu désarçonné. « Le héros au grand cœur », cherche la réponse adéquate. Je me contente, d'un trait d'humour.

- Mais adjudante, je suis fidèle à la devise du régiment : « Plutôt mourir que faillir ! » Pour la première fois de la soirée, Frida éclaire son beau visage d'un sourire, alors que Mathilde, vient à notre rencontre.

- Pierre, tu pourrais l'aider, tout de même ! je pense en moi-même, c'est un comble, Mathilde soutient Frida. Viens, je vais te faire les premiers soins, un toubib ne va pas tarder !

Nous arrivons à l'infirmerie. Mathilde, découpe les restes de la robe de Frida. J'aperçois sur son corps dénudé, des zébrures rougeâtres, traces probables de coups de fouet ou de cravache.

- Pierre, au lieu de la reluquer, tu ferais mieux d'aller te sécher et de t'occuper de notre fille ! Vérifie qu'elle dorme enfin ! Elle a été infernale et t'a réclamé toute la soirée !

Je m'exécute, pendant que Frida se met à gémir. Je flatte mon ego en me disant, que c'est le regret de me voir partir. Mathilde me ramène à la réalité : « Frida, je sais bien que tu as mal ! Mais évite de bouger, tout le temps, pour que je puisse te soigner correctement ! »

Après avoir passé une nuit difficile, suite à un endormissement tardif, Marie vient me réveiller en sautant sur le lit. Puis Mathilde, déjà en tenue d'infirmière, arrive en me donnant quelques nouvelles.

- Pierre, tu aurais vu l'état de cette pauvre Frida !

- Non je n'ai pas pu voir, ma femme m'en a empêché !

- C'est malin !

Je retrouve à l'heure convenue, dans le bureau du général, l'adjudante en uniforme et le bras en écharpe :

- Comment allez-vous ?

- Mieux mon général ! J'ai été bien soignée et pour mon épaule, ce n'est l'affaire que de quelques jours !

- Très bien, pouvez-vous nous décrire votre soirée à l'Opéra, à partir du moment où vous avez quitté la loge !

- J'ai réussi à atteindre les toilettes que nous avions repérées avec le capitaine ! À posteriori, je pense avoir été suivie et dès que je suis entrée dans les toilettes, j'ai été matraquée !

- Et ensuite ?

- Je me suis réveillée, dans une cave ligotée et des hommes sont venus m'interroger !

- Combien était-il ?

- Quatre, trois soviétiques et un allemand, avec un accent rocailleux, probablement un bavarois ! Ils pensaient que j'étais une espionne ! J'ai eu beau dire que j'étais une simple adjudante, chargée de faire l'interprète, ils ne m'ont pas crue et m'ont torturée, à coup de badine et de fouet !

- Et ensuite ?

- J'ai fini par avouer, sous la douleur, que je devais récupérer la bande magnétique ! je sors le faux passeport.

- Est-ce qu'un de ces types, pourrait être un des ravisseurs ?

- Oui c'est l'allemand, j'en suis sûr ! nous nous regardons avec le général, j'avance une possibilité.

- Peut-être un gars, qui chercherait à nous rejoindre à l'ouest ?

- Effectivement, c'est une possibilité ! Parlez-nous de votre soirée d'hier !

- Nous sommes partis à deux voitures, je n'ai aucune idée de notre point de départ, j'avais les yeux bandés ! J'ai su que mes ravisseurs étaient six, lorsqu'ils m'ont retiré le bandeau ! J'étais assise dans le second véhicule et vous connaissez la suite !

Au même moment, le téléphone sonne. Le général décroche, il s'agit de la police allemande :

- Comment, une voiture incendiée à Spandau côté soviétique ? Non je ne suis pas au courant ! il raccroche.

- Dites-moi mon général, au moins ils n'ont pas perdu de temps pour faire disparaître les preuves !

- De ce côté-là nous sommes tranquilles, nous n'aurons pas les Ruscofs sur le dos !

- Bien mon général ! Je crois que cette fois, le dossier et clos !

- Pas tout à fait Capitaine ! N'oubliez pas que vous devez me retrouver, qui se cache derrière « l'ombre rouge » ? …

Fin

Vous découvrirez la suite dans « Les rivières du Mékong » !

LISTE DES PRINCIPALES ABRÉVIATIONS

- B.C.R.A. : Bureau Central de Renseignements et d'action.
- B.M.A : Bureau des Menées Antinationales.
- D.G.E.R : Direction Générale des Études et des Recherches.
- D.G.S.S : Direction Générales des Services Secrets.
- D.S.T : Direction de la Surveillance du Territoire.
- N.K.V.D : Réseau de renseignement soviétique.
- P.C.F : Parti Communiste Français.
- G.P.R.F : Groupement Provisoire de la République Française.
- M.R.P : Mouvement Républicain Populaire.
- M.U.R.F : Mouvement Unitaire de République Française.
- S.F.I.O : Section Française de l'International Ouvrière.
- U.D.S.R : Union Démocratique Socialiste de la Resistance.

OUVRAGES DE RÉFÉRENCE

- ➤ Chronique de la Seconde Guerre *(Jacques Legrand SA 1990)*.
- ➤ «À la Une », les événements qui ont fait la première page des grands quotidiens, d'août 1944 à janvier 1946. *(Éditions Atlas 1979)*.
- ➤ Le Colonel Passy et les Services Secrets de la France Libre par Guy Perrier *(Éditions Hachette 1999)*.
- ➤ Les Services Secrets de la France Libre par Sébastien Albertelli *(Éditions Nouveau Monde 2012)*.

- 2e D.B Division Leclerc *(Fondation Maréchal Leclerc, archive en ligne)*.

- Charles De Gaulle, mémoire de guerre, Le Salut 1944-1946 *(Éditions Plon 1959)*.

- Daniel Cordier, la victoire en pleurant *(Éditions Gallimard 2021)*.

- La nuit finira, Mémoires de Résistance 1943-1945 par Henri Frenay *(Éditions Lafond 1973)*.

- Pierre Sudreau par Claire Andrieu et Michel Margairaz *(Presse Universitaire de Rennes 2022)*.

- La revue d'"information des troupes française d'occupation en Allemagne *(Éditée pour le Service Culturel du T.O.A 1947)*.

- Berlin après Berlin par George Clare *(Éditions Plon 1990)*.

TABLE DES MATIÈRES